Lorraine Fouchet

PINGUINE BRINGEN GLÜCK

Roman

Aus dem Französischen
von Katrin Segerer

ATLANTIK

Die Originalausgabe erschien 2019 unter dem Titel
Tout ce que tu vas vivre
im Verlag Héloïse d'Ormesson, Paris.

*Atlantik Bücher erscheinen im
Hoffmann und Campe Verlag, Hamburg.*

1. Auflage 2021
Copyright © 2019 Éditions Héloïse d'Ormesson
Für die deutschsprachige Ausgabe
Copyright © 2021 Hoffmann und Campe Verlag, Hamburg
www.hoffmann-und-campe.de   www.atlantik-verlag.de
Umschlaggestaltung und Illustration: Vivian Bencs © Hoffmann und Campe
Umschlagabbildung: Artwork: © Vivian Bencs / Hoffmann und Campe
Satz: Dörlemann Satz, Lemförde
Gesetzt aus der Trump Mediäval
Druck und Bindung: Druckerei C. H. Beck, Nördlingen
Printed in Germany
ISBN 978-3-455-00986-6

Ein Unternehmen der
GANSKE VERLAGSGRUPPE

»Ich landete an einem milden Abend. Punta Arenas!«
Antoine de Saint-Exupéry, *Die Erde der Menschen*

»Wir sterben, weil wir leben.«
Françoise Dolto, *Die ersten fünf Jahre*

»Wir sterben, ganz einfach weil wir gelebt haben.«
Jean d'Ormesson, *Un hosanna sans fin*

Für meine Mutter, Colette Christian Fouchet. Ich war dabei, als ihr Herz am 6. März 2018 stehen blieb, kurz nach meiner Rückkehr vom Kap Hoorn, und meinen Computer abstürzen ließ.

Für den jungen Unbekannten, dem ich bei einem nächtlichen Einsatz als Notärztin in Paris begegnete. Ich versuchte gerade, einen Mann zu reanimieren, der in den Armen seiner Frau einen Herzinfarkt erlitten hatte. Der halbwüchsige Sohn der beiden kam ins Schlafzimmer und sah seinen nackten Vater, der an Liebe gestorben war. Diesen Blick werde ich niemals vergessen. Er war meine Inspiration für diese Geschichte.

TAG 1
Dom

*I*ch bin fünfzehn und wohne im 14. Arrondissement von Paris – logisch, als Bretone. Mit Nachnamen heiße ich Le Goff, aber bei uns sagt man *Ar Gov*. Ich trage eine Triskele am Handgelenk, an einem marineblauen Band. In einem Monat sind Osterferien, da fahren wir auf die Île de Groix, wo unsere Familie ursprünglich herkommt. Bis dahin muss ich noch zur Schule. Jetzt ist es gerade Mitternacht. Papa glaubt, dass ich schlafe, aber ich spiele ein Computerspiel. Mit dem Kopfhörer auf den Ohren kämpfe ich mich durch eine keltische Sage und entschlüssele Runen. Mein Avatar hat vor gar nichts Angst, er zuckt nicht mal mit der Wimper, wenn ihn etwas Unsichtbares berührt. So ein Mann wäre ich auch gerne, und ich hätte es vielleicht sogar werden können, wenn Claire nicht vor fünf Jahren dorthin abgehauen wäre, wo der Pfeffer wächst. Seitdem habe ich das Gefühl, bei mir läuft alles verkehrt herum, wie bei diesen Rückwärtsmarathons oder den Lachsen, die gegen den Strom schwimmen.

Papas Schlafzimmer liegt am anderen Ende des Flurs, deswegen ist die Gefahr, dass er mich erwischt, relativ gering. Mein Avatar überspringt einen Dämon, der mit den brennenden Kerzenfingern wackelt, um den verirrten Wanderer in der Heide zu verwirren. Plötzlich verschwindet das Spiel vom Bildschirm.

Also, eigentlich gar nicht plötzlich, sondern stückchenweise, es ist unerklärlich, infernalisch unglaublich. Das Wort »infernalisch« habe ich in einem Buch entdeckt. Ich mag Wörter, Menschen, Ereignisse, die anders sind, untypisch, außergewöhnlich. Und ich hasse verlieren, aber das passiert, wenn mein Computer abschmiert. Nein, nein, nein, nicht so kurz vor dem nächsten Level! Die Figuren lösen sich auf, Pixel für Pixel, der Hintergrund zersetzt sich, mein Bildschirm wird schwarz. Ich darf nicht rumschreien, sonst wecke ich Papa auf. Ich hämmere auf die Tasten ein, checke, ob der Stecker rausgerutscht ist. Was ist hier los?

Ich unterdrücke die Erinnerung an Claire, wie sie Claude Nougaro singt, »Auf wacher Nächte schwarzer Leinwand ersinne ich mir Film um Film« verbiete mir, an sie zu denken, damit ich nicht losheule. Ich nehme den Kopfhörer ab und hänge ihn mir um den Hals wie eine Kette. Dann fahre ich mir durch die zerzausten Haare, schließe die Augen, massiere mir die müden Lider.

Kurz darauf hebe ich den Kopf. Was ist das für ein Lärm im Treppenhaus? Träume ich, oder hat da gerade wer geklingelt? Im Spiel kann es nicht sein, mein Computer hat sich verabschiedet.

Papa hat anscheinend aufgemacht, ich höre Stimmen. Wer könnte mitten in der Nacht bei uns vor der Tür stehen? Ich komme nicht dagegen an, mein erster Gedanke ist natürlich Claire, die ich nicht mehr Maman nenne, seit sie uns wie zwei Idioten hat sitzenlassen. Ist sie endlich zurück? Hat sie sich genug um die Kinder anderer gekümmert, werden wir wieder eine Familie, unbeschwert und glücklich? Muss ich nicht länger von ihr träumen, nur um sie beim Aufwachen aus meinem Kopf zu vertreiben? Tut nicht mehr jeder neue Tag weh?

Ich stoße meinen Stuhl zurück und vergesse dabei völlig den Kopfhörer um meinen Hals, der Stecker leidet, als ich ihn rausreiße, aber das ist mir scheißegal. Ich renne auf den Flur. Die Wohnungstür steht sperrangelweit offen, das Treppenhaus dahinter ist dunkel. Die Stimmen kommen aus Papas Schlafzimmer. Ich sprinte los. Es sind drei, zwei Männer und eine Frau, ganz in Weiß, bis auf das blaue RETTUNGS-DIENST auf dem Rücken. Claire ist nicht dabei. Die Fremden beugen sich über Papa, der nackt auf dem Bett liegt. Seine Augen sind offen, aber er sieht mich nicht. Auf seinem Oberkörper kleben Elektroden, die mit einem Defibrillator verbunden sind. Ich kenne die Dinger, wir hatten einen Kurs in der Schule. Im Pausensaal und in der Turnhalle hängt einer. Wie im Fernsehen ruft die Frau: »Und weg!« Die beiden Männer heben die Hände, um zu zeigen, dass sie Papa nicht berühren. Die Frau drückt einen Knopf, Papa zuckt zusammen, die Linie auf dem Bildschirm schlägt aus, dann wird sie wieder flach.

Ich muss wohl irgendein Geräusch gemacht haben, denn die Frau dreht sich um und bemerkt mich. Sie gibt dem schlanken Mann mit den blauen Kulleraugen ein Zeichen. Der kommt auf mich zu und schiebt mich zurück auf den Flur. Ich protestiere:

»Das ist mein Vater, ich will bleiben!«

»Wie alt bist du?«

»Fünfzehn.«

Ich wirke älter, weil ich so groß bin, ich hätte schwindeln sollen. Der Mann lächelt mich an. Sein Name steht auf seinem Kittel: Dr. T. Serfaty.

»Ich heiße Thierry. Zu wieviel wohnt ihr hier?«

»Zu zweit.«

»Nur du und dein Vater?«

»Ja, Herr Lord.«

Das ist mir einfach rausgerutscht. *Ja, Herr Lord,* so wie Louis de Funès es ständig in *Fantomas bedroht die Welt* sagt. Papa hat mir alle seine Filme geschenkt, ich kenne sie auswendig.

Durch die geschlossene Schlafzimmertür höre ich: »Ist das Adrenalin drin? Dann probieren wir's noch mal. Und weg!«

»Könnte ich vielleicht ein Glas Wasser haben?«, fragt Dr. Thierry.

Das kann ich ihm schlecht abschlagen. Er folgt mir in die Küche.

»Wir warten besser hier, dann sind wir aus dem Weg«, meint er.

Wir setzen uns an den Tisch. Er ist schon fürs Frühstück gedeckt: die Schale mit Miraculix und seinem Zaubertrank für Papa, die mit *Enez Groe* – Île de Groix auf Bretonisch – für mich.

Das alles passiert gar nicht wirklich. Gleich kommt Papa rein und schimpft mich aus, weil ich nicht im Bett liege, lässt mich bis zu den Ferien für die Schule schuften, bis zu dem magischen Tag, an dem wir auf der Breizh Nevez zur Insel schippern.

Ich greife nach meinem Kopfhörer, er ist nirgendwo eingestöpselt, aber ich setze ihn trotzdem auf, um mich von der Welt abzuschotten. So bleiben wir sitzen, Dr. Thierry und ich, und schweigen uns an. Irgendwann gesellt sich die Frau zu uns. Dr. D. Valbone laut ihrem Kittel. Sie ist hübsch und erschöpft, die blonden Haare kleben ihr an der Stirn, und unter den hellen Augen prangen dunkle Ringe. Papa mag Blondinen, er ist ganz bestimmt aufgewacht, um sie anzuschauen. Sie bedeutet mir, den Kopfhörer abzusetzen, ich gehorche.

»Wo ist deine Maman?«

Sie hat das verbotene Wort benutzt.

»Wir haben keine Ahnung, aber wir brauchen sie nicht, wir kommen sehr gut alleine klar!«

Sie wechselt einen Blick mit Dr. Thierry, der den Kopf schüttelt. Ich erkläre:

»Meine Mutter ist orthopädische Chirurgin. Sie ist vor fünf Jahren zu einer humanitären Hilfsmission aufgebrochen, sie kommt zurück, wenn sie damit fertig ist. Fragen Sie doch meinen Vater! Muss er ins Krankenhaus?«

Sie beugt sich vor und zertrümmert mit sanfter Stimme mein Leben.

»Es tut mir leid. Wir haben getan, was wir konnten, aber es war zu spät. Wir haben versucht, ihn wiederzubeleben, aber sein Herz hat nicht reagiert. Er war einfach zu krank.«

Ich glaube ihr kein Wort. Sie redet von jemand anderem.

»Mein Vater ist kerngesund!«

»Er war bei einem Kardiologen in Behandlung, es gab schon erste Warnzeichen.«

»Nein, Sie müssen sich irren.«

Dr. Valbone legt die Hände flach auf den Küchentisch. Dabei kippt die Miraculix-Schale um und rollt los. Ich fange sie wieder ein und stelle sie in sicherer Entfernung ab. Papa würde Frau Doktor umbringen, wenn die Schüssel kaputtgeht, sie ist ein Geschenk von Claire.

»Wie heißt du?«, fragt Dr. Valbone.

»Dom.«

»Ich heiße auch Dominique. Dein Vater war in Behandlung, vielleicht wollte er dich nicht beunruhigen. Wir können nichts mehr für ihn tun.«

Ich habe nicht die Kraft, ihr zu sagen, dass Dom nicht die Abkürzung für Dominique ist. Meine Lebenslust zerbirst in spitze Scherben, die sich in mein Herz bohren. Ich brülle:

»Machen Sie weiter! Sie dürfen keine Zeit verlieren!«

»Wir haben alles gegeben. Es ist vorbei. Es tut mir wirklich leid.«

Das ist unmöglich, undenkbar. In Wahrheit schlafe ich bestimmt, und das Ganze ist nur ein Albtraum. Dr. Dominique schaut mich mit ihren hübschen Augen eindringlich an.

»Dein Vater ist tot, Dom.«

Alles in mir zerfällt. Papa ist »in den *suet* gegangen«, wie man auf der Île de Groix sagt, in den Südosten, wo der von den Seefahrern gefürchtete Wind weht, wo der Nebel hängt. Er hat die Taue gekappt. Ich bin fünfzehn, Claire ist abgehauen, Papa hat eben seine letzte Reise angetreten. Jetzt bin ich ganz allein.

»Wo ist die Frau, die uns aufgemacht hat?«, fragt Dr. Dominique.

»Welche Frau?«, frage ich zurück. »Es gibt nur Papa und mich.«

»Als das Herz deines Vaters versagt hat, war er mit einer Frau zusammen. Sie hat den Notruf gewählt, uns reingelassen und ins Schlafzimmer geführt. Dann ist sie verschwunden.«

Ich reiße die Augen auf. Sie dachte, diese Frau wäre meine Mutter. Und ich war so naiv zu glauben, Papa hätte niemanden außer mir.

»Kennst du sie nicht, Dom?«

Ich schüttele den Kopf. Die Wohnung ist nicht besonders groß, wir suchen sie, finden aber keine Spur von ihr, sie hat sich in Luft aufgelöst, wie mein Computerspiel.

»Hat sein Herz ihretwegen versagt?«

Dr. Dominique weicht der Frage aus.

»Es hätte jederzeit passieren können, beim Gehen, Schlafen, Fernsehen.«

Er war nackt im Bett mit einer Fremden, die haben bestimmt nicht Monopoly gespielt. Ich hatte auch schon Freundinnen, eine Schwedin in den letzten Sommerferien und eine aus meiner Klasse Anfang des Schuljahrs, aber wir haben Weihnachten wieder Schluss gemacht. Und ich bin mit keiner der beiden so weit gegangen. Heute lerne ich zwei Dinge: Liebe tötet, und Papas Herzstillstand hat meinen Computer abstürzen lassen. Denn genau so war es. Es ist eine Tatsache, klar wie das Wasser der Quellen auf dem kleinen Kieselstein namens Groix. Ein Computer geht nicht ohne Grund aus. Das hier ist kein Science-Fiction-Film, sondern die Realität. So etwas Ähnliches ist auch vor achtzehn Jahren passiert, vor meiner Geburt, als Papas Bruder Onkel Yannig vor der Küste unserer Insel ein paar Touristen gerettet hat, die trotz des Sturms rausgefahren waren, und dabei ums Leben gekommen ist. Damals hat sich das Radio in Tante Tifenns Küche von ganz allein eingeschaltet, während sie gerade Kaffee getrunken hat. Es gibt eine unerklärliche Verbindung zwischen Menschen und Dingen.

»Ich muss mit jemandem aus deiner Familie sprechen«, sagt Dr. Dominique jetzt.

»Wir wohnen alle hier im Haus. Onkel Gaston, Tante Tifenn, Tante Désir und die perfekten Cousins, Papa und ich.«

»In welchem Stock?«

Sie schreibt es sich auf und lässt mich mit Dr. Thierry allein. Der dritte Doktor bleibt bei Papa. Ich denke an Groix, um nicht zusammenzubrechen. Wenn das RoRo, das große Schiff aus Lorient, das die Alten »Dampfer« und die Touristen »Fähre« nennen, im Hafen einläuft, lässt es einmal sein Horn ertönen. Wenn es wieder ablegt, dreimal. Das hört man auf der ganzen Insel, es gliedert den Tag. Papa kann nicht in See gestochen sein, ich habe das Horn seines Schiffs nicht gehört.

Onkel Gaston, Papas älterer Bruder und das Familienoberhaupt, wohnt zwei Stockwerke höher. Tante Tifenn wohnt direkt über, Tante Désir direkt unter uns. Mein Großvater hat das Haus gekauft, mit dem Geld, das er für die Erfindung eines Deckausrüstungsteils für die Schiffe bekommen hat. Vorher war er nicht gerade reich, damit hat er ein Vermögen verdient und seinen besten Freund verloren, das hat ihm das Leben vermiest.

Zwischen den Treppenabsätzen in unserem Haus liegen jeweils fünfzehn Stufen. Als ich klein war, haben meine Eltern ein albernes Spiel mit mir gespielt: An meinem Geburtstag nahmen sie mich links und rechts an der Hand, und ich durfte für jedes Lebensjahr eine Stufe überspringen, eine am ersten, zwei am zweiten, drei am dritten. An meinem fünften Geburtstag ließ ich Claires Hand los, als Papa mir gerade Schwung gab. Ich knallte mit dem Kopf gegen die Wand, und meine Eltern stritten sich, weil sie Angst hatten. »Warum hast du ihn nicht festgehalten?« »Er hat seine Hand weggezogen!« Danach spielten wir das Spiel nie wieder. Im Medizinstudium an der Uni in Rennes hatte Claire gelernt, dass ein Kind trocken wird, sobald es auf einen Schemel steigen kann. Monatelang stellte sie mich vor den blauen Küchentritt, er wurde mein Kuscheltier, andere Kinder hatten Teddys oder Häschen, ich hatte einen Küchentritt, ohne den im Zimmer ich nicht einschlafen konnte. Als Claire verschwand, war ich zehn, ich hörte auf, sie Maman zu nennen, um sie zu bestrafen, ich bat Papa, meinen Kuscheltritt in den Keller zu bringen. Und ich sitze seitdem auf der zehnten Stufe fest.

Früher habe ich »ich« gesagt, wenn ich von mir gesprochen habe. Nachdem Claire abgehauen war, habe ich »wir« gesagt, für Papa und mich, um die Lücke zu füllen, die sie hinterlassen hatte. Jetzt muss ich wieder »ich« werden. Heute Nacht habe ich auch die zweite Hand verloren, die mich gehalten hat. Die Treppe hat sich in einen Abgrund verwandelt.

Die Geliebte

Mein Mann ist tot. Du bist tot. Ich habe mit angesehen, wie du durch den Spiegel gegangen bist. Wie ist das möglich?

Wir lagen uns in den Armen, trieben in diesem Niemandsland zwischen Schlafen und Wachen. Eben waren wir noch geflogen, hatten die Sterne gestreift. Ich habe dich betrachtet, dein Gesicht, deine so vertrauten Züge. Auf einmal hast du aufgehört zu atmen. Völlig lautlos. Du hast nicht gezuckt, du bist gegangen, ohne dich ans Leben zu klammern. Es wirkte so einfach, so friedlich, du warst wahrscheinlich die lässigste Leiche auf dem gesamten Planeten. Ich habe dich geschüttelt, geohrfeigt, auf deine Brust eingehämmert, rhythmisch auf die Stelle über deinem Herzen gedrückt, um es wieder zum Schlagen zu bringen, alles umsonst. Du warst nicht mehr da. Also habe ich die 15 gewählt, den Mann am anderen Ende der Leitung angefleht. Er würde einen Einsatz eröffnen, so hat er es genannt. Vielleicht auch eine Tür zum Jenseits.

Ich habe mich wieder neben dich gelegt, die Hände auf deine noch warmen Wangen gepresst, ich bekam plötzlich ein absurdes Verlangen nach dem Champagner, dessen feuchter Hals aus dem Eiskübel ragte. Ich wartete jahrelang, bis ich alt und grau war, bis dein Bart so lang wurde wie der eines Cromagnonmenschen. In Wahrheit ertönten die Sirenen schon nach fünf Minuten. Der Krankenwagen kommt aus dem Hôpital Necker

zwei Straßen weiter. Während die Notärzte die Treppe hoch-
rannten, holte ich die EKGs aus der Schublade, in der du sie
versteckt hattest. Dann zog ich mich rasch an und machte ihnen die Tür auf.

Die gesamte Zeit über habe ich keinen einzigen Gedanken
an den Jungen verschwendet. Ich hätte eine miese Mutter abgegeben. Ich habe nur an dich und mich gedacht. Ich habe zu-
gesehen, wie du in See gestochen bist, an Bord der *bag noz*, der
Barke der Nacht, deren Rudergänger der letzte Ertrunkene des
vorherigen Jahres ist und mit der der Ankou, der Diener des Todes in der Bretagne, die Seelen der Verstorbenen transportiert.
Aber an den Jungen habe ich keinen Gedanken verschwendet.
Danach hat er allen Raum eingenommen, er ist mein Erbe.

Mir war sofort klar, dass die Ärzte dich nicht zurückholen
können. Die hellen Augen der hübschen Blonden hätten dir
gefallen. Ich habe ihr die leere Hülle, deinen leblosen Körper,
überlassen und bin verschwunden, bevor der Junge aufgewacht
ist. Ich wohne auch hier im Haus, das hat die Sache verein-
facht. Er darf das mit uns nicht erfahren. Deine Familie darf
es nicht erfahren. Wir verheimlichen unsere Liebe schon seit
zwei Jahren.

Dom

Mein Onkel und meine Tanten treffen ein, in Schlafanzug und Morgenmantel, zerzaust, verblüfft, bestürzt. Das Rettungsteam bricht wieder auf, ohne Papa. Onkel Gaston verteilt die Aufgaben. Tante Tifenn ist ganz benommen. Tante Désir betet, meine perfekten Cousins schlafen ein Stockwerk tiefer, sie können mich nicht leiden und ich sie noch weniger. Als sie mir einmal an den Kopf geworfen haben: »Deine Mutter hatte die Schnauze voll von deinem Vater und dir, sie kommt nicht zurück, da könnt ihr warten, bis ihr schwarz werdet, frag Maman«, ist mir die Sicherung durchgebrannt, und ich habe dem Großen eine mit rechts und dem Kleinen eine mit links gepfeffert. Natürlich haben sie sich bei ihrer Mutter ausgeheult, die hat gemeint, der Apfel würde eben nicht weit vom Stamm fallen.

Ich flüchte mich in mein Zimmer, setze den Kopfhörer auf und drehe die Musik auf volle Lautstärke. Onkel Gaston gesellt sich zu mir, aber ich weigere mich, mit ihm zu reden. Tante Désir reißt mir den Kopfhörer mit Gewalt runter und will wissen, wo das Stammbuch liegt, das bräuchten sie für den Transport zum Bestatter. Ich schreie sie an, sie haut wieder ab. Tante Tifenn bringt mir ein Glas Milch und Kekse, ich verrate ihr, wo die wichtigen Unterlagen sind. Wie konnte ich nicht bemerken, dass Papa krank war? Aber das alles ist nicht nur meine Schuld. Umgebracht hat ihn diese Frau, die bei ihm war!

Ich schleiche auf Zehenspitzen aus meinem Zimmer und öffne die Wohnzimmertür einen Spalt. Mein Onkel und meine Tanten haben keine Ahnung, dass ich lausche.

»Zu Tode gevögelt, während sein Sohn nebenan schläft, was für ein Skandal!«

Tante Désirs Stimme.

»Der Körper muss jubilieren, das wusste schon Brel, meine Gute.«

Onkel Gaston.

»Yrieix' Privatleben geht uns nichts an.«

Tante Tifenn.

»Hast du gewusst, dass er eine Neue hatte?«

Für Papa war Désir immer »die alte Tratschtante«.

Ich habe es nicht gewusst. Vielleicht hatte er sie eben erst kennengelernt und wollte sie mir beim Frühstück vorstellen? Wir hätten eine dritte Schale für sie rausgeholt. Nicht die von Claire, die mit dem Hochzeitsbild von William und Kate drauf, die steht noch im Schrank, damit sie sie bei ihrer Rückkehr gleich wiederfindet. Nach ihrer Abreise habe ich Harrys und Meghans Hochzeit auf Onkel Gastons großem Fernseher geschaut, zusammen mit Papa und Tante Tifenn. Wir haben Scones mit Sahne und Orangenmarmelade gegessen, und ich habe gehofft, dass Claire dort, wo der Pfeffer wächst, gerade die gleichen Bilder sieht und an uns denkt.

Die Frau, die Papas Körper zum Jubilieren gebracht hat, ist mitten in der Nacht abgehauen. Warum? Ist sie verheiratet und ihr Ehemann auf Geschäftsreise? Papa hat sie bestimmt vorgewarnt, dass Claire irgendwann zurückkommt. Dr. Thierry hat mir »eine blonde Frau in Jeans und T-Shirt« beschrieben. Also quasi Dr. Dominique, Tante Désir, Tante Tifenn, meine Mathelehrerin, meine Sportlehrerin, die Buchhändlerin von nebenan, die Mutter meiner besten Freundin auf Groix, Mathilde, meine Kinderärztin Dr. Clapot, unsere deutsche Concierge Kerstin und die Bretonin Noalig aus dem obersten Stock. Wer ist diese Blondine? Geliebte oder Mörderin?

»Was machen wir mit dem Jungen?«

Wieder Tante Désir.

»Ihn noch mehr lieben als vorher«, antwortet Tante Tifenn.

»Er hat niemanden mehr«, sagt Désir.

»Er hat uns!«, protestiert Onkel Gaston.

»Du bist eingefleischter Junggeselle, du kannst nicht einmal ein Ei kochen«, gibt Désir zurück. »Tifenn, die tapfere Witwe des heldenhaften Seemanns, lebt in der Vergangenheit bei Yannig. Und ich habe schon genug zu tun mit meinen eigenen Söhnen und dem armen Georges.«

Tante Désirs Mann ist praktisch unsichtbar. Er ist nicht arm, auch wenn jeder seinem Vornamen dieses Adjektiv voranstellt. Seinem Vater, der gleichzeitig auch sein Chef ist, gehört ein Luxushotel in der Nähe der Champs-Élysées. Tante Désir bildet sich was darauf ein, dass sie als Einzige von den Geschwistern eine gute Partie gemacht hat. Gaston war schon immer allein. Yannig, der zehn Monate älter war als Papa, hat Tifenn geheiratet, deren Eltern in Côtes-d'Armor wohnen und Lehrer sind. Papa hat Claire geheiratet, die aus einer kleinen Bar-Tabac in Finistère-Sud stammt. Das Nesthäkchen Désir hat den Jackpot geholt. Der arme Georges ist Einzelkind, heißt, das Luxushotel gehört irgendwann einmal ihm, also ihnen, also ihr.

»Wir teilen uns den Sommer auf, jeder nimmt Domnin für drei Wochen, und danach schicken wir ihn aufs Internat«, beschließt Désir.

Na, vielen Dank, Tantchen.

»Das hätte Yrieix ganz sicher nicht für seinen Sohn gewollt«, ruft Tifenn.

Gaston schaltet sich wieder ein. »Yrieix hat alle Vorkehrungen getroffen. Die Herzprobleme haben schon letztes Jahr angefangen. Er hat einen Vormund bestimmt und ein Testament beim Notar in der Nachbarstraße hinterlegt.«

Also hatte Dr. Dominique recht, Papa war wirklich krank. Und ich werde zu einem Fremden abgeschoben, der über mein Leben entscheidet? Mein Herz pocht so heftig, dass mein gesamter Körper vibriert und der Boden unter meinen Füßen erzittert.

»Damit wäre das Problem gelöst«, meint Désir. »Keine schlechte Idee von Yrieix, vielleicht war er am Ende doch ein ganz guter Vater.«

»Ein hervorragender«, erwidert Gaston. »Doms Vormund bin nämlich ich. Ich kann zwar kein Ei kochen, aber ihn mit zu Gwenou ins Bistro gegenüber nehmen. Er bleibt in seiner vertrauten Umgebung, muss nicht die Schule wechseln und verliert nicht alle seine Freunde.«

»Die Familie hält zusammen«, bekräftigt Désir. »Und da Domnin ab jetzt ja oben bei dir wohnt, kannst du mir Yrieix' Wohnung vermieten, zum Freundschaftspreis natürlich. Ein kleiner Durchbruch nach unten, und wir haben eine Maisonettewohnung.«

Papas Tod kommt seiner Schwester gelegen.

»Du überraschst mich immer wieder«, sagt Gaston seufzend. »Es gibt erst einmal Wichtigeres zu tun. Wir müssen Familie und Freunde benachrichtigen, die Bestattung organisieren. Und Dom beistehen.«

»Glaubt ihr, Claire taucht wieder auf?«, fragt Désir besorgt. »Hoffentlich denkt sie nicht, sie kann sich hier wieder breitmachen. Weggegangen, Platz gefangen.«

»Du bist unmöglich«, meint Tifenn.

Ich schleiche zurück in mein Zimmer, ohne das Parkett zum Knarzen zu bringen, lege mich ins Bett und schlafe sofort ein, wie ein Roboter, dem man den Saft abdreht.

TAG 2
Dom

*M*ein Onkel und meine Tanten wecken mich zum Frühstück. Papas Schale steht nicht mehr auf dem Tisch.

»Wir müssen einen Bestatter suchen, der deinen Vater abtransportiert«, verkündet Désir.

Sie verbessert mich immer liebend gern. Ausnahmsweise einmal hat sie sich einen Schnitzer geleistet, die Gelegenheit lasse ich mir nicht entgehen.

»Du meinst wohl ›abholt‹.«

»Nein«, erwidert sie.

Ihr toter Bruder ist zu einem Ding geworden.

»Du gehst gleich in die Schule«, fährt sie fort. »Ich gebe deinem Direktor Bescheid.«

»Auf keinen Fall!«

»Wir fragen dich nicht nach deiner Meinung. Oder, Gaston?«

»Natürlich fragen wir ihn nach seiner Meinung, was glaubst du denn? Heute ist kein stinknormaler Tag, man verliert seinen Vater nur einmal. Hast du schon vergessen, wie das war? Alle fanden dich unheimlich tapfer, die arme Kleine. Dabei hat es dich nicht die Bohne interessiert. Du liebst nur dich selbst, andere existieren für dich gar nicht. Du hast kein Herz, als Gott die Organe verteilt hat, hat er einen Fehler gemacht, er hat dir zwei Lebern gegeben, deswegen spuckst du auch ständig Gift und Galle.«

Das Müsli in meiner Schale verklumpt, ich kriege nichts runter.

»Willst du uns begleiten, Dom?«, fragt Tante Tifenn.

Ich nicke. Ich werde Papa nicht den Klauen seiner Schwester ausliefern, keine Chance.

Jeden Morgen auf dem Schulweg komme ich an zwei Bestattungsunternehmen vorbei, aber ich hätte mir nie träumen lassen, dass ich je dort anhalten muss. Jetzt stehen wir hier auf dem Bürgersteig.

Tante Désir tritt an das erste Schaufenster. Eine Frau mit Adlernase erspäht uns und stürzt heraus, ein falsches Lächeln auf dem Gesicht. Ich nähere mich dem zweiten. Ein Mann mit schwarzem Anzug und dicken Ringen an den Fingern raucht davor. Er schielt und wirkt nett.

»Rauchen kann tödlich sein«, sage ich. »Mein Vater hat aufgehört, ist aber trotzdem gestorben.«

Der Mann tut nicht so, als wäre er traurig. Das falsche Lächeln der Frau nebenan schmilzt wie Salzbutter in der bretonischen Sonne. Wir folgen dem Mann in seinen Laden. Er klappt einen Ordner auf, fragt nach Papas Namen, notiert ihn respektvoll.

»Wissen Sie, die Toten sind auch nur Menschen. Ich wollte schon immer Bestatter werden.«

Er macht einen vertrauenswürdigen Eindruck. Ist es nur ein Zufall, dass sich Bestatter auf Gevatter reimt? Gestatten, Gevatter Tod. Ich werfe einen Blick unter den Tisch. Papas Gevatter ist ein Rocker: Er trägt spitze Cowboystiefel aus Krokoleder wie Johnny Hallyday. Gerade zählt er die verschiedenen Leistungen auf: hygienische Grundversorgung – dabei ist Papa bestimmt nicht schmutzig, er hat jeden Morgen geduscht –, Zeitungsanzeigen. Der Sarg: »Eiche massiv, zweifarbig, seidenmatt lackiert, Seiten gewölbt mit Zierleisten, flacher Deckel, dreifache Höhe«. Das Modell heißt Tuileries, wie der Park in der Nähe der Comédie-Française, wo ich mit Papa mal ein Stück von Molière gesehen habe. In den *Lucky-Luke*-Comics misst der Totengräber die Leute immer schon aus, wenn sie noch leben, um ihren Sarg im Voraus zu zimmern. Papa kannte die kleine Anzeige in der *Nugget Gulch Gazette* auswendig: »Luke Mallow zog seine Stiefel nie aus und starb auch darin. Die Person, die sie ihm bei der Totenwache versehentlich entwendet hat, wird gebeten, sie ihm für die Beisetzung zurückzubringen.« Alles ist durchgeplant. In vier Tagen muss ich nicht zur Schule, da ist die Bestattung. Anscheinend hat Papa Gaston genau erklärt, was er will: eine Messe mit allen und eine Einäscherung ohne alle. Weder Familie noch Freunde sind zum Grillfest eingeladen. Danach streuen wir seine Asche ins Meer. Ich kann nicht einmal weinen, ich bin wie vor den Kopf geschlagen.

Wir gehen nicht direkt nach Hause. Onkel Gaston will noch mit mir in den Buchladen. Dort unterhält er sich mit der Besitzerin, während ich Comics durchblättere. Ist sie die geheimnisvolle Blondine? Ich habe keine Ahnung, was ich hier soll, Gaston braucht mich offensichtlich nicht. Warum hat er darauf bestanden, dass ich mitkomme? Als wir schließlich unser Haus erreichen, ist die Antwort klar. Gevatter Cowboystiefel steigt gerade in ein langes schwarzes Auto. Dessen Türen schließen sich wie die des Gefängnisses, das Johnny in *Le Pénitencier* besingt. Die Toten sind zwar auch nur Menschen, aber sie fahren in besonderen Autos.

Unsere Freundin Kerstin, die Concierge, steht draußen auf dem Bürgersteig. Sie wirkt völlig aufgelöst. Sie war oft zum Abendessen bei uns. Ihre Familie lebt in Deutschland. Sie ist nach Paris gekommen, um Krankenpflegerin zu werden. Désir, die älter und hässlicher ist, schaut gern auf sie herab. Der arme Georges schaut sie gern an. Hat sie Papa getötet?

Ich stürme die Treppe hinauf und in Papas Schlafzimmer. Das Bett ist abgezogen worden, auf dem Kaminsims thronen noch zwei Champagnergläser. Daneben liegt ein kleines Pferd mit Flügeln und einem goldenen Schweif, das jemand aus dem Draht und der Folie um Korken und Flaschenhals gebastelt hat. War es die blonde Frau? Am liebsten würde ich das hübsche, filigrane Tierchen zerquetschen. Ich schenke mir ein Glas ein. Der Champagner ist warm und schal. Ich verschlucke mich, und die Flüssigkeit läuft mir übers Kinn. Claire hat immer gesagt, wenn man aus dem Glas eines anderen trinkt, kann man seine Gedanken lesen. Plötzlich geht die Tür auf, mein Onkel und meine Tanten stehen im Rahmen.

»Was treibst du da, du Lümmel?«, kreischt Désir. »Besäufst du dich etwa? Mit fünfzehn?«

»Champagner trinkt man kalt«, meint Gaston und nimmt mir die Flasche aus der Hand.

»Es gibt andere Mittel und Wege, um sich zu berauschen«, fügt Tifenn hinzu. »Mir hat die Musik geholfen, als Yannig fortgegangen ist.«

Ihr Satz schmettert mich nieder. Bis jetzt war ich in einem Computerspiel, habe Quests erledigt. Papa konnte jederzeit wieder aus dem Leichenwagen springen. Aber Yannigs Fortgang macht Yrieix' Rückkehr unmöglich.

Ich stopfe mir das geflügelte Pferd in die Tasche. Erst dachte ich, es wäre Pegasus, aber in Wahrheit ist es ein Thestral aus *Harry Potter*, ein Drachenpferd mit schwarzen Flügeln, das man nur wahrnimmt, wenn man jemanden hat sterben sehen. Ich habe Papa zwar nicht sterben sehen, aber es durch meinen Computer gespürt.

Die letzte Nacht war *glaz*. Das hat Papa gesagt, als Claire gegangen ist. Es ist ein unübersetzbares bretonisches Wort, das die Farbe des Meeres beschreibt, zwischen Blau und Grün, die Farbe ihrer Augen. So hat er den Schmerz ausgedrückt, von seiner Insel und der Frau, die er liebt, getrennt zu sein. Jetzt bin ich *glaz*. Die lebendigen Farben sind mit Papa gestorben. Es bleiben nur die kalten, dunklen, bleichen, herzzerreißenden.

TAG 5
Die Geliebte

*H*eute bestatten wir dich. Das ist ein schlechter Witz, ein Albtraum. Ich bin sehr früh dran, nur die Kränze und Blumengebinde sind schon da. Deine Familie dürfte erst in einer guten halben Stunde eintreffen. In der Kirche ist es kühl, du kannst mir deine Jacke nicht leihen. Du wartest links in der kleinen Kapelle. Ausnahmsweise einmal bist du nicht zu spät. Das hier wird unser letztes Date. Danach bin ich allein.

Dein Sarg ist schlicht, edles Holz, goldene Griffe. Ich streichle ihn sanft, so wie ich deinen Körper gestreichelt habe. An unserem letzten Abend kam ich erst spät, damit der Junge auch sicher schlief. Ich hatte eine Flasche Mercier Blanc de Noirs dabei, den Champagner unserer ersten gemeinsamen Nacht. Du hast ein Album von Dan Ar Braz aufgelegt, *Douar Nevez*, das vom schwarzen Pferd der bretonischen Legenden erzählt. Meine Finger haben den Drahtkorb gebändigt und dir ein geflügeltes Pferd gebastelt. Wir haben ein Glas getrunken und uns umschlungen, sind zitternd und lachend vor Lust und Freude auf den Wellen geritten. Bis das dunkle Ross dich weiter getragen hat, als ich dir folgen konnte.

Gestern Nacht konnte ich nicht schlafen. Ich habe mir eine Flasche Sekt aufgemacht, nur wegen des Drahtkorbs. Ich habe zwei Gläser getrunken und dann meine Hände sprechen lassen.

So ist eine kleine Märchenfigur entstanden. Die Folie um den Flaschenhals hat sich in goldenes Haar, einen fliegenden Schal, einen Stern und eine Rose verwandelt. Ich habe die Figur auf den Korken gesteckt. Sie ist in meiner Tasche, ich will sie später zwischen deine Blumen schmuggeln. Du warst mein Prinz.

Dein Sarg ist verschlossen, verschraubt, vernietet, ich war weder bei deiner Einsargung noch bei deiner Aussegnung, ich wollte dich lebendig in Erinnerung behalten, ungeschminkt. Es fällt mir schwer zu beten, du bist mir entrissen worden, du wirst Dom nicht aufwachsen sehen, deinen Sohn mit Claire, auf die du endlich nicht mehr gewartet hast. Yrieix, ich schwöre dir bei allem, was mir lieb ist, dass ich mich um ihn kümmern werde, im Verborgenen. Er wird zu einem starken, unabhängigen und leidenschaftlichen jungen Mann heranwachsen. Der Schmerz wird ihn nicht niederdrücken oder seine Flügel stutzen. Dom Ar Gov wird frei und glücklich sein, das verspreche ich dir.

Ich wirke bestimmt, als würde ich etwas im Schilde führen, wie ich so vor deinem stummen, tauben Sarg stehe. Ich schaue auf die Uhr. Die Zeit drängt. Schritte nähern sich. Ein Priester, nicht mehr der Jüngste, kommt durch das Querschiff und wirft mir einen Blick aus dem Augenwinkel zu, bevor er in der Sakristei verschwindet. Er wird uns nicht stören. Bleiben wir noch ein bisschen beisammen. Ich finde nicht die richtigen Worte, um mit dir zu sprechen, deshalb weiche ich auf Lieder aus. *Sag warum*, ein alter Schlager aus den fünfziger oder sechziger Jahren, will mir nicht mehr aus dem Kopf. Warum, warum du?

Der Organist oben auf der Empore spielt ein paar Akkorde. Der Chor wärmt sich auf, stimmt die *Sunrise Mass* von Ola Gjeilo an, dem jungen norwegischen Komponisten, den du bei einem Konzert des Vereins Musique à Groix in der Kirche in Le Bourg für dich entdeckt hast. Bald wird man uns trennen. Ich zermartere mir das Hirn nach originellen Abschiedsworten, ich will nicht mit bejammernswerten Banalitäten Lebewohl sagen. Serge Reggiani rettet mich: »Dies ist, soweit es mir gewahr, das erste Leid, das du mir tatst. Kämst du zurück in meinen Arm, ich freute mich aufs nächste Mal.« Der Priester, der inzwischen sein Messgewand trägt, steuert wieder auf mich zu, die Stirn in Falten.

»Ich bete für Monsieur Le Goff«, sage ich. »Ich habe mich in der Zeit geirrt, ich bin ein bisschen zu früh.«

»Sie haben sich auch in der Person geirrt, aber der Herr hört uns, wo immer wir sind«, erwidert er mit einer erstaunlich glockenhellen Stimme für seinen Körperumfang.

»Wie bitte?«

Er deutet auf den Sarg, den ich eben liebkost habe.

»Das hier ist Yvette Meunier-Jacob, sie wurde hundert Jahre alt. Ihre Trauerfeier findet nach der von Monsieur Le Goff statt.«

»Was?«

Entsetzt weiche ich zurück. Ich habe einer fremden alten Dame meine Liebe erklärt. Meine Augen tränen, mein Lachen zittert. Wo immer du bist, du lachst dich wahrscheinlich gerade tot.

Ich hätte es wissen müssen, du bist nie pünktlich. Der kleine Prinz aus Draht tief in meiner Tasche tanzt vor Freude. Ich denke an den eiskalten Champagner und unsere heißen Küsse in deinem Schlafzimmer zurück. Von draußen höre ich Stimmengewirr. Dom betritt die Kirche als Erster, umkränzt von Sonnenstrahlen, den Kopf gesenkt, in einem bedrückenden schwarzen Anzug. Ich habe Yvette Meunier-Jacob versprochen, mich um ihn zu kümmern. Noch einmal lege ich die Hand auf ihren Sarg, diesmal mit dem gebührenden Respekt vor ihrem Alter. »Schwester Jacob, schläfst du noch?« Dann verlasse ich

31

die Kirche durch einen Seiteneingang und laufe außen herum zurück nach vorne, wo deine Familie und deine Freunde im rabenschwarzen Sonntagsstaat krächzen. Dein Sohn lässt die Schultern hängen und ist ebenso abwesend wie der junge Harry am Tag der Beerdigung von Lady Di. Im Anzug wird er jemand anderes, und ich finde ihn sehr schön.

Dom

Ich habe mich breitschlagen lassen, diesen lächerlichen Anzug anzuziehen, der dem älteren meiner perfekten Cousins gehört, unter der Bedingung, dass ich meine weißen Sneaker dazu tragen darf. Der Priester begrüßt mich mit meinem offiziellen Vornamen, so nennt mich niemand, nicht einmal meine Lehrer. Nur Papas Schwester, weil sie weiß, dass ich es nicht ausstehen kann.

Ich balle die Fäuste, um nicht an Claire zu denken. Sie ist von ihrem Großvater aufgezogen worden, der Jean-Domnin hieß. Papa hat mir tausendmal versichert, ich sei nicht schuld daran, dass sie abgehauen ist. Sie hat ihm das alleinige Sorgerecht überlassen. Anders als bei Klassenkameraden mit geteiltem Sorgerecht hatten mein Vater und ich uns ganz für uns. Auch er hatte einen seltenen Vornamen. Maman heißt einfach Claire. Sie hat uns einfach verlassen. Sie hat uns aus ihrem Leben gestrichen, uns mit dem Skalpell herausgeschnitten, sie wollte lieber in der Ferne operieren, als uns in Frankreich zu lieben. Papa hat sich um *mein* Innenleben gekümmert statt um das von Patienten, und das war gut, wenn ich mal wieder was auf dem Herzen hatte.

Eigentlich müsste Claire heute Vormittag neben mir sitzen, hier in der ersten Reihe. Ich bin mordssauer auf sie, nicht auf den Ermordeten. An ihrer Stelle sitzen Onkel Gaston, Tante

Désir und Tante Tifenn neben mir. Die perfekten Cousins gackern eine Reihe hinter uns neben dem armen Georges. Meine beste Freundin Mathilde ist mit ihrer Mutter den weiten Weg von Groix gekommen, die beiden haben sich taktvoll in die dritte Reihe gesetzt. Als ich sie bemerke, winke ich Mathilde zu mir, sie schiebt sich zwischen mich und Désir, der das überhaupt nicht gefällt, aber heute kann sie sich schlecht beschweren. Mathilde betrachtet Papas Sterbebildchen mit dem Foto im Hafen von Groix. Er lächelt, eingemummelt in seine Regenjacke, er kommt gerade aus dem rosafarbenen Café von Soaz, er ist dort, wo er hingehört.

Weiter hinten entdecke ich Dr. Clapot. Im Gegensatz zu allen anderen trägt sie nicht Schwarz, sondern eine orange-blaue Jacke. Sie ist Allgemeinärztin und Hypnotherapeutin und hat mir nach Claires Abreise geholfen, als ich abends nicht mehr atmen konnte. Ich sollte mir einen Ort vorstellen, an dem ich mich geborgen fühle. Ich musste nicht lange nachdenken, ich habe direkt nach Groix übergesetzt. Plötzlich war ich am Strand in der Baie des Curés, zusammen mit Mathilde und Schoko, dem Hund, der sich zu uns gesellt, sobald wir eintreffen, und wieder verschwindet, wenn wir gehen. Dorthin flüchte ich mich seitdem an schweren Tagen, wenn ich ersticke.

Ich sehe auch Kerstin, die die Pflegeschule schwänzt, um hier zu sein. Claire hat sie nie kennengelernt, sie war schon weg, als Kerstin gekommen ist. Seit Kerstin für unsere alte Concierge übernommen hat, ist sie die Kapitänin des gesamten Hauses. Noalig aus dem obersten Stock, die erst seit kurzem geschieden ist, sitzt neben ihr, in Tränen aufgelöst und wahrscheinlich zum ersten Mal in ihrem Leben hässlich mit der roten Nase und den geschwollenen Augen. Sie ist Mitglied der keltischen Musikgruppe Bagad Pariz – Ti Ar Vretoned. Sie spielt Bombarde.

Der Klang der Orgel überrollt mich. Auf ein Zeichen des Bestatters hin stehen alle auf. Männer in Schwarz betreten die Kirche. Sie tragen Papa. Ich konzentriere mich auf die Flammen der Kerzen und benutze die Selbsthypnosetechnik, die Dr. Clapot mir beigebracht hat, um zu fliehen. Die Möwen schreien, meine Zehen graben sich in den Sand. Schoko wetzt freudig bellend herbei. Ein winziger Krebs krabbelt über die algenbedeckten Felsen. Mathilde sitzt neben einem Korb mit einem Geschirrtuch darüber, in dem der beste Nachtisch des ganzen Universums wartet, der Zauberkuchen von Martine, einer Jugendfreundin von Papa. Eine besonders hohe Welle spritzt mich nass, ich zucke zurück und stoße gegen die Kirchenbank, die knarrend protestiert. Tante Désir knufft mich in die Seite und deutet auf den Ambo links neben dem Altar.

»Die Fürbitten! Du bist dran, na los!«

Ich habe eingewilligt – eigentlich wurde ich gar nicht richtig gefragt –, die erste Fürbitte zu lesen. Ich trete aus der Bank und meiner Tante dabei extra auf die Füße. Auf dem Weg zum Ambo muss ich an den Tuileries aus Eiche massiv vorbei. Tante Désir wollte unbedingt, dass ich zur Sargschließung heute Morgen mitkomme, weil das angeblich die Trauerarbeit erleichtert. Tante Tifenn hat mich hingefahren. Wir haben bei einem Café angehalten und heiße Schokolade getrunken, weil man von Kummer ein Loch im Bauch kriegt und heiße Schokolade gutes Füllmaterial abgibt. Deswegen waren wir leider zu spät. Danach hat Tante Désir mich gezwungen, bei ihr mitzufahren, damit ich auch sicher pünktlich in der Kirche bin.

Ich stehe aufrecht hinter dem Pult, der Trauergemeinde gegenüber. Die Kirche ist voll besetzt, jede blonde Frau könnte diejenige sein, die gesehen hat, wie Papa starb. Ob sie Claire ähnelt? Ganz rechts sitzt eine große, schlanke, deren Dutt auf Halbmast hängt und deren Wimperntusche läuft. Hier eine kurzhaarige mit einem roten Tuch. Dort eine mit einer grünen Brille. Hat eine von ihnen den Krankenwagen gerufen?

Ich muss nur eine Zeile lesen, sie steht auf dem Blatt vor mir: »Herr, wir bitten Dich: Schenke Yrieix' Leben Vollendung in Dir und lass seine Seele in Deiner Liebe Frieden finden.« Nichts kommt heraus. Mein Mund ist versiegelt. Ich suche Claire in der Menge, sie muss einfach da sein. Bestimmt hat sie sich in den fünf Jahren verändert, aber ich werde sie an ihren funkelnden *glaz*-Augen erkennen, die sich über dem Mundschutz verengen, wenn sie operiert. Einmal hat sie mich in den OP mitgenommen, mir ihr Team vorgestellt, mir die mit Zeichentrickfiguren verzierten Hauben gezeigt. Und von den Kindern erzählt, die sie zusammenflickt, den von Geburt an gelähmten, bei einem Unfall zerquetschten oder von einer Granate in einem Kriegsgebiet verstümmelten Beinen. Als ich eines Tages besonders schnell gerannt bin, hat sie gesagt: »Es muss einen Gott geben. Wer sonst sollte ein solches Wunder erschaffen? Einen Jungen, der herumsaust und fröhlich tanzt. Warum haben andere nicht so viel Glück?« Ich verstand nicht, was sie meinte, deshalb gab ich noch mehr Gas, um ihr eine Freude zu machen. Es ist meine Schuld, dass sie uns verlassen hat, ich war zu gesund. Hätte ich mir das Bein gebrochen, wäre ich interessanter für sie gewesen. Wenn sie ihre kleinen Patienten behandelte, hörte sie immer erst das Herz ihrer Teddybären ab, dann lieh sie den Kindern ihr Stethoskop, damit sie dasselbe mit dem Herzen ihrer Mutter machten. Einmal habe ich Claires Herz abgehört. Dabei hätte ich besser Papas Herz überwacht. Ich flehe Claire an, endlich durch die große Kirchentür zu treten. Ich rechne fest mit ihr, sie kann nicht *nicht* kommen. Wahrscheinlich hat ihr Taxi im Stau gesteckt, aber jetzt ist es da, sie springt heraus und knickt um auf den hohen Hacken, die sie extra für Papa trägt. Gleich kommt sie herein, alle drehen sich um, sie lächelt ihr großartiges, ansteckendes Lächeln, und ich bin nicht mehr allein.

Niemand kommt. Da macht Mathilde etwas Unglaubliches. Sie schiebt sich an Tante Désir vorbei, ohne ihr auf die Füße zu treten, und stellt sich neben mich, hinter das Pult, vor alle Leute. Zusammen sind wir stark und wunderschön. Meine Lippen lösen sich. »Herr, wir bitten Dich …« Ich begegne Dr. Clapots Blick, fixiere Kerstin, Onkel Gaston, Tante Tifenn, Noalig, Gwenou aus dem Bistro gegenüber. Dann zerknülle ich das Blatt vor mir. Die aufgedruckten Worte ballen sich zusammen, meine eigenen platzen aus mir heraus: »Herr, wir bitten Dich, dass Claire von dort zurückkommt, wo der Pfeffer wächst, und Papas Seele zur Île de Groix schippert.« Aus Tante Désirs Augen schießen Torpedos. Papa ist auf seinem Kieselstein bestimmt glücklicher als im Paradies. Mathilde nickt. Wir setzen uns wieder. Als Nächste tritt Tante Désir mit ihrer unerträglichen Minnie-Maus-Stimme an den Ambo. Die perfekten Cousins tuscheln und prusten. Tifenn liest so leise, dass niemand sie versteht. Gaston spricht laut und deutlich.

»Yrieix Le Goff ist nicht tot, er lebt in Ewigkeit«, sagt der Priester.

Ich schaue auf die Uhr an meinem Handgelenk, es ist Papas, ich habe sie heute Morgen von seinem Nachttisch genommen. Er hat Claire in der Segelschule Jeunesse et Marine in Port-Lay kennengelernt. Seine Uhr zeigt die Gezeiten auf Groix an. Während ich hier im schwarzen Anzug in der Kirchenbank sitze, herrscht dort Flut. Ich flüchte mich in die Baie des Curés.

Aber dann fällt mein Blick auf den Sarg, und der Strand verschwindet wie mein Computerspiel in der Sekunde, als Yrieix Ar Govs Herz versagt hat.

Die Geliebte

Dein Sohn war wie erstarrt. Mein Herz zerschellte für ihn, als er stumm dastand mit seinen großen Augen und Füßen. Wellen der Bestürzung und der Rührung überspülten die Anwesenden, sobald er das Wort ergriff. Was er sagte, hatte Feuer, er schlägt nach dir, er wird einmal genauso intensiv und strahlend. Mir ist sofort die Uhr aufgefallen, ich habe sie dir zu unserem ersten Jahrestag geschenkt. In der Flaute des grauen Paris wolltest du Ebbe und Flut auf deiner Insel verfolgen, dir Watt und Wellen, Spülsaum und Strandgut ausmalen.

Deine Schwester Désir fürchtet, deine Frau könnte plötzlich wieder aufkreuzen, sie hat keine Ahnung, dass das nicht passieren wird. Ich bin nicht eifersüchtig, ich habe keine Kraft mehr für toxische Gefühle. Seit deinem Tod brauche ich all meine Energie, um einen Fuß vor den anderen zu setzen, genug zu essen, nicht umzukippen, nicht ausschließlich Kaffee und Wein zu trinken. Und Dom zu beschützen, weil ich Yvette Meunier-Jacob-schläfst-du-noch dieses bescheuerte Versprechen gegeben habe.

Der Gesang des Chors steigt zur Decke der Kirche empor und lässt mich einstürzen. Wärst du noch am Leben, wenn wir nicht miteinander geschlafen hätten? Eigentlich sollten wir gerade einen guten Pommard trinken und Wurst essen, statt in dieser Kirche zu bibbern. Irgendwann müssen wir alle dran glauben. Wir drehen uns auf dem Deck der Titanic zur Musik der Bordkapelle im Kreis, die unweigerlich mit uns in die Tiefe gerissen wird, aber solange die Geigen fiedeln, können wir weiter tanzen und singen. Letzte Woche hast du mir einen USB-Stick mit einer Playlist geschenkt, »Lieder, die man gehört haben muss, bevor man stirbt«. Eine Vorahnung? Was wird jetzt aus meinem Leben? Was wird aus Dom ohne seinen Vater? Dich heimlich zu lieben hat mich nicht gestört. Deine namenlose Witwe zu sein zerbricht mich.

Dom

Nach der Messe gehen wir alle zu Gwenou. Es gibt Bier, Cidre und echten bretonischen Whisky, keinen Touristenfusel. Die Galettes tanzen auf den Tellern. Von Gefühlen kriegt man ein Loch im Bauch. Es sind so viele Leute da, dass Kerstin, Noalig und Tante Tifenn mit aushelfen. Désir tut, als würde sie nichts bemerken, sie lässt sich lieber bedienen, als sich die Finger fettig zu machen. Papa war Kreativdirektor bei einem großen Comicverlag. Onkel Gaston dankt allen, die gekommen sind, Familie, Freundinnen und Freunden, Autorinnen und Autoren, Kollegen, Groixern und Festlandbretonen. Freundschaft war Papa heilig, er hing stundenlang am Telefon, wenn es irgendwem schlechtging, oder sprang gleich in den Zug, um persönlich zu trösten. Am Siebten jeden Monats traf sich seine Freundesbande bei Frédérique in Le Stang. Jeder brachte etwas zu trinken und zu essen für alle mit, der Abend begann früh und endete spät. Als Claire weg war, ging Papa allein hin, aber er blieb nicht mehr so lange. Vielleicht hoffte er, sie wäre zu Hause, wenn er zurückkam.

Jean-Philippe, das Goldkehlchen der Bande des Siebten, stimmt ein Lied an: »Wir war'n drei Seefahrer von Groix, ah, aah, aah / An Bord der großen Saint-François, ah, aah, aah / Es pfeift die Luft, es ist das weite Meer, das uns ruft ...«

Der Rest fällt bei den folgenden Strophen ein. Ich würde

gerne mitsingen, aber meine Stimme bricht. Die perfekten Cousins schlagen sich am Büfett den Bauch voll.

»Cool, dass wir die Schule schwänzen dürfen«, nuschelt der ältere, während er sich seine fünfte Galette in den Mund stopft, der die Füllmenge der Becken auf den bretonischen Waschplätzen hat.

»Ja, echt super«, bestätigt der jüngere.

Mathilde ist schockiert. »Wow, ihr platzt ja fast vor Respekt.«

Und ich frage: »Könntet ihr vielleicht auch noch was für die anderen übrig lassen?«

Jetzt ist mein dämlicher Cousin beleidigt.

»Für deine Mutter brauchen wir nichts aufzuheben, die hat woanders was Besseres gefunden, die kommt nicht wieder. Deswegen hat es dein Vater auch mit jedem Blondchen getrieben, das nicht bei drei auf dem Baum war, sagt Maman.«

Die werden noch an ihren Lügen ersticken, dafür sorge ich. Ich zerre Mathilde auf die andere Seite der Theke. Kari Gosse ist eine Gewürzmischung für Meeresfrüchte, die ein Apotheker aus Lorient im neunzehnten Jahrhundert erfunden hat. Ich mache zwei Dosen Breizh-Cola auf und kippe heimlich genug Kari Gosse in beide, um einen Toten aufzuwecken. Mit den Dosen in der Hand schlüpfen wir wieder hinter der Theke hervor.

»Schwein gehabt, das waren die Letzten«, sage ich laut und deutlich.

»Komm mal mit, ich will dir draußen was zeigen«, schwindelt Mathilde.

Wir stellen die Dosen auf die Theke und verschwinden. Die beiden Schnellschlecker, deren Kehlen nach den vielen Galettes wie ausgetrocknet sind, schnappen sie sich und nehmen einen ordentlichen Schluck. Sofort bleibt ihnen die Luft weg, sie werden krebsrot und spucken alles wieder aus. Tante Désir stürzt besorgt herbei.

»Was ist los, meine kleinen Lieblinge?«

Hustend deuten sie auf die Breizh-Cola. Désir runzelt die Stirn. Tante Tifenn kommt dazu, greift nach einer Dose, tut, als würde sie trinken, und setzt sie wieder ab, ohne sich ihren brennenden Mund anmerken zu lassen.

»Lecker. Deine Söhne sind nicht an bretonische Produkte gewöhnt, sie wissen nicht, was gut ist.«

Ich schalte mich ein.

»Ich hab euch ja gesagt, dass euch schlecht wird, wenn ihr so viel futtert.«

»Das ist, als würde man Perlen vor die Säue werfen, Désir«, bemerkt Tifenn.

»Nennst du meine Söhne etwa Schweine?«

»Schau sie dir doch an, sie fressen wie welche.«

Die Perfekten funkeln uns an. Ich verschwinde noch einmal hinter der Theke und hole meiner Lieblingstante ein Glas Wasser, das sie sich redlich verdient hat. Papa hätte sehr gelacht. Papa wird nie wieder lachen.

TAG 6
Dom

Am nächsten Tag teilt Onkel Gaston mir offiziell mit, dass er mein Vormund ist. Er kann ja nicht ahnen, dass ich Désir, Tifenn und ihn in der *glaz*-Nacht belauscht habe.

»Ich will deinen Vater nicht ersetzen, Dom. Sein Vertrauen ehrt mich. Ich kann dir nicht in Mathe helfen und bin ein jämmerlicher Koch, aber ich werde immer für dich da sein. Es soll dir an nichts fehlen.«

Niemand wird Papa je ersetzen, ich hasse Mathe, und bei Gwenou schmeckt es immer. Es soll mir an nichts fehlen? Ich versuche mein Glück, damit habe ich Papa schon seit Jahren genervt.

»Kriege ich einen Hund?«

Mein Onkel lächelt. »Glaubst du wirklich, ich lasse mich so leicht übers Ohr hauen? Hunde sind glücklicher auf dem Land. Du kannst dir einen anschaffen, wenn du dort lebst.«

»Auf Groix?«

»Wo du willst. Meine Schwester hat uns zum Essen eingeladen. Sie meint es nett.«

»Müssen wir die Einladung annehmen?«

»Ich fürchte, ja. Wir sollten bald los.«

»Kommt Tante Tifenn auch?«

»Die Einladung gilt nur für uns, also sag Tifenn nichts davon, das würde sie bloß verletzen.«

Kaum haben wir Tante Désirs Wohnung betreten, rieche ich es. Es stinkt zum Himmel, den Mief kriegen wir in hundert Jahren nicht aus den Klamotten. Wir setzen uns an den Tisch. Meine verfressenen Cousins stürzen sich auf ihre Pfännchen.

»Nimm dir Raclettekäse, Dom.«

»Ich habe keinen großen Hunger, danke. Ich warte auf den Hauptgang.«

Désir reißt die Augen auf.

»Aber das ist der Hauptgang, mein Junge. Ein geselliges Mahl im Kreis der Familie. Dein Vater hat dir nur Hamburger, Nudeln und Pizza vorgesetzt, das war völlig absurd! Und deine Mutter war Vegetarierin, was für ein Blödsinn. Du musst lernen, dich anständig zu ernähren. Mit Proteinen und grünem Salat.«

Claire hat uns am 11. September verlassen, wir sind zusammengebrochen wie die Türme des World Trade Centers vor meiner Geburt. An unserem letzten gemeinsamen Abend hat sie uns Käsefondue gemacht. Seitdem wird mir von warmem Käse schlecht, deswegen kriege ich auch kein Raclette runter, lieber sterbe ich.

»Sorry, aber ich bin allergisch gegen Käse.«

»Das heißt: ›Es tut mir leid.‹ Und man kann vielleicht gegen Meeresfrüchte allergisch sein, aber nicht gegen Käse. Iss!«

Seit meiner Geburt lebe ich im selben Haus wie meine Tante, aber sie hat mich noch nie zuvor zu sich eingeladen. Entschlossen und angeekelt stehe ich auf.

»Es tut mir leid, ich fühle mich nicht wohl.«

»Du bist wirklich ein bisschen blass um die Nase«, meint Gaston besorgt.

»Ich mache dir ein Spiegelei«, sagt Désir seufzend.

Eigentlich ist es nicht ihre Art, so schnell aufzugeben. Sie verschwindet in die Küche. Ihr Bruder folgt ihr. Ich will mich gerade zu den beiden gesellen, um ihnen meine Hilfe anzubieten und Abstand vom Stinkekäse zu gewinnen, da höre ich:

»Der Bengel ist schlecht erzogen, Gaston, der braucht eine harte Hand.«

Ich kehre ins Wohnzimmer zurück. Kurz darauf bringt sie mir ein schlecht gebratenes Spiegelei mit Glibbereiweiß und Wabbeleigelb. Ich schlucke es unzerkaut runter, während meine Cousins sich den Bauch vollstopfen und mein unsichtbarer Onkel lautlos isst. Irgendwann dreht Désir sich lächelnd zu mir. An ihrem Zahnfleisch klebt Käse.

»Wir müssen zusammenhalten, als Familie. Ich habe Tifenn heute Abend nicht eingeladen, damit wir unter uns echten Le Goffs sind. Du bist jederzeit bei uns willkommen. Gaston hat keine Ahnung von Kindern. Ich könnte dir eine zweite Mutter sein. Meine Söhne betrachten dich schon jetzt als Bruder, nicht wahr, Jungs?«

Die Perfekten schauen mich aus ihren kleinen Schweinsäugelchen an.

Désir fährt mit verkniffenem Mund fort: »Aber nachdem Yrieix Gaston den Vorzug gegeben hat: Wann ziehst du zu ihm? Ich will deine Wohnung mieten, um sie mit unserer zu einer Maisonette zusammenzulegen. Den Jungs wird es da oben gefallen.«

Mit einem Kloß im Hals stelle ich klar:

»Das ist mein Zuhause. Ich ziehe nicht um.«

»Natürlich ziehst du um«, verfügt Désir. »Herrgott, Gaston, sprich endlich ein Machtwort!«

Gaston fixiert seine Schwester ruhig. »Dein Angebot wurde abgelehnt, Désir.«

»Das ist doch lächerlich, der Junge kann nicht allein wohnen.«

»Er ist nicht allein, schließlich wohnen die echten Le Goffs und die ›falsche‹ Le Goff auch hier im Haus. Wir müssen als Familie zusammenhalten, das hast du selbst gesagt. Ich hätte auch gedacht, dass Dom zu mir zieht, aber damit hat es keine Eile. Du kannst erst einmal weiter in deinem Zimmer schlafen, Dom, wenn dir das wichtig ist. Den Rest regeln wir später.«

»Ich bringe euch schon noch zum Einknicken«, meckert Désir.

»Ist das eine Drohung?«

»Das Jugendamt sieht es sicher gar nicht gern, dass ein Minderjähriger sich selbst überlassen ist. Wenn du der Sache nicht gewachsen bist, wird jemand anderes zum Sorgeberechtigten bestimmt. Ich bin eine hervorragende Ehefrau und Mutter. Da muss der Richter nicht lange überlegen.«

Die Perfekten füllen andächtig ihr fünftes stinkendes Pfännchen, ohne dem Gespräch die geringste Aufmerksamkeit zu schenken. Meine Tante funkelt mich an.

»Du hättest einen viel zu schlechten Einfluss auf meine Söhne. Man sollte dich ins Militärinternat schicken, die würden einen Mann aus dir machen.«

»Da lebe ich lieber auf Groix.«

Sie lacht gemein.

»Du hast niemanden mehr auf der Insel, mein Junge, nur deine verkalkte Großmutter.«

»Ich kann bei meiner Freundin Mathilde wohnen.«

»Du bist minderjährig, du wohnst, wo wir es dir sagen. Ich bin auf diesem Kieselstein geboren und war heilfroh, als ich ihn endlich verlassen konnte. Du hast dort keine Zukunft!«

Ich eile meiner Insel zu Hilfe.

»Du hast keine Ahnung. Die Groixer sind stark und mutig. Groix war früher der wichtigste Thunfischhafen in ganz Frankreich, ich wäre stolz, wenn ich dort wohnen und meinen Lebensunterhalt verdienen könnte!«

»Du bist wirklich erstaunlich naiv, Domnin. Man muss früh damit anfangen, nützliche Freundschaften zu pflegen, sich ein solides Netzwerk zu schaffen. Meine Söhne werden in den Ferienvillen der großen Industriemagnaten, Staranwälte und Medizinkoryphäen auf der Île de Ré empfangen. Die wichtigen Leute fahren nicht nach Groix. Du wirst nirgendwo empfangen werden.«

Das geht mir ziemlich am Arsch vorbei, ich will sowieso nur bei Mathilde empfangen werden. Und die Groixer sind sehr wohl wichtig, zumindest für mich. Aber ich darf meiner Tante nicht ans Bein pinkeln, ich habe keine Lust, die drei Jahre bis zur Volljährigkeit ihrer Willkür ausgeliefert zu sein. Ganz ehrlich, nur über meine Leiche. Gaston gibt mir ein Zeichen und steht auf.

»Dieses Abendessen war eine schlechte Idee. Du hast dich nicht geändert, Désir, du warst schon immer eine Giftspritze. Dom und ich gehen zu Gwenou. Halt dich in Zukunft aus unseren Angelegenheiten raus. Kümmer dich um *deine* Leiche im Keller, wenn du verstehst, was ich meine.«

Désir wird blass. Noch eine Leiche. In dieser Geschichte gibt es eindeutig zu viele davon.

Wir überqueren die Straße. Gwenous Spezialität sind Miesmuscheln und Fritten, Gaston bestellt eine Portion mit Roquefort, ich eine mit Curry. Sie schmecken fast genauso gut wie im Les Garçons du Port auf Groix. Kerstin sitzt allein vor Miesmuscheln in Weißweinsoße und lernt Anatomie. Das Herz sieht aus wie eine halbe Birne. Mit Textmarker hat sie einen Satz unterstrichen: »Die Segel sind mit Sehnenfäden an den Papillarmuskeln befestigt.«

»Im Herzen gibt es Segel, wie auf einem Schiff?«

Bald ist sie fertige Krankenpflegerin. Papa hat sie einmal gefragt, warum sie ihre Ausbildung nicht in Deutschland macht. Die Frage schien sie in Verlegenheit zu bringen, deswegen hat er nicht weiter nachgebohrt. Noalig kommt herein und bemerkt uns. Sie arbeitet im Reisebüro, die ganze Welt ist ihr Spielplatz, sie sagt immer, dass ihre Kunden dämlich sind, weil es nirgendwo schöner ist als in der Bretagne. Wir machen ihr Platz, sie bestellt Miesmuscheln ohne alles.

»Wart ihr nicht eigentlich bei Désir eingeladen?«, fragt Kerstin.

»Sie will mich aufs Internat schicken, damit sie ihre Wohnung vergrößern kann.«

»Das steht nicht zur Debatte«, schaltet sich Gaston ein. »Du bleibst erst einmal bei dir wohnen, wenn dir das lieber ist. Solange ich lebe, kommt sie damit nicht durch!«

Soll das heißen, wenn er stirbt, setzt Désir ihre Drohung in die Tat um? Er ist der letzte Überlebende von drei Brüdern, in unserer Familie stirbt Mann früh. Hoffentlich sind seine Segel gut befestigt.

Die Geliebte

Mein Schatz, du hast dich kaum davongemacht, da ist die Schlacht schon in vollem Gange. Deine Kleider hängen noch im Schrank, du bekommst noch Post, dein Name steht noch am Briefkasten. Der Besitzer des Kiosks an der Straßenecke sagt zu mir, er habe dich die ganze Woche nicht gesehen, ich erwidere, du seist erkältet, ich will nicht vor seinen Augen zusammenbrechen. Jetzt stellt er sich vor, wie du schniefst und durch die Nase sprichst, ich würde dir am liebsten Tropfen und Taschentücher kaufen. Anscheinend ist deine Schwester auf deine Wohnung aus. Dein Sohn will nicht ausziehen, sie wird sich irgendwas einfallen lassen, um ihr Ziel zu erreichen. Heimlich, aber nicht still und leise, Désir ist ein Elefant im bretonischen Porzellanladen. Wäre ich nur in der Position, mich ihr entgegenzustellen. Aber Blut ist dicker als Liebe, das Gesetz steht nicht auf meiner Seite, mein Wort hätte kein Gewicht. Während ich das Debakel beobachte, fühle ich mich seltsam gespalten. Sie haben keinen Schimmer, niemand ahnt etwas von uns. Ich habe dich jeden Morgen im Treppenhaus gegrüßt, als hätte ich die Nacht nicht in deinen Armen verbracht. Sie fragen sich, wer bei dir war. »Eine Nutte?«, vermutet deine Schwester. Ich wanke unter der Beleidigung, aber ich lächele, statt zu zerbröseln. Ich lausche Ella Fitzgerald auf deinem USB-Stick, die *Bewitched, Bothered and Bewildered* singt. Deine

Liste von Liedern, die man gehört haben muss, bevor man stirbt, hält mich am Leben.

TAG 9
Dom

*R*ache wird am besten kalt serviert, anders als Raclette. Früher habe ich das Wort »Aufstellung« nur mit Fußball in Verbindung gebracht. Unser Notar Monsieur Jules ruft Onkel Gaston an, um ihn davon in Kenntnis zu setzen, dass Tante Désir ein Nachlassverzeichnis fordert, mit Vermögensaufstellung, weil sie »ihren älteren Bruder verdächtigt, mich zu übervorteilen«. Gaston zuckt mit den Schultern, aber ich sehe ihm an, dass das Verhalten seiner Schwester ihn verletzt.

»Sie lässt mich für deine Entscheidung bezahlen, bei dir wohnen zu bleiben, Dom. Willst du deine Meinung nicht doch noch ändern? Hast du gar keine Angst nachts, ganz allein?«

»Ich bin doch kein Baby mehr. Wie läuft so eine Vermögensaufstellung ab?«

»Ein Auktionator kommt vorbei und taxiert alles, was deinem Vater gehört hat. Aber er wird nicht in dein Zimmer gehen.«

»Taxieren? Böse angucken? Was soll das denn bringen?«

»Nicht böse angucken, schätzen. Ein Auktionator leitet die Verkäufe bei Versteigerungen, das hast du bestimmt schon mal im Kino gesehen, der Kerl, der den Hammer schwingt und ›Zum Ersten, zum Zweiten und zum Dritten!‹ ruft.«

»Papas Sachen sollen verkauft werden?«

Ich bin total geschockt. Onkel Gaston drückt mir die Schulter.

»Nein, nein, Kumpel, nur geschätzt, damit du schön viel Steuern zahlen musst. Ein Danaergeschenk meiner Schwester, die ich liebend gern an den Meistbietenden versteigern würde.«

Papa hat mich immer »mein Sohn« genannt. Für Gaston bin ich »Kumpel«. Für Tante Désir »mein Junge«. Für Kerstin »Liebelein« auf Deutsch. Für Tifenn »Domino«. In der Schule bin ich »Le Goff«. Auf Groix »Ar Gov«. Bis ich Claires Spitznamen für mich vergessen habe, hat es gedauert, aber am Ende habe ich es geschafft, ich erinnere mich nicht mehr daran.

Onkel Gaston erklärt mir, wie das mit dem Erben funktioniert.

»Als Einzelkind bist du der einzige ›Anspruchsberechtigte‹ deines Vaters, du hast Anspruch auf alles, was er besessen hat. Solange du es versteuerst.«

Ich protestiere:

»Was ist mit Claire?«

Er schüttelt den Kopf.

»Deine Eltern waren weder verheiratet noch eingetragene Lebenspartner, dein Vater hat in seinem Testament nur dich begünstigt.«

»Also erbe ich auch seinen Elektroroller?«

Gaston hat einen Morgan Coupé, einen Zweisitzer, Tifenn einen kleinen Fiat 500, Désir einen Familienvan. Sie hat Papa immer für verrückt erklärt, weil wir nur Roller gefahren sind, Elektro für ihn, Muskelkraft für mich.

»Ja.«

Wir haben einen Termin bei der Bank, zusammen mit zwei Männern in Anzug und Krawatte, die jünger sind als Papa. Notar Jules wirkt nett. Auktionator Fabien auch, und er trägt sehr schöne englische Schuhe, Papa hat mir beigebracht, sie zu erkennen. Seine eigenen hat er nur selten angezogen, um sie zu schonen. Was für eine Verschwendung. Onkel Gaston nennt den Notar und den Auktionator »meine Herren«, aber wer die geheimnisvolle Dame ist, die Papa getötet hat, wissen wir immer noch nicht.

Die Bankangestellte bekundet mir ihr Beileid, dann möchte sie mich und meinen Vormund kurz unter vier Augen sprechen, bevor wir in den Tresorraum gehen. Sie prüft unsere Ausweise, macht sich Kopien.

»Haben Sie die Sterbeurkunde? Perfekt. Und die notarielle Erbschaftsbestätigung?«

»Die was?«

Onkel Gaston reicht ihr ein Dokument und sagt zu mir:

»Damit bestätigt Monsieur Jules, dass dein Vater ein valides Testament zu deinen Gunsten aufgesetzt hat.«

»Valide?«

»Handschriftlich, datiert und unterschrieben.«

Ich lese: »Der Verstorbene verfügt den Erbfall betreffend, dass sein gesamtes Vermögen seinem Sohn Domnin Le Goff hinterlassen werden soll, wobei Dom als Rufname des Anspruchsberechtigten präzisiert ist. Die Urschrift dieser letztwilligen Verfügung befindet sich in meiner Verwahrung.«

Ich verstehe kein Wort von diesem Kauderwelsch! Was für ein Urding?

»Domnin Le Goff ist somit befähigt, als Erbe seines oben genannten Vaters, Monsieur Yrieix Le Goff, aufzutreten und zu handeln.«

Können die nicht reden wie alle anderen auch? Ich bin zu gar nichts befähigt, Papa hat immer gesagt, ich hätte zwei linke Hände.

»Ihr Vater war ein treuer Kunde«, meint die Bankangestellte. »Sein Ableben hat mich sehr bekümmert.«

Sie wirkt ehrlich. Und sie ist blond und hübsch. Hat sie den Krankenwagen gerufen?

»Mögen Sie Champagner?«

»Natürlich, wer nicht?«, antwortet sie überrascht.

»Ich bin der Vormund meines Neffen«, erklärt Gaston ihr. »Er will das Konto seines Vaters kündigen und das Geld auf ein Nachlasskonto übertragen lassen, die Verbindung habe ich Ihnen mitgebracht.«

»Bei der Konkurrenz?«, fragt die Blondine, die sich offenbar schnell von ihrem Kummer erholt hat.

»Bei meiner Bank.«

»Ich kann Ihnen auch hier ein Nachlasskonto eröffnen«, sagt sie an mich gewandt. »Sie müssen nicht die Bank wechseln.«

Ich sitze da wie ein Häufchen Elend. Gaston schreitet ein.

»Wir kündigen das Konto bei Ihnen. Bitte. Das wäre alles.«

Jetzt ist die enttäuschte Bankangestellte überhaupt nicht mehr bekümmert.

Wir steigen mit Notar Jules und Auktionator Fabien zum Schließfach hinab, das nicht viel enthält: Dokumente, einen Umschlag für Gaston, den er einsteckt, ohne ihn aufzumachen, Silberzeug, das nicht mehr glänzt, und die goldene Uhr meines Großvaters. Monsieur Fabien notiert jeden Gegenstand in der linken Spalte eines roten Büchleins und eine Ziffer in der rechten. Ich kündige das Konto und schließe das Schließfach. Die Bankangestellte mag uns kein bisschen mehr.

Danach begleiten die beiden Herren uns zurück zur Wohnung. Ich biete ihnen einen Kaffee an, genau wie Papa es bei Gästen immer getan hat. Jules, Fabien und Gaston trinken ihren Espresso, ich eine Breizh-Cola. Ich hebe mein Glas, *yehed mat*, auf dich, Papa.

»Wir nehmen die Vermögenswerte in allen Zimmern auf, es wird nicht lange dauern«, erklärt Monsieur Jules.

Ich werde misstrauisch.

»Hatte mein Vater auch bei Ihnen ein Konto?«

»Nein. Notare schätzen Vermögen nur, sie verwalten sie nicht.«

»Aber Sie haben ebenfalls Interesse daran, mich als Kunden zu behalten?«

»Ich bin Ihnen sehr gerne auch in Zukunft behilflich, wenn Sie etwas erwerben oder veräußern wollen.«

»Und wenn ich sterbe?«

Er lächelt.

»Ich sterbe vor Ihnen, Dom, ich werde mich nicht um Ihren Nachlass kümmern. Ich bin heute hier, um alles so unkompliziert wie möglich für Sie zu gestalten. Wo fangen wir an?«

Ich führe sie in Papas Schlafzimmer.

»Bitte verraten Sie uns, was Ihrem Vater gehört.«

Ich zucke mit den Schultern.

»Na ja, alles. Ich bin fünfzehn, mir gehört nichts außer meinem Taschengeld.«

Alles gehört Papa, sogar ich, immerhin bin ich sein Sohn. Wie viel bin ich Monsieur Fabien wohl wert? Ist ein bretonischer Bock kostbarer als ein Pariser Pfau?

»Den Sekretär mit den Intarsien hat mein Vater Dom vermacht«, schaltet sich Onkel Gaston ein. »Er ist nicht Teil des Nachlasses.«

»Gut.« Fabien streicht eine Zeile durch.

Ich entferne mich ein Stück und flüstere meinem Onkel zu:

»Das mit Opapas Schreibtisch stimmt, aber wir können es nicht beweisen. Woher wollen die wissen, dass wir sie nicht anlügen?«

Auf Groix nennt man die Großeltern Opapa und Omama, nur

Tante Désir findet es vornehmer, wenn ihre Söhne Großvater und Großmutter sagen.

»Wir sind Bretonen, Kumpel, wir betrügen nicht«, antwortet Gaston.

Es fühlt sich seltsam an, dass zwei Fremde Papas Schubladen öffnen, seine Unterhosen und T-Shirts berühren, seine Sneaker, Mokassins, Stiefel und die schönen englischen Schuhe anheben, seine Pullover, Jeans und Jacken begutachten, seine Blousons und Mäntel zur Seite schieben. Wir gehen weiter ins Arbeitszimmer. Comicalben stapeln sich bis an die Decke. An den Wänden hängen gerahmte Originalseiten, das sind Museumsstücke, keine Ausmalbildchen. Jules und Fabien werden wieder zu staunenden Kindern, es fehlt nicht viel, und sie lümmeln sich in ihren schicken Anzügen auf den Boden und verschlingen Comics.

»Seit Doms Geburt hat mein Bruder alle Autoren, mit denen er gearbeitet hat, um eine Widmung für seinen Sohn gebeten«, erklärt Gaston. »Hier, sehen Sie.«

Zum zehnten Geburtstag hat Papa mir einen riesigen Stapel Comics mit meinem Namen darin geschenkt. Mir waren sie ziemlich egal, aber er hat so glücklich gewirkt, dass ich mich für ihn gefreut habe.

»Eine beeindruckende Sammlung«, sagt Monsieur Fabien an mich gewandt. »Sie fällt nicht in die Erbmasse, da sie Ihnen gewidmet ist.«

»Unschätzbar«, ergänzt Monsieur Jules. »Nehmen Sie nur diese Zeichnung von Cabu!«

Ich erinnere mich noch genau an den 7. Januar 2015. Papa war mit mir in der *Harry-Potter*-Ausstellung in London. Wir liefen gerade durch die mit unzähligen Kerzen beleuchtete Große Halle von Hogwarts, als er plötzlich lauter SMS bekam und ganz blass wurde. Wir gingen raus, er kletterte auf Hagrids

Motorrad, ich in den Beiwagen, und er verbrachte eine Stunde am Telefon. Er hatte Tränen in den Augen, sprach laut und schnell, sagte immer wieder: »Ich kann es einfach nicht glauben.« Ich habe Papa nur dreimal weinen gesehen. Als er mich eines Morgens aufgeweckt und mir erklärt hat, dass Claire uns liebt, aber dass sie uns verlassen hat, um dort zu arbeiten, wo der Pfeffer wächst. Als er zum Tierarzt musste, um unseren Dackel Knirps einzuschläfern. Und am Tag des Anschlags auf *Charlie Hebdo*.

Monsieur Jules tritt zu einer limitierten und nummerierten Asterix-Figur, die Papa Claire geschenkt hat.

»Die gehört vermutlich auch Dom?«, fragt er.

»Ja, genau wie die Originalseiten«, antwortet Gaston.

Das ist gar nicht wahr, aber ich verrate es nicht. Jules und Fabien begehen Zimmer für Zimmer, erstellen eine Liste mit allem, was ich erben werde, abzüglich dessen, was mir laut Gaston bereits gehört. Offenbar schreien sich Geschwister bei solchen Gelegenheiten oft an und beschimpfen sich wüst.

»Da Sie der einzige Anspruchsberechtigte sind, bleibt Ihnen das erspart«, sagt Monsieur Jules zu mir.

»Diese Vermögensaufstellung ist eine Schikane meiner Schwester«, erklärt Gaston. »Sie will mich kränken, indem sie mich verdächtigt, meinen Neffen auszunehmen.«

Schließlich erreichen wir die vollgestopfte Abstellkammer. Ein orangefarbener Koffer liegt ganz oben auf dem Regal. Sie holen ihn runter.

»Was ist da drin?«

»Keine Ahnung.«

Ehrlich nicht.

Sie öffnen ihn, und Claires Duft strömt heraus. Als wäre sie zurück. Ich entdecke ihre bunten Pullover, ihre Kette und ihre Armbändchen, die Schatulle mit dem Smaragdring, den Papa ihr zu meiner Geburt geschenkt hat, sie hatte ihn nur selten an, weil man im OP keinen Schmuck trägt. Ihre Sammlung drolliger Döschen. Ihre Lieblingsbücher. *Die Erfahrung der Welt* von Nicolas Bouvier, *Burt oder Als ich fünf war, bin ich mich umgebracht* von Howard Buten, *Le Bruit des Clefs* von Anne Goscinny. Wenn sie die hiergelassen hat, ging es ihr damals wirklich schlecht. Auf ihre Kleider hat Papa einen Stapel Fotos von uns dreien gepackt. Wir sehen überglücklich aus. Ich erkenne uns wieder, aber das bin nicht mehr ich.

»Das gehört Claire.«

»Ihrer Mutter?«, fragt Monsieur Jules.

»Ja. Wir bewahren es bis zu ihrer Rückkehr auf.«

Er hakt nicht weiter nach, sondern geht wieder in die Küche. Ein letztes Mal checkt Monsieur Fabien sein rotes Büchlein.

»Ich schätze Hausrat, Schmuck und persönliche Gegenstände auf neuntausend Euro.«

»Papa hatte keinen Schmuck«, protestiere ich. »Der Smaragd gehört ihm nicht.«

»Aber die goldene Uhr Ihres Großvaters«, erinnert mich Monsieur Jules.

Ich zögere, dann strecke ich ihm mein Handgelenk mit der Tidenuhr hin.

»Und die hier.«

Auf Groix herrscht gerade Flut, die beste Zeit, um schwimmen zu gehen.

»Das ist kein Schmuck«, meint Monsieur Fabien. »Meine Schätzung ist abgeschlossen. Mein Bericht wird dem Notariatsakt beigelegt, um die Erbschaftssteuer zu berechnen. Vielen Dank für Ihre Mithilfe.«

Sie steuern auf die Tür zu. Auf der Schwelle dreht Monsieur Jules sich noch einmal um, wie Columbo in der alten Fernsehserie.

»Passen Sie auf sich auf, Dom. Und auf diese Sammlung. Es war sehr klug von Ihrem Vater, um die Widmungen zu bitten. Daran werde ich für meinen Sohn auch denken.«

Ich beuge mich übers Treppengeländer. Tante Désir öffnet genau in dem Moment die Tür, als die beiden vorbeikommen, und tut ganz überrascht. Der arme Georges hat Monsieur Jules mal beauftragt, als er einen Parkplatz für den Van gekauft hat.

»Wie schön, Sie wiederzusehen, Monsieur Jules. Waren Sie für die Vermögensaufstellung hier?«

Der Notar schüttelt ihr die Hand, ohne zu antworten. Sie bohrt weiter:

»Haben Sie auch wirklich alles aufgenommen? Mein Bruder hat sich hoffentlich kooperativ gezeigt. Es wundert mich, dass man mich nicht über Ihr Kommen informiert hat.«

»Die betroffenen Personen wurden in Kenntnis gesetzt, Madame.«

»Aber mir hat niemand Bescheid gegeben.«

»Wie gesagt, die betroffenen Personen wurden in Kenntnis gesetzt. Guten Tag«, erwidert Monsieur Jules, ohne ihr seinen Begleiter vorzustellen.

Grummelnd kehrt Tante Désir in ihre Wohnung zurück. Kerstin, die gerade die Post hochbringt, begegnet den beiden Herren auf dem Treppenabsatz. In ihrer Gegenwart halten sich alle Männer aufrechter, sogar Onkel Georges gewinnt an Kontur.

»Das mit den Originalseiten und dem Asterix war eine Lüge«, sage ich anklagend zu Gaston.

Mein Vormund lächelt.

»Wir sind Bretonen, Kumpel. Also sind wir ehrlich. Und nicht auf den Kopf gefallen.«

Tante Désir lässt ihre Wut an ihrem armen Ehemann aus,

wir hören ihr Geschrei bis zu uns. Aber mich beschäftigt etwas anderes.

»Wie soll ich eigentlich diese Erbschaftssteuer bezahlen? Dafür reicht mein Taschengeld bestimmt nicht.«

»Ich mache dir eine Schenkung. Ich habe keine Kinder, damit wirst du mein Erbe. Désirs grässliche Blagen sehen keinen Cent.«

Wütend brülle ich los:

»Aber ich will nicht, dass du auch noch stirbst!«

Mein Onkel schaut mich ernst an.

»Ich lebe noch, bis du dich verliebst und mich nicht mehr brauchst.«

Ich bekomme wieder Luft. Ich werde mich niemals verlieben, also wird Gaston mindestens hundert. Liebe tötet, wenn das jemand weiß, dann ich.

Die Geliebte

Dein Sohn schaut den Leuten direkt in die Augen, er lässt sich nicht von der Last der Trauer beugen. Ich dagegen gebe nach, knicke ein, ich verwandele mich in Schilf, das vom Wind gebeutelt wird. Ich werde nie wieder mit jemandem schlafen, der Gedanke an einen anderen Mann, andere Arme, andere Höhenflüge ist unerträglich. Dom hat noch das ganze Leben vor sich, um zu entdecken, was die Welt antreibt, Leidenschaft, Lust, Neid, Ruhmsucht. Wer wird ihn die Feinheiten und das Feuer des Körpers lehren? Welches Alter ist dafür das richtige?

Am liebsten würde ich verschwinden, Paris und Frankreich verlassen, weit, weit weg fliehen, wie Claire. Mein Versprechen hindert mich daran. Ich wünschte, ich wäre an deiner Stelle gestorben. Ich habe keine Kinder, auf mich wartet nirgendwo jemand. Wenn ich auf der Straße Pärchen begegne, die gleichgültig nebeneinanderher laufen, möchte ich sie schütteln, sie anschreien, dass sie keine Sekunde mehr verschwenden sollen, zurück nach Hause stürmen und sich aneinanderpressen. Ich klammere mich an die Erinnerung deines Körpers, deines Geruchs, an den Geschmack unseres letzten Schlucks Champagner. Im Juni fährt Dom mit seiner Klasse nach Rom, diese Gelegenheit wollten wir für einen Liebestrip nach Lissabon nutzen. Ich habe schon mein Flugticket, unsere Hotelreservierung, du hast mir eine CD von Amália Rodrigues besorgt, ich höre *Com que voz* jeden Morgen, wenn ich allein in meinem Bett aufwache. Ich habe dir *Das Buch der Unruhe des Hilfsbuchhalters Bernardo Soares* von Fernando Pessoa geschenkt. Auf die erste Seite habe ich geschrieben: »Der Wert der Dinge liegt nicht in der Zeit, die sie andauern, sondern in der Intensität, mit der sie geschehen. Deshalb gibt es unvergessliche Momente, unerklärliche Dinge und einzigartige Menschen.«

Ich bin nicht dafür geschaffen, Männer zu halten, der, den ich vor dir geliebt habe, hat mich sitzenlassen. Im Film, in Büchern zittert jeder x-beliebige Sterbende, gurgelt, gerät in Panik, versteift sich, erschlafft. Bei dir, dem Schillernden, dem kreativen Kopf: nichts. Du bist davongeglitten wie ein Schiff übers Wasser, du hast einfach aufgehört zu atmen. Und meine Zukunft hast du in deinem Laderaum mitgenommen.

Sie haben deine Wohnung geschätzt, Gaston hat es Gwenou erzählt, der es wiederum mir erzählt hat. Deine siebenundvierzig Lebensjahre haben einen Wert von neuntausend Euro, einer Comicsammlung, Originalseiten, der Wohnung in Paris und dem Haus in Kerlard, die euch die Erfindung deines Vaters eingebracht hat. Wir leben, wir lachen, wir weinen, wir lieben, wir streiten, wir sterben, und am Ende bleiben von uns nur Gegenstände, Besitzurkunden und eine Zahl mit mehr oder weniger Nullen. Die Aufstellung dessen, was du mir hinterlassen hast, würde keine Minute dauern. Deine Frau hat dir das Herz gebrochen, ich habe es notdürftig wieder zusammengeflickt. Als wir letztes Jahr aus der Praxis deines Kardiologen gekommen sind, hast du mir scherzhaft zugeraunt, dass du mir noch lange auf den Wecker fallen würdest. Du hast deine Schachtel Zigaretten und dein altes silbernes Feuerzeug bei mir auf den Tisch geworfen und gesagt: »Ich höre auf.« Du wolltest alt werden, mit deinem Sohn und mir auf Weltreise gehen, sobald er das Abi geschafft hat. Was mir von dir bleibt, sind unsere großen Pläne, dieses Feuerzeug, der USB-Stick mit den Liedern, die man gehört haben muss, bevor man stirbt, und ein grauer Kaschmirpulli, der nach Salz und der Bretagne riecht. Den hast du mir an einem kalten Samstagabend über die Schultern gelegt, als dein Sohn das Wochenende bei einem Freund verbracht hat und wir an der Seine entlangspaziert sind wie ein echtes Paar. Heute schlafe ich in diesem Pulli. Er duftet nach meinen Tränen und deinem Eau de Toilette.

TAG 11
Dom

*I*ch habe das *Bei-leid* satt, »Beim Teutates!«, wie Papa gern gerufen hat. Das Wort hat einen faden Beigeschmack. Jeder weiß, was die Vorsilbe *bei* bedeutet – Beistelltisch, Beipackzettel, das fünfte Rad am Wagen. Außerdem bin ich es *leid*, keine Ahnung zu haben, wer die blonde Frau bei Papa war. Hat sie ihn geliebt? Seit Claires Verschwinden ist er allein durchs Leben gegangen. Allein zu gehen ist traurig. Ich habe Mathilde und die Küstenwege auf Groix.

Jeden Morgen bringt Kerstin mir die Post rauf. Wir haben Todesanzeigen für Papa in *Le Figaro*, *Ouest-France* und *Le Télégramme* geschaltet. In *Le Figaro* unter dem Namen Yrieix Le Goff, in den bretonischen Zeitungen unter Yrieix Ar Gov. Daraufhin haben wir stapelweise Beileidsbekundungen erhalten. Gaston hat Antwortkarten in unserer vier Namen drucken lassen. Ich ergänze »Danke, Dom« und eine Triskele. Das hätte Papa bestimmt gefallen. Ich bekomme Briefe von seinem Verleger, seinen Kolleginnen und Kollegen, Autorinnen und Zeichnern. Von meinen Lehrerinnen und Lehrern, meinem Direktor, Groixerinnen und Groixern, Nachbarn, Ladenbesitzern, bekannten und unbekannten Freunden. Und schließlich DEN Brief aus Indien.

Fassungslos starre ich ihn an. Er ist an »Familie Le Goff« adressiert, die Unterschrift am Ende ist unleserlich. Der Vorname beginnt mit einem G, Gaston, Gurvan, Georges, Gildas, Goulven? Den Nachnamen kann ich nicht entziffern. Beim Text ist es leichter: Sobald man den Anfang eines Worts findet, lässt sich der Rest erraten.

Ich möchte Ihnen mein aufrichtiges Beileid zum viel zu frühen Verlust von Monsieur Yrieix Le Goff aussprechen, den ich vor achtzehn Jahren zusammen mit seiner Frau in Argentinien kennenlernen durfte, kurz vor der Geburt ihrer Tochter.

Welcher Tochter? Ich bin Einzelkind!

Damals war ich in Südamerika tätig, inzwischen wurde ich nach Indien entsendet. Unser gemeinsamer Besuch bei Pepito Moreno war ein wahrer Genuss. So viel Eis …

Pepito Moreno … komischer Name für eine Eisdiele. Ich mag am liebsten Magnum, Pépito-Kekse sind viel zu süß.

Meine Stirn ist schweißnass. Ich versuche, mich zu konzentrieren. Ich habe eine große Schwester in Argentinien? Warum haben meine Eltern mir nie von ihr erzählt? Lebt sie bei Claire? Kommt Claire deshalb nicht zurück? Warum sind die beiden nicht zur Bestattung hergeflogen?

Der Mann hat keine Adresse dazugeschrieben, und der Aufkleber auf dem Umschlag ist zerrissen, man kann gerade noch die Stadt erkennen, Neu-Delhi. Ich lese den Brief wieder und wieder. Claire und Yrieix haben eine Tochter bekommen. Wo steckt sie jetzt? Ist sie gestorben, und sie haben ihren Namen nie mehr in den Mund genommen, weil es zu sehr geschmerzt hat? Ist sie entführt worden? Haben sie sie zur Adoption freigegeben, und Claire hat sie sich später zurückgeholt, weil sie lieber ein Mädchen als einen Jungen wollte? Wut steigt in mir auf, langsam, aber stetig. Wenn ich sie nicht bald an irgendwas auslasse, explodiere ich.

Papa hing sehr an seinem Montblanc mit den eingravierten Initialen – ein Geschenk von Claire. An der blauen Glaskugel, die auf seinem Schreibtisch steht. An seinem goldenen Glücksbringerschäkel. Und an Asterix. Jetzt gehört das alles mir. Ich stopfe die Sachen in meinen Rucksack, renne die Treppe hinunter und werfe sie in den Hausmüll. Die Glaskugel knallt gegen einen alten Topf mit abgebrochenem Stiel. Obelix' Freund macht es sich auf einem Bett aus Karottenschalen gemütlich. Der Kuli taucht in eine offene Konservenbüchse. Der Schäkel rutscht bis zum Boden der Tonne. Ich fühle mich leichter. Ich gehe in die Schule und tue so, als würde ich zuhören. Die Lehrer lassen mich gerade komplett in Frieden, schließlich habe ich eine wasserdichte Entschuldigung. Bei allen Prüfungen kriege ich eine Drei. Man tritt nicht auf jemanden ein, der schon am Boden liegt.

Die Geliebte

Man macht sich nicht bewusst, wie viel man von einer Wohnung von der Straße aus sehen kann, man lebt wie auf einer Theaterbühne. Männer ziehen die Vorhänge nicht zu, alle sind live dabei, sie pfeifen darauf. Frauen schützen ihre Intimsphäre sorgsamer. Wenn ich bei dir war, habe ich immer die Vorhänge zugezogen. Seit dein Sohn Waise ist, wohnt er wie im Schaufenster. Ich sitze an meinem Lieblingstisch bei Gwenou, dem *Grek*, und beobachte, wie Dom von Zimmer zu Zimmer läuft. Man nennt die Groixer Greks nach dem bretonischen Wort für die Kaffeekanne, deren Inhalt früher die Fischer auf Thunfischfang warm gehalten hat. Die Bistrobetreiber in Montparnasse sind alle Bretonen – in diesem Viertel verpassen sie ihren Zug ganz sicher nicht, weil man in Nullkommanichts am Bahnhof ist. Seit zwei Jahren frühstücke ich jeden Tag beim Grek, um meinen Kaffee unter deinem Fenster genießen zu können. So hatte ich das Gefühl, bei dir zu sein, während du mit deinem Sohn in der Küche ohne Vorhänge gesessen hast. Du wusstest, dass ich direkt gegenüber war. Jetzt trinke ich meinen Kaffee, esse mein Salzbutterbrot und schaue zu, wie er einsam und allein Milch in sein Müsli kippt.

Jugendliche sind seltsame Geschöpfe. Ich kann mich nicht daran erinnern, auch so gewesen zu sein, auf der Schwelle zwischen Kindheit und Erwachsenenalter von einem Sneaker auf den anderen getänzelt zu haben. Von meinem Wachposten aus sehe ich, wie Dom ein paar Gegenstände zusammenrafft und in seinen Rucksack auf dem Küchentisch stopft. Das Hoftor steht zur Straße hin offen, ich folge ihm mit dem Blick bis zu den Mülltonnen ganz hinten. Dann geht er zur Schule.

Ich stürze hinüber, um rauszufinden, was er weggeworfen hat. Fette Beute! Ich fische die leicht zerschrammte Glaskugel und deinen geliebten Kuli aus dem Restmüll. Den Schäkel, den ich dir auch zu unserem ersten Jahrestag geschenkt habe, entdecke ich nicht sofort, aber er blitzt auf, um mir ins Auge zu fallen. An jenem Tag schmeckten unsere Umarmungen nach Sonne, Meer und Lachen. Ich klaube die Karotten von Asterix' Hose und verstecke die Schätze in meiner Einkaufstasche. Der Gedanke, dass sie beinahe vom grausamen Maul des Müllwagens zermalmt worden wären, macht mich wütend. Jugendliche sind wilde Tiere. Dein Sohn wirft die Sachen weg, die du geliebt hast. Warum? *Sag, warum?*

Dom

Als ich zurückkomme, würdige ich die Mülltonnen keines Blickes. Zum Abendessen bringt Tifenn gebeizten Lachs, Groixer Kartoffeln und Salat mit, Gaston hat Eis gekauft. Er bemerkt den runden Abdruck der Glaskugel im Staub. Mit gerunzelter Stirn schaut er sich nach Asterix um.

»Hast du umgeräumt?«

»Wir sind doch hier nicht im Museum, oder? Das ist mein Zuhause.«

»Kein Grund, gleich die Krallen auszufahren. Du kannst alles hinstellen, wie du lustig bist. Oder es sogar wegwerfen, es gehört dir.«

»Ganz genau!«

Ich klopfe auf den Busch.

»Sind Papa und Claire vor meiner Geburt eigentlich viel gereist? Nach Südamerika, zum Beispiel?«

»Zu weit weg von unserer Insel zu sein hat Yrieix die Luft abgeschnürt«, antwortet Gaston. »Er war fest mit dem Kieselstein vertäut. Er musste wegen der Arbeit nach Paris ziehen, aber er ist zurück in die Bretagne gefahren, sooft er konnte. Reisen reizte ihn nicht, er hatte schon seinen Heimathafen.«

»Hatten die beiden noch mehr Kinder?«

»Was für eine komische Frage! Du weißt doch, dass du Einzelkind bist.«

»Also habe ich keine Schwester?«

»Natürlich nicht. Hat Désir dir diesen Stuss eingeredet?«

Mich packt das schlechte Gewissen. Meine armselige kleine Rebellion ziept wie ein Zahn mit Karies. Die Müllabfuhr war heute früh schon da gewesen. Es ist noch nicht zu spät. Noch kann ich alles ungeschehen machen.

Kaum sind Gaston und Tifenn weg, schleiche ich auf Zehenspitzen im Dunkeln die Treppe hinunter, wegen Désir. Ich öffne die Mülltonne. Inzwischen haben auch andere Bewohner ihren Restmüll entsorgt, sie ist voll bis obenhin. Ich hätte Handschuhe mitnehmen sollen. Papas Sachen sind bestimmt ganz nach unten gerutscht. So leise wie möglich kippe ich alles auf dem Boden aus. Ich sortiere, trenne, suche, erst geduldig, dann ungeduldig. Ich finde die Karottenschalen, den Topf ohne Stiel, die Sardinenbüchse, aber weder Glaskugel noch Kuli noch Schäkel noch Asterix. Irgendwer hat sie gestohlen!

Sofort habe ich Désir im Verdacht. Ich koche vor Wut, aber eigentlich kann ich ihr nichts vorwerfen. Es ist meine Schuld. Papa wäre sehr enttäuscht von mir. Aber die Gefahr, dass er auftaucht und mich ausschimpft, ist relativ gering, er ist tot. Yrieix 0, Dom 1.

Ich klopfe an Kerstins Loge. Sie schiebt hastig die Unterlagen auf ihrem Tisch zusammen. Was denkt sie denn? Ihre Post und ihr Privatkram interessieren mich nicht. Letztes Weihnachten waren sie, Gaston und Tifenn bei uns zum Abendessen, aber als ihre Familie angerufen hat, um ihr ein frohes Fest zu wünschen, ist sie nach unten geflüchtet, obwohl keiner von uns Deutsch spricht. Ich beichte ihr meine Dummheit. Gemeinsam gehen wir zurück zu den Tonnen, suchen noch einmal. Irgendwann kommt Noalig vom Kino nach Hause und sieht, wie wir auf allen vieren im Müll rumkriechen.

»Was treibt ihr da?«

»Wir suchen ein paar Sachen, die Dom versehentlich weggeworfen hat.«

»Als mein Ex die Scheidung eingereicht hat, habe ich seinen gesamten Kleiderschrank ausgeräumt und alles auf die Straße gestellt, mit einem Schild daran: ›Zu verschenken!‹ Als er wiederkam, war nur noch das Schild da. Er hat geflennt wie ein Baby, um ein paar Pullis, Jeans und Jacken, nicht zu fassen, oder?«

»Ich habe die Tonnen noch nicht rausgebracht, also hat sich jemand aus dem Haus bedient«, meint Kerstin.

Noalig legt ihre Tasche ab. »Was genau fehlt denn?«

»Ein Kuli, eine Glaskugel, ein goldener Schäkel«, zählt Kerstin auf.

»Und eine Asterix-Figur.«

»Die vom Schreibtisch deines Vaters?«, fragt Noalig verwundert.

»Du warst in Papas Arbeitszimmer?«

Ich bin platt. Wie Kerstin war Noalig ab und zu zum Essen bei uns, aber in sein Refugium hat Papa niemanden gelassen. In diesem Moment kommt Tifenn und will ihren Müll ausleeren. Kerstin und Noalig klären sie auf. Sie schaut mich an, und das ist schlimmer als ein Anpfiff. Ich knurre:

»Ich kann machen, was ich will. Die Sachen gehören mir!«

»Wenn du meinst, Domino.«

Sie hilft uns beim Suchen. Ich frage sie, ob sie was von Onkel Yannig aufgehoben hat.

»Seine Sachen sind in einer Kiste ganz oben im Schrank. Es war zu traurig, sie ständig zu sehen.«

»Was bringt es, sie aufzuheben, wenn du sie nicht mehr nutzt?«

»Das hat etwas mit Respekt zu tun. Es geht zum Beispiel um

den Sextanten und das Astrolabium, die sein Vater ihm vererbt hat. Und seinen Ehering.«

»Hat er den nicht getragen?«

»Auf See nie, damit bleibt man in den Schoten, Fallen und Tauen hängen.«

Ich hätte Papas Kram auch in eine Kiste räumen und wegpacken sollen. Ich denke an den netten Bestatter mit den Cowboystiefeln zurück. Die Toten sind auch nur Menschen. Man muss sich um ihre Sachen kümmern.

Ich kippe auch die Papiertonne aus, man weiß ja nie, wir durchsuchen sogar den Glascontainer – nichts. Zurück in der Loge macht Kerstin eine Flasche deutschen Sekt auf, um unsere Laune zu heben. Noalig, Tifenn und sie sind schnell ein bisschen angeschickert, ich benetze mir nur die Lippen. Später steige ich allein nach oben in meine Wohnung. Ich versuche, mich in die Baie des Curés zu flüchten, aber heute Abend will mich die Insel nicht, es ist wie beim Experiment mit den Magneten, die sich abstoßen.

TAG 13
Dom

Am nächsten Tag erzähle ich alles Gaston.

»Das stinkt geradezu nach Désir. Als wir klein waren, hat sie oft Geld aus dem Portemonnaie unseres Vaters geklaut. Aber weil sie die Jüngste war, dachte er natürlich, dass einer von uns Jungs der Schuldige ist. Wir durften alle drei nicht mehr raus, während die kleine Hexe am Strand gespielt hat. Monatelang sind wir wegen ihr bestraft worden, bis wir sie auf frischer Tat ertappt haben. Sie ist von Grund auf böse.«

»Kann ich zurückverlangen, was ich weggeworfen habe?«

»Nein, Kumpel, wiederholen ist gestohlen.«

Ich lasse den Kopf hängen. Erben bedeutet aufbewahren, nicht besitzen.

»Weißt du, warum deine Tante Désir heißt?«

Diese Frage habe ich mir noch nie gestellt.

»Weil eure Eltern den Namen schön fanden?«

»Um auszugleichen, dass sie alles andere als ein Wunschkind war. Unsere Eltern hatten schon drei Söhne und dachten, sie wären durch mit den Windeln und Fläschchen. Désir war die böseste Überraschung unserer Kindheit, pünktlich zum Vierzigsten unserer Mutter.«

Meine Familie hat einen komischen Geschmack, was Vornamen angeht. Tante Désir öffnet die Tür, als ich an ihrer Wohnung vorbeikomme. Ich versuche mein Glück.

74

»Ich habe gestern versehentlich ein paar Sachen von Papa weggeworfen. Du hast sie nicht zufällig aus der Tonne geholt, oder?«

»Ich krame doch nicht im Müll rum, für wen hältst du mich, eine Obdachlose?«, antwortet sie verächtlich.

Die Geliebte

Ich habe deine Sachen an einem Ort versteckt, an dem dein Sohn sie garantiert nicht findet. Als er sie mit uns gesucht hat, war er so verzweifelt, ich hätte ihm am liebsten verraten, dass sie in Sicherheit sind. Er bekommt sie zurück, wenn er sich ein bisschen gefangen hat. Zum Glück habe ich ihn beobachtet. Ich höre Montserrat Caballés *Ave Maria* aus Verdis *Otello* von deinem USB-Stick. Hoffentlich hörst du es auch, wo immer du jetzt bist. Oder besser noch: Hoffentlich gibt sie da oben ein kleines Privatkonzert für dich. Hast du schon Maria Callas getroffen? Und einen mit Yann-Ber Kalloc'h gehoben, dem Groixer Lyriker, dessen Gedichte du auswendig konntest? Er hat gesagt, die Männer von Groix würden das Meer nur selten verlassen und hätten mehr Mumm als die Landratten. Du warst ein Seefahrer, der in der Flaute von Montparnasse festsaß. Ihr werdet bestimmt Freunde.

TAG 15
Dom

*I*ch gucke gerade einen Film mit Louis de Funès, als es an der Tür klingelt. Auf dem Tablett vor mir steht ein Teller mit Parmaschinken, Tomaten und Mozzarella. Seit Papa in den *suet* gegangen ist, esse ich entweder bei Tifenn oder mit Gaston bei Gwenou zu Abend. Heute allerdings spielt mein Onkel Poker bei Freunden, und meine Tante hat eine Jugendfreundin zu Gast, und ich habe keine Lust auf Small Talk. Außerdem macht es mir nichts aus, allein zu sein. Es klingelt ein zweites Mal. Wer ist das? Gaston und Tifenn haben einen Schlüssel. Es ist spät, meine Uhr zeigt Ebbe auf Groix an. Ich schaue durch den Spion. Zwei Polizisten in Uniform. Sofort schießt mir Claire durch den Kopf, und ich kriege Panik. Ich reiße die Tür auf.

»Hatte meine Mutter einen Unfall?«

Der Größere der beiden hebt eine Augenbraue.

»Sind Sie Domnin Le Goff?«

»Sind Sie wegen Claire hier?«

Die Beamten wechseln einen Blick.

»Wer ist bei Ihnen?«

Die Frage gefällt mir nicht.

»Mein Vater. Er ist im Bad.«

Der kleine Polizist zieht die Nase kraus.

»Uns wurde gemeldet, dass hier eine minderjährige Waise allein leben soll. Wie alt sind Sie?«

Ich bin größer als er. Ich versuche mein Glück.

»Achtzehn.«

»Tatsächlich? Zeigen Sie uns bitte Ihren Ausweis, Monsieur.«

»Ich habe doch nichts gemacht!«

»Dürfen wir reinkommen?«

Ich traue mich nicht, nein zu sagen, also trete ich einen Schritt zurück, sie folgen mir. Sie hören Stimmen aus dem Wohnzimmer.

»Sie sind nicht allein?«

»Ich gucke *Die dummen Streiche der Reichen.*«

»›Und jetzt, mein lieber Blasius: Schmeichle mir!‹«, zitiert der Große. »Sind Sie Domnin Le Goff? Wo ist Ihr Vormund?«

Ich sitze in der Falle.

»Zwei Stockwerke höher.«

»Könnten Sie ihn bitte runterholen?«

Ich zermartere mir das Hirn. Wenn ich Onkel Gaston anrufe, geht er vielleicht nicht ran, wenn ich ihm schreibe, sieht er meine Nachricht bestimmt zu spät. Deshalb weiche ich auf Plan B aus, besser gesagt Plan T wie Tifenn. Ich schicke ihr hastig eine SMS.

»Er kommt gleich.«

»Also sind Sie tatsächlich allein? Die Anzeigestellerin will, dass das Jugendgericht eingeschaltet wird.«

»Das Gericht? Aber warum?«

»Wir werden einen Bericht schreiben«, sagt der große Polizist, der wie ein Familienvater wirkt.

Vermutlich hat er Kinder in meinem Alter. Plötzlich klappert ein Schlüssel im Schloss. Ich halte den Atem an. Tifenn spaziert rein und schaut die uniformierten Beamten überrascht an.

»Was ist hier los? Was machen Sie in meiner Wohnung?«

Der Kleine rümpft noch einmal die große Nase.

»Ihrer Wohnung? Und Sie sind …?«

»Tifenn Le Goff.«

»Die Mutter des jungen Mannes?«

»Seine Tante.«

»Und Sie wohnen hier?«

»Natürlich, meinen Sie etwa, ein Fünfzehnjähriger kommt allein klar? Sie haben wohl keine Kinder?«

»Doch«, seufzt der Große, »zwei von der Sorte, und es gibt keinen Tag, an dem ich mich nicht kümmern muss. Uns wurde gemeldet, dass dieser junge Mann in Gefahr wäre. Das ist nicht der Fall?«

»Absolut nicht, das ist reine Verleumdung. Ein alter Zwist mit meiner missgünstigen Schwägerin ein Stockwerk tiefer. Sein Vormund und ich nehmen unsere Verantwortung nicht auf die leichte Schulter. Hast du deine Hausaufgaben gemacht, Domino?«

Ich nicke eifrig.

»Sie können mir also bestätigen, dass dieser Minderjährige nicht sich selbst überlassen ist?«, bohrt der große Polizist nach.

»Dürfte ich bitte Ihren Ausweis sehen, Madame?«

Tifenn holt das Kärtchen aus dem Geldbeutel. Als der Ordnungshüter registriert, dass sie dieselbe Adresse hat wie ich, ist er besänftigt. Er wird es in seinem Bericht vermerken. Die beiden verabschieden sich.

Ich beuge mich übers Treppengeländer. Die Tür der Wohnung unter uns geht auf, als die Polizisten vorbeikommen. Tante Désir spielt das verängstigte Mädchen im Morgenmantel.

»Die Polizei? Was ist los?«

»Das braucht Sie nicht zu interessieren, gehen Sie wieder rein«, knurrt der kleine Polizist.

»Wie bitte? Ich habe eine Familie, wenn hier eingebrochen wurde oder es brennt, muss ich das wissen!«

»Sehe ich vielleicht aus wie die Feuerwehr?«

Meine Tante schließt beleidigt die Tür.

Désir wird mich nie in Ruhe lassen, sie will mich vertreiben und sich hier einnisten. Zum Glück hat Tifenn meine SMS direkt kapiert: »Komm schnell Polizei Désir«. Und zum Glück hatte ich mein Handy in Reichweite. Papa hat mir zum Sechzehnten ein Smartphone versprochen, meins ist noch eins von den alten Schrottdingern ohne Internet. Sein iPhone liegt auf seinem Schreibtisch. Er hat es immer *tor-penn* genannt, Nervensäge auf Bretonisch, weil das Geklingel ihm auf den Zeiger ging. Ich kenne die PIN, es ist mein Geburtsdatum. Das Display leuchtet auf. Ich tippe »Minderjähriger in Gefahr« ein. Dem Bürgerlichen Gesetzbuch zufolge schreitet die Justiz ein, sobald »das körperliche, geistige oder seelische Wohl des Kindes oder sein Vermögen gefährdet sind«. Désir gefährdet mein geistiges Wohl, ihretwegen drehe ich noch durch.

Gaston und Tifenn passen auf mich auf, sie haben sich abgesprochen. Sie haben Angst, dass ich depressiv werde, ich habe sie im Treppenhaus gehört. Dabei ist es doch total normal, dass ich traurig bin. Ich fahre weiter in den Ferien nach Groix, bis ich meine Mittlere Reife und später mein Abi habe, dann ziehe ich ganz auf den Kieselstein. Vielleicht erfinde ich irgendwas Geniales, wie Opapa. Vielleicht schippere ich in der Hochsaison Touristen auf Papas Boot herum, um den Kohl fett zu machen, wie Omama gern sagt. Sie wohnt im neuen Altenheim der Insel, in der Nähe des Carrefour-Supermarkts. Die Leute dort sind bunt gemischt, manche wissen noch, wer sie sind, andere haben es vergessen. Omama ist höflich, sie erkennt uns nicht mehr, aber begrüßt uns immer mit einem strahlenden

Lächeln. Sie hält sich für sechzehn und wartet darauf, dass ihre Mutter sie zum *fest-noz* abholt, wo sie mit Louis tanzen wird, ihrem Galan, der neunzig ist und sabbernd am Nebentisch sitzt, kahl, blind und senil. Sie glaubt, dass ihr Vater Jakez gerade auf großer Fangtour ist, sie hält Ausschau nach seinem Boot, starrt aufs Meer hinaus, auf dem es längst keine Thunfischer mehr gibt. Ihre Freundin Jeanne Tonnerre ist noch klar im Kopf, sie hat funkelnde Augen und ein schelmisches Lächeln und erzählt uns geniale Geschichten aus ihrer Kindheit. Wir haben Omama nicht verraten, dass Papa tot ist, sie weiß sowieso nicht, dass er überhaupt geboren wurde. Einmal habe ich ihr ein Foto von ihrer Hochzeit mit Opapa gezeigt. Sie hat gefragt: »Wer ist denn der dicke, hässliche Mann da neben mir?« Tante Désir besucht sie nie. Um ihr Gewissen zu beruhigen, schickt sie ihr Fruchtgelee, das Omama mit ihrem Diabetes gar nicht essen darf. Die Pflegerin erklärt Omama geduldig, dass ihre Tochter die Päckchen schicke. Omama antwortet höflich, dass sie viel zu jung sei, um Kinder zu haben. Als ältester Sohn ist Gaston auch ihr Vormund. Er hat nie eine Familie gegründet, er verkauft alte Bücher an Sammler, er geht nicht ins Büro, er spielt Poker, er ähnelt seinen beiden Brüdern kein bisschen. Onkel Yannig habe ich nie kennengelernt, er ist vor meiner Geburt gestorben. Auf den Fotos sieht er aus wie ein bärtiger Klon von Papa.

»Meinst du, die Polizisten kommen noch mal zurück, um zu überprüfen, ob du hier schläfst?«, frage ich meine Tante besorgt.

»Die haben Wichtigeres zu tun.«

»Wusstest du, dass Papa eine Blondine hatte?«

Sie schüttelt den Kopf.

»Aber das freut mich für ihn. Es ist gut, jemanden zu haben, den man liebt.«

Ich bin voll ins Fettnäpfchen getreten, sie hat niemanden mehr. Schnell schiebe ich hinterher:

»Onkel Yannig war ein Held.«

»Dafür kann er sich auch nichts kaufen.«

Ich bin verdattert.

»Bist du denn gar nicht stolz auf ihn? Er hat Touristen vor dem Ertrinken gerettet!«

»Die können weiter Bötchen fahren, bei schlechtem Wetter raussegeln, bei Sonnenuntergang einen Aperitif auf dem Deck genießen. Für ihn ist Feierabend.«

So habe ich das noch nie gesehen. Ich habe nur an den Heldenmut meines Seenotretter-Onkels gedacht, an die Hochachtung der Groixer vor ihm.

»Es gab mal vier Le-Goff-Kinder, jetzt gibt es nur noch zwei.« Tifenn seufzt. »Als ich klein war, habe ich mir immer Geschwister gewünscht, aber da bin ich lieber Einzelkind, als eine Schwester wie Désir ertragen zu müssen.«

»Mathilde ist für mich wie eine Schwester«, erwidere ich.

Ich habe ihr am Telefon von diesem Brief aus Indien erzählt. Den Erwachsenen habe ich nichts verraten, wenn Papa es ihnen nicht gesagt hat, will ich es auch nicht ausplaudern.

»Ich weiß, wie viel es dir bedeutet hat, dass sie bei der Bestattung war. Soll ich heute Nacht hier schlafen?«

Ich zögere kurz, dann lehne ich ab.

Wieder allein in der Wohnung, denke ich an die *glaz*-Nacht zurück. Die Champagnerflasche ist weg, die Gläser sind aufgeräumt. Das geflügelte Pferd ist in meinem Zimmer. Ich schaue die letzten Fotos auf Papas Handy durch. Wie erwartet, entdecke ich uns alle, mich und die anderen Hausbewohner, außer Désir, die ganz sicher niemand zu verewigen wünscht. Ich sehe die Ankünfte auf Groix und die Abschiede, das Schiff, die Hortensien, die Stockrosen, das Meer, die Freunde von der Insel, Mathilde und mich auf dem Fahrrad, meine hübsch frisierte und lächelnde Omama, keine fremde blonde Frau. Ich bin ein widerlicher Schnüffler, aber ich muss es wissen.

Als Nächstes checke ich die SMS. Von seinem Chef, von Autoren, Zeichnern, Kollegen. Von Gaston, Désir, Tifenn, Kerstin, Noalig, Gwenou. Vornamen und Initialen. Schließlich finde ich, was ich suche. DU. Die geheimnisvolle Blondine ist DU. Sie haben sich Hunderte Nachrichten geschrieben: »Ich liebe Dich« und »Ich bin auf dem Weg«, »Deine Schwester lauert im Treppenhaus«, dann »Die Luft ist rein«, »Mein Sohn schläft«, gefolgt von »Schläft Dein Sohn?«. Anscheinend wohnt sie hier im Haus. Ich kenne die Nummer nicht, es ist weder die von Kerstin noch die von Noalig. Ich drücke auf den grünen Hörer, es klingelt. DU hebt ab. Stille. Ich sage: »Hallo?« Ich höre sie atmen. Ich hole tief Luft. »Hier spricht Dom, Yrieix' Sohn. Sie waren bei meinem Vater in der Nacht, als er ... Ich möchte Sie treffen. Bitte.« Stille. Dann legt DU auf. Ich rufe noch einmal an. Sie geht nicht dran.

Am liebsten würde ich das Handy an die Wand schmeißen, aber ich halte mich zurück. Papa mochte weder Facebook noch Twitter, hat allerdings Fotos auf Instagram gepostet, meistens welche von Groix. Ich fotografiere das geflügelte Pferd und lade es hoch. Papas Follower liken es sofort. Innerhalb von fünf Minuten haben es zwanzig Leute gesehen und fünf kommentiert. Auch DU? Wenn ich könnte, würde ich mein Gehirn zerlegen, Stück für Stück, Schraube für Schraube, die schönen Erinnerungen an Papa entfernen. Ich habe Claire beseitigt, jetzt muss Yrieix dran glauben, damit ich weiterleben kann.

Die Geliebte

Ich dachte, mein Herz bleibt stehen, als Anna Netrebko plötzlich anfing, *Ebben? Ne andrò lontana* zu singen. Einen Moment lang habe ich wirklich geglaubt, du würdest anrufen, mich aus diesem schrecklichen Albtraum wecken. Dann habe ich die Stimme deines Sohnes gehört, und die Realität hat mir eine schallende Ohrfeige verpasst. Beinahe hätte ich Dom geantwortet, ich habe gezittert, schon den Mund aufgemacht, um ihm die Wahrheit zu sagen. Am Ende hat mir die Kraft gefehlt, ich habe aufgelegt und auf »Bearbeiten« neben deinem Namen gedrückt. Das Gerät hat mir vorgeschlagen, deine Nummer zu löschen. Statt des Vorgangs habe ich jeden Kontakt zu dir abgebrochen.

In den gesamten zwei Jahren habe ich nur einer einzigen Person unsere Liebe gebeichtet, deiner Mutter, als sie in Paris einen Termin beim Neurologen hatte. »Ich liebe Yrieix«, erzählte ich ihr. Sie lächelte mich mit ihrer ausgesuchten Höflichkeit an, und ich fühlte mich repariert, verstanden. Und dann sagte sie diesen unglaublichen Satz: »Dein Galan hat ja einen komischen Namen, stellst du ihn mir mal vor?«

Nach Doms Anruf habe ich die SIM-Karte aus dem Handy genommen, das ich für uns beide gekauft hatte. Ich habe sie mit dem Stößel meines Mörsers zu Staub zermahlen und in der Abendluft verteilt. Unsere Liebe ist über die Dächer von Paris, über die Häuser und die Tour Montparnasse davongeflogen, unsere Worte sind über den Bahnhof und die Gleise, das Bistro des Greks und die Crêperien geschwebt.

Ich spule den Film zurück, spiele unsere letzte Nacht noch einmal ab, schmecke wieder den frischen Mercier, den Blanc de Noirs aus Pinot noir und Pinot Meunier – Yvettes Pinot, die ich am Tag deiner Bestattung angesäuselt habe. Ich sehe dein Gesicht, atme den Duft deiner Haut. Diese letzte Umarmung kann uns niemand mehr rauben? Ich erinnere mich an einen Streifen, in dem sich das Bild des Mörders in die Iris des Opfers eingebrannt hatte. Du hast mit unserer Lust in den Augen Kurs aufs offene Meer genommen. Das ist so viel besser, als in einer überfüllten Métro zu sterben.

Deinem Sohn geht es schlecht, das ist ein gutes Zeichen. Wenn das Leben uns rammt, müssen wir hinfallen, um wieder aufstehen zu können, verbeult, aber lebendig. Ich hätte ihm so gerne geantwortet, aber ich habe mich zusammengerissen. Jetzt, wo die SIM-Karte weg ist, bin ich gegen diese Versuchung gefeit. Morgen werde ich ihn wieder beobachten, wenn er sich auf den Weg zur Schule macht, mit gesenktem Kopf und hängenden Schultern, niedergedrückt von deinem Verlust. Seine lange Gestalt schwankt. Seine großen Füße schlurfen über den Bürgersteig. Sein Körper weint für ihn, das ist offensichtlich.

Gerade hat er auf deinem Instagram-Account das geflügelte Pferd gepostet, das ich für dich gebastelt habe. Deinen Followern gefällt es, sie haben keine Ahnung, dass es sich vergaloppiert hat, genau wie in diesem Lied von Hugues Aufray, bei dem ich als Kind immer weinen musste: »Sein Name war Stewball, er war das schnellste Pferd und mein größtes Idol, viele Jahre ist's her.«

TAG 16
Dom

Seit wir Papas Konto bei der blonden Bankangestellten, die uns nicht mehr mag, gekündigt haben, kann ich seine Kreditkarte nicht mehr benutzen. Deswegen bitte ich Mathilde, mir mit der ihrer Mutter im Internet ein Zugticket zu kaufen, ich zahle es ihr von meinem Erbe zurück. Mathilde schickt mir das Ticket per Mail, ich bin bereit.

Gedankenverloren laufe ich über die Straße, ohne zu gucken. Ein riesiger SUV legt eine Vollbremsung hin, der Fahrer hupt, wird knallrot im Gesicht, jault rum und lässt den Motor aufheulen. Papa auf seinem Elektroroller musste niemandem etwas beweisen. Jetzt gehört der Roller mir, genau wie die Wohnung, das Haus, die Originalseiten. Normalerweise kriegt man in meinem Alter bloß Taschengeld, um ins Kino zu gehen oder sich ein Eis zu kaufen. Nicht den Perito Moreno aus dem Indien-Brief. Ich habe es noch mal überprüft, da steht nicht *Pépito* wie die Kekse. *Perito* ist Spanisch für Fachmann. Francisco Moreno war Forscher. Und der Perito Moreno ist keine Eisdiele, sondern ein Gletscher im Südwesten Argentiniens. Wenn der Verfasser des Briefs nicht spinnt, haben Papa und Claire vor achtzehn Jahren diesen Gletscher zusammen mit ihm besucht, kurz vor der Geburt meiner Schwester.

Ich male mir alle möglichen Szenarien aus. Vielleicht ist ihr kleines Mädchen gestorben, und deshalb hat Claire Jahre später diesen Burn-out bekommen? *Burn* heißt brennen im Englischen, *out* draußen. Sie verbrennt lieber in der Ferne, statt mit uns in Paris oder auf Groix zu schmoren.

Nach der Trauerfeier hat der Rockerbestatter Papa ins Krematorium gefahren. Zurückgekommen ist Papa in einer Urne, die Onkel Gaston in sein Wohnzimmer gestellt hat. Auch deswegen kann ich nicht zu ihm ziehen. Ich ertrage die Vorstellung nicht mehr, seine Wohnung zu betreten, aber das verrate ich keinem. Für Ostern organisieren wir noch eine Feier auf Groix. Tante Désir wird nicht teilnehmen, und niemand wird sie vermissen. Papas Freund Jean-Pierre fährt uns auf der Maï-Taï raus aufs Meer. Wir holen Omama aus dem Altenheim, sie kapiert nichts, für sie wird es nur ein schöner Ausflug, sie sucht bestimmt den Horizont ab, damit sie als Erste jubeln kann, wenn Jakez' Fischkutter auftaucht. Dann werfen wir die Asche ins Wasser, wo sie langsam versinkt.

Heute Morgen habe ich meinen Rucksack besonders sorgfältig gepackt. Onkel Gaston ist bei einem Sammlertreffen. Kerstin macht gerade ein Praktikum in der Kinderaugenklinik, sie pflegt Piraten, Kinder, die ein Auge durch einen Tumor oder spitzes Spielzeug verloren haben. Ich mag es nicht, wenn sie von ihnen erzählt, das erinnert mich an Claire und ihre jungen Patienten. Die Toten und die Teenies sind auch nur Menschen. Es gibt auch böse Kinder, das Alter ist keine gute Entschuldigung. Die Erwachsenen halten uns alle für lieb und unschuldig. Dabei vergessen sie völlig, dass sie mal genauso waren wie wir, bevor sie alt geworden sind.

Die Geliebte

Heute Morgen habe ich zuallererst den Vertrag der Nummer gekündigt, die nur du kanntest, die es nur für dich gab. Von meinem Wachposten bei Gwenou aus beobachte ich, wie Dom seine Schale in die Spüle stellt und sich seinen Rucksack schnappt. Im Treppenhaus verliere ich ihn kurz aus den Augen, bis er auf den Hof und dann auf die Straße tritt. Ich lasse das Geld für mein Frühstück auf dem Tisch liegen.

Dein Sohn läuft schneller als sonst. Er rennt einfach über die Straße, ohne den gewaltigen SUV zu beachten, der auf ihn zurast. Der Fahrer steigt in die Eisen, schreit ihn an, er schert sich nicht drum. Jetzt ist er vor seiner Schule. Ich werde langsamer, damit er mich nicht entdeckt, wenn er sich umdreht. Er würde zwar nicht erraten, dass ich deine Blondine bin, das steht mir schließlich nicht auf die Stirn geschrieben, aber er würde wissen, dass ich ihm nachspioniere.

Er geht am Schultor vorbei, auf die Straßenecke zu, beschleunigt weiter. Seine Schultern straffen sich. Sein Körper wirkt befreit. Sein dicker Rucksack tanzt Samba. Ich sehe ihn nur von hinten, aber ich ahne, dass er lächelt. Er überquert den Platz, erreicht die Gare Montparnasse im Schatten des riesigen Turms. Es war eine gute Idee, ihm zu folgen. Und was mache ich jetzt, Yrieix?

Ich betrete hinter ihm den Bahnhof. Eine Menschentraube umringt einen jungen Mann mit Locken, der an einem öffentlichen Klavier sitzt. Er spielt eine *Gymnopédie* von Satie. Als das Stück vorbei ist, klatschen alle. Dein Sohn nähert sich dem Pianisten, spricht mit ihm. Der Lockenkopf nickt, seine Hände huschen über die Klaviatur. Ich erkenne das Chanson von Gilles Servat. Die Gare Montparnasse ist der Sammelplatz für Reisende in die Bretagne, mehrere singen mit Dom: »Und es wäre doch gelacht, schlief ich nicht zu Haus heut Nacht.«

Die Anzeigetafel gibt das Gleis für den Zug nach Lorient bekannt. Dom steuert darauf zu, steigt in einen Wagen. Wahrscheinlich hat er seine Fahrkarte im Internet gekauft. Ich bleibe bis zur letzten Sekunde draußen stehen, versuche, mir auf dem Handy noch ein Ticket zu besorgen, aber meine Finger zittern, weil ich mich so aufrege, du würdest dich totlachen, hättest du dich nicht schon totgeliebt. Als der Zug anfährt, springe ich hinein, ich kaufe das Ticket einfach beim Schaffner und berappe den Aufpreis. Zwei Wagen von deinem Sohn entfernt lasse ich mich auf einen Sitz fallen und lehne mich an die Scheibe. Dann hole ich meine Kopfhörer raus und lausche Mauranes *Alfonsina y el mar*, einem Lied von deiner Liste. Der Zug braust in Richtung Bretagne.

Dom

Zum Glück sitze ich am Gang, so kann ich die Beine ausstrecken. Ich habe ein Wundermittel gefunden, um Tante Désir zu entkommen. Auf meiner Insel bin ich unverwundbar. Die Schule ist mir schnuppe, bei meinen Noten schaffe ich es auf jeden Fall aufs Lycée nächstes Jahr. Und Gaston wählt bestimmt die richtigen Worte, um den Direktor zu besänftigen. Tifenn ist vielleicht enttäuscht, aber das wäre nicht das erste Mal. Désir faucht wahrscheinlich irgendwas wie: »Ich hab euch ja gewarnt, der Bengel ist verdorben.« Nachdem ich *101 Dalmatiner* im Kino gesehen hatte, habe ich gesagt, dass sie Cruella de Vil ähnelt. Papa hat gelacht. Dabei hatte ich recht.

Wir kommen bald in Lorient an. Es ist Mittagszeit. Ich habe Hunger, aber ich kann mir nichts kaufen, weil ich kein Geld habe. Also schließe ich die Augen und stelle mir eine Galette mit Spiegelei und Andouille vor, den goldenen Dotter und die pfefferigen Wurstscheiben. Meine Sitznachbarn kehren mit Sandwiches aus dem Speisewagen zurück, bei deren Anblick mir das Wasser im Mund zusammenläuft. Der Herr neben mir liest in *Ouest-France* einen Artikel über Claires Lieblingssänger. Nach ihrer Abreise habe ich Papa angefleht, mit mir zu einem Konzert von Charles Aznavour zu gehen, ich war mir sicher, dass sie dafür wiederkommen würde. Und während alle zur Bühne starrten, wo er »You are the one for me, for me, formi, formidable« sang, schaute ich mich im Publikum um.

Ein paar Tage vor der *glaz*-Nacht hat Mathilde uns als Helfer für das nächste Fifig angemeldet, das internationale Inselfilmfestival auf Groix Ende August. Wir werden Berge von Kartoffeln schälen, Thunfisch und Würstchen grillen und Filme bis zum Abwinken sehen. Ich rede mir ein, ich hätte gerade eine ganze Ladung Würstchen verdrückt. Mein Magen glaubt mir nicht und knurrt.

Ich steige als einer der Ersten aus. Um auf den Bus zu warten, bin ich zu ungeduldig, deswegen gehe ich zu Fuß zum Fährhafen. Ich habe ein Jahresabo für das Schiff, die Dame am Schalter reicht mir mein Ticket für die Hinfahrt, eine Rückfahrt nehme ich nicht. Ein paar Leute sprechen mich an, alle mochten Papa, aber keiner macht ein Drama draus, die Inselbewohner zeigen Takt im Angesicht des Todes.

»Was fürn Jammer.«

»Jetzt haben schon zwei Brüder die Segel gesetzt, verdammich, ist das traurig …«

»Wir ham an dich gedacht, *Co*.«

So nennen die Groixer ihre Lieben, *Co* für Kompagnon, Kamerad, Kumpel. Das Schiff legt in einer Stunde ab. Ich habe keinen Plan, ich wollte nur weg von Désir. Sehnsüchtig beäuge ich die Sandwiches und Kuchen in der Auslage des Imbisses Le Vapeur. Dann gehe ich auf die Toilette, um Wasser zu trinken, das kostet nichts. Als ich zurückkomme, wartet ein herrenloses Stück *far* an einem der Tische draußen. Wahrscheinlich gehört es dem Kerl, der eben auf der Toilette zu seinem Sohn gesagt hat: »Die Bretonen sind alle Schmarotzer, ihre Autobahnen kosten nichts, weil sie einen Vertrag aus der Zeit von Anne de Bretagne ausnutzen.« Was dämlich ist und noch dazu falsch, wir haben zwar Schnellstraßen, aber nur eine einzige Autobahn ohne Alternativstrecke, deswegen bezahlt man bei uns keine Maut. »Es sind immer dieselben, die es sich auf Kosten anderer gutgehen lassen, die Bretonen, die Korsen, die Araber, die Freimaurer und die Flüchtlinge«, schimpfte der Vollidiot weiter.

Sein *far* sieht so lecker aus. Niemand beobachtet mich. Schließlich gebe ich der Versuchung nach und schlinge es hinunter. Geschockt betrachte ich den leeren Teller. Dann setze ich mich ein Stück entfernt in die Nähe von ein paar plaudernden, Kaffee trinkenden Groixerinnen.

»Ach, hör mir auf. Noch Zucker, *Co*?«

»Immer doch, danke. Heute Abend bei mir? Guck dir mal die Kleine da an, ist die nicht puppig?«

Der Mann kommt mit seinem Sohn zurück, entdeckt den leeren Teller und knallt ihn dem Mädchen hinter der Theke vor die Nase.

»Wollen Sie mich verarschen? Wo ist mein Kuchen hin?«

»Sie haben ihn mitgenommen.«

»Ich war nur kurz pissen, und jetzt ist er weg.«

Sie seufzt. »Da haben wohl mal wieder die Kobolde zugeschlagen ...«

»Ich will einen neuen!«

»Sehr gerne, wenn Sie ihn bezahlen.«

»Das können Sie vergessen! Ich habe einen Kuchen gekauft, also will ich auch einen haben.«

»Sie hätten ihn ja bloß gleich essen müssen.«

»Was habe ich dir gesagt, mein Sohn? Alle Bretonen sind Diebe!«

Ich will mich gerade stellen, als zwei Groixer einschreiten.

»Sagen Sie das noch mal.«

»Mein Kuchen ist verschwunden!«

»Alle Bretonen sind ... was?«

Loïc, der alte Metzger, und Jo, der Antiquitätenhändler, mustern ihn kalt.

»Das war nicht so gemeint«, murmelt der Mann. »Irgendein Mistkerl hat sich an meinem Teller vergriffen. Bestimmt ein Penner.«

Loïc legt großzügig einen Schein auf den Tresen.

»Ein Stück *far* für diesen unhöflichen Herrn, der schneller spricht, als er denken kann, bitte.«

Der Mann schnappt sich seinen Teller und verzieht sich murrend. Loïc ist ein Freund von Papa, ich gehe zu ihm und beichte:

»Ich hatte solchen Hunger, und sein Teller stand einfach rum, da bin ich schwach geworden.«

»Ich weiß, ich hab dich gesehen. Willst du noch ein Stück, Co?«

Das zweite schmeckt noch besser. Ich schicke Mathilde eine SMS, dass ich mit dem nächsten Schiff komme. Dann nehme ich allen Mut zusammen und rufe meinen Onkel an.

»Ich bin's, Dom. Hör mal, ich bin nicht in der Schule, ich bin vor Tante Désir abgehauen, hier findet sie mich nie.«

»Du machst blau? Ich habe dir doch gesagt, dass ich mich darum kümmere.«

»Sie ist total irre. Und was ist das für eine Geschichte mit der Leiche im Keller? Hat sie jemanden umgebracht?«

»Natürlich nicht! Ich hole dich ab. Wo bist du?«

»In Lorient, ich gehe gleich an Bord.«

»Aha ... Wie viele Wochen sind es noch bis zu den Ferien?«

»Zwei.«

»Ich bin wirklich enttäuscht, Dom. Ich dachte, du vertraust mir.«

»Dir schon, aber deiner Schwester nicht.«

Er seufzt.

»Ich rufe Mathildes Mutter an, um sie vorzuwarnen und sie zu bitten, ein Auge auf dich zu haben. Das tut sie zwar sowieso, aber trotzdem. Und ich rede mit deinem Direktor. Er versteht sicher, dass du eine Luftveränderung brauchst. Aber wenn du zurückkommst, holst du alles nach, was du versäumt hast. Wer Groix äugt, der freut, Dom, das sagt schon der Volksmund. Es ist nicht alle Freude mit deinem Vater gestorben. Egal wie traurig wir sind, uns bleibt immer noch die Musik. Das Meer. Treue Freunde. Alte Bücher. Poker.«

Mein Onkel zieht Bücher und Karten Frauen aus Fleisch und Blut vor. Seine Flammen sind Judit die Herzdame, Rachel die Karodame, Athene die Pikdame und Argine die Kreuzdame.

Es beruhigt mich, dass ich nicht wieder nach Paris muss. Ein Vater neben mir hält seinen Sohn an der Hand, seine Frau trägt ein Baby auf dem Arm, sie ähneln einander. Die vier verbringen bestimmt einen tollen Tag auf Groix, mieten sich Fahrräder, machen ein Picknick am Strand, bewundern den Thunfisch, der auf dem Turm der Kirche in Le Bourg thront, und kehren heute Abend aufs Festland zurück. Der Vater hat ein Touri-Segelhemd an, viel zu neu und viel zu rosa. Als der Bestatter nach Kleidern für Papa in den Tuileries gefragt hat, weil er ja mit der blonden Frau splitterfasernackt gewesen war, habe ich seine Regenjacke vorgeschlagen. Der Familienrat hat sich für ein klassischeres Outfit entschieden. Ich hätte seine Sachen gern behalten, aber die anderen fanden, das wäre schlecht für meinen Gemütszustand. Désir wollte sich die guten Kaschmirpullis unter den Nagel reißen, für den armen Georges. Das hat Gaston verhindert.

»Ich will deinem Ehemann nicht in den Sachen meines Bruders im Treppenhaus begegnen. Das können wir Dom nicht antun.«

Sie starrte mich an, als wäre ich ein Schädling und sie Insektenspray.

»Ich kenne einen Flüchtlingshilfeverein, der Kleiderspenden sammelt«, meinte Tifenn.

»Halt du dich da raus, Yrieix war mein Bruder, nicht deiner«, schimpfte Désir.

»Ich bin die Witwe deines anderen Bruders«, gab Tifenn zurück.

Gaston schritt ein.

»Als Doms Vormund entscheide ich. Ruf deinen Verein an, Tifenn. Also, wenn dir das recht ist, Kumpel?«

Ich nickte. Gaston fragte, ob ich ein paar Sachen als Erinnerung aufheben wolle. Ich wählte das Sweatshirt mit *Corto Maltese* drauf und die guten englischen Schuhe – wir haben dieselbe Größe. Allerdings kann ich sie erst später tragen, sonst machen sich meine Freunde über mich lustig. Als ich abends aus der Schule kam, waren Papas Schränke leer, zurück blieben nur Corto, die englischen Schuhe und der Duft seines Eau de Toilette.

In der darauffolgenden Nacht träumte ich, Papa läge im Krankenhaus, er wäre gar nicht tot, sondern würde bald entlassen. Ich bereitete mich auf einen Riesenanpfiff vor, weil ich seine ganzen Sachen weggegeben, sein Konto und sein Schließfach gekündigt, sein Handy und seine Tidenuhr genommen hatte. Ich wollte ihm gerade alles beichten, als ich aufwachte. In diesem Moment beschloss ich, nach Groix zu fahren.

»Willst du nicht mit?«, fragt der Matrose der Compagnie Océane.

Ich schrecke auf. Alle Autos sind schon im Bauch der Breizh Nevez verschwunden, alle Passagiere eingestiegen.

»Doch, doch, ich komme!«

Ich drücke ihm mein Ticket in die Hand und renne über den Kai. Ich bin der Letzte, der an Bord geht. Ich klettere bis aufs Oberdeck. Papa kehrt nicht zurück und schimpft mich aus. Ich bin schon oft ohne ihn auf die Insel gefahren, aber diesmal gebe ich ihm nicht Bescheid, dass ich gut angekommen bin.

Die Geliebte

Die Breizh Nevez, deren Name »neue Bretagne« bedeutet, legt ab und steuert auf den Hafenausgang zu, furcht sich ihren Weg wie ein Bügeleisen. Ich sitze an einem Tisch des Le Vapeur vor meinem kalten Bier und beobachte sie, hebe das Glas auf eine sichere Überfahrt, *yehed mat*. Ich musste wissen, wo dein Sohn hinwill. Wenn er auf den nächstbesten Frachter gesprungen wäre, hätte ich mein Versprechen gebrochen. Aber so kann ich beruhigt nach Paris zurückkehren, auf der Insel passiert ihm nichts. Die Groixer kümmern sich umeinander.

Wer kümmert sich jetzt um dich? Welches fremde Engelchen bringt dich zum Lachen und Träumen, während ich an meinen Körper, diesen nutzlosen Panzer, gefesselt bin? Wir hatten einen Deal: keine Vergangenheit in der Gegenwart. Ich habe nicht über meinen Ex geredet, du nicht über Claire, wir teilten weder Kummer noch Sorgen, wir liebten uns ohne Barrieren und Ballast. Letztes Jahr hattest du einen stressbedingten Miniinfarkt, der laut deinem Kardiologen keine bleibenden Schäden anrichten sollte. Deine Krankheit trägt einen hübschen japanischen Namen, *Tako-Tsubo*, man nennt sie auch Gebrochenes-Herz-Syndrom, sie verursacht eine Lähmung der Herzspitze, die vergisst, sich zusammenzuziehen. Dieses Jahr hat dein gesamtes Herz vergessen zu schlagen. Und ich bin gelähmt. Ich kann nicht Harakiri begehen, ich muss auf deinen

Sohn aufpassen. Es war eine gute Idee von ihm, nach Groix abzuhauen, dort hat er das Meer und seine Freundin als Stützen, dort ist er in Sicherheit. Und ich kann so lange durchatmen.

Dom

Auf dem Kieselstein angekommen, steige ich aus und laufe am Les Garçons du Port vorbei, dem Restaurant am Fuß der Anhöhe, direkt gegenüber vom Hotel Ty Mad. Dort entdecke ich auch Jo Le Port, Papas Freund. Ich kenne den Tagesablauf meiner Omama, sie isst mittags um zwölf und abends um sechs und macht dazwischen ein Nickerchen. Ich schaue bei ihr vorbei, bevor ich Mathilde treffe. Nach Le Bourg geht es steil bergauf, ich strecke den Daumen raus, und Jacqueline hält an, die Mutter von Gwenola vom Bleu Thé. Sie war dabei, als ich geboren wurde, ihr Lächeln wärmt mich mehr als jede Beileidsbekundung.

Besucher müssen sich im Altenheim nicht anmelden. Meine Omama ist mit ihrer Freundin Jeanne im Gemeinschaftsraum, ich setze mich neben sie.

»Ich bin Dom, Yrieix' Sohn, dein Enkel.«

Sie lächelt strahlend. »Ich bin Marie, Jakez' Tochter. Maman kommt mich bald abholen. Gehst du auch zum *fest-noz*?«

Von wegen Generationenkluft, sie glaubt, dass wir gleich alt sind.

»Ich kann nicht tanzen.«

»Dann musst du es lernen! Ich habe den ersten Tanz schon Louis versprochen. Wir finden eine andere Tanzpartnerin für dich.«

99

Sie runzelt die Stirn.

»Wessen Sohn bist du?«

»Yrieix'«, sage ich in der Hoffnung, dass sie heute ausnahmsweise weiß, wer Papa ist.

»Es gibt da eine Frau, die ihn liebt«, meint sie verschmitzt. »Aber das ist ein Geheimnis. Sie hat es mir nur anvertraut, weil ich schweigen kann wie ein Grab.«

Sie hat Claire seit fünf Jahren nicht gesehen, ich bin überrascht, dass sie sich an sie erinnert.

»Ja, Claire. Claire Bihan.«

Omama schüttelt heftig den Kopf.

»Nein, nein, nicht Claire. Die ist weg. Die danach, sie heißt ... warte, es liegt mir auf der Zunge ...«

Gebannt rutsche ich bis an die Kante des Sessels. Aber das Licht in ihren Augen erlischt. Sie windet sich in ihrem Rollstuhl, wirft Louis einen verstohlenen Blick zu, summt den Anfang von *Tri martolod*. Dann dreht sie sich wieder zu mir.

»Ich bin Marie, die Tochter von Jakez, die Fangsaison ist bald vorbei, die Männer kommen heim.«

»Ich bin Dom, Yrieix' Sohn, dein Enkel.«

»Dein Vater hat ja einen komischen Namen. Wohnst du auch hier? Willst du mit mir zu Abend essen?«

Nein, Omama. Ich wohne in der Wohnung deines Sohns, und deine Tochter will mich rausschmeißen.

Als ich unser Häuschen erreiche, hat Mathildes Maman schon die Fensterläden geöffnet und das Wasser aufgedreht, den Strom angeschaltet und Milch und Salzbutter in den Kühlschrank gestellt. Auf dem Küchentisch warten Obst, Brot, Müsli und Schokolade.

»Mittags und abends isst du bei uns.«

Ich nicke dankbar.

»Willst du nicht lieber auch bei uns schlafen?«

Ich schüttele den Kopf.

»Mathilde ist bei der Probe, sie kommt in einer halben Stunde wieder.«

Mathilde spielt Klarinette in der Blaskapelle Fanfare des Chats-Thons, ihre Freundin Pomme spielt Saxophon. Ich kann kein Mitglied werden, weil ich in Paris wohne, aber wenn, würde ich Trompete spielen. Ich laufe durch das Haus, in dem selbst meine Schritte anders klingen. Papas alte Fliegerjacke hängt noch an der Garderobe, seine schlammverkrusteten Stiefel stehen neben der Tür, er ist überall. Die letzten Zeitungen, die er gelesen hat, enden bald im Kamin. Auf dem Couchtisch liegen ein paar DVDs, Papa war ein Dinosaurier, der Filme gekauft hat, statt sie runterzuladen. Wir haben Weihnachten hier gefeiert, eine Girlande schmückt noch das Fenster. Am 30. Dezember war das letzte Schwimmen des Jahres am VVF-Strand, wir haben Glühwein von Le 50 getrunken, und ich bin extra länger im Wasser geblieben als er, obwohl ich geschlottert habe. Schon komisch, dass ich eines Tages vielleicht älter bin als mein Vater.

Es ist traurig hier ohne die Musik aus seinem Arbeitszimmer, ohne das dreckige Geschirr in der Küche, ohne die Freunde, die zum Abendessen vorbeischauen. Ich hätte nicht allein herfahren sollen. Meine Tasche klingelt, ich kriege eine SMS, was einem Wunder gleicht, weil man in diesem Dorf eigentlich nie Empfang hat. Es ist Tifenn. Sie schreibt: »Gaston hat es mir erzählt. Viel Spaß auf Groix, Dom. Soll ich kommen?« Ich kann auf der Insel besser atmen als in Paris, auch wenn Papa in den *suet* gegangen ist. Ich antworte: »Alles gut.«

Mein Zimmer hat sich nicht verändert. Mein Bett steht da wie immer, mit der warmen Decke von Weihnachten darauf, der Comic, den ich gelesen habe, liegt auf dem Nachttisch. Die

Birne in Papas Schreibtischlampe ist durchgebrannt. Wenn es ihm nicht gefällt, dass ich die Schule schwänze, braucht er ja bloß herzukommen und es mir zu sagen. Meine Eltern waren weder verheiratet noch eingetragene Lebenspartner. »Sie sind nicht in den heiligen Stand der Ehe eingetreten«, hat Désir geschimpft. Die unheilige Ehe meiner Eltern war wild und voller Liebe.

Mathilde kennt ihren Papa gar nicht. Ihre Eltern haben sich geliebt, sie wurde geboren, für ihre Maman war es der glücklichste Tag ihres Lebens, er war noch nicht bereit. Bei mir hat es traditioneller angefangen und ist dann aus dem Ruder gelaufen. Claires Abfahrt hat mich an Land festgesetzt. Ich war zu unversehrt und zu langsam. Im Jahr darauf habe ich mich im Leichtathletikverein angemeldet, Abteilung Laufsport. Ich hielt drei Monate durch. Ich kam immer als Letzter ins Ziel, die anderen verarschten mich, obwohl ich am Computer unschlagbar bin. Irgendwann bestellte der Trainer mich in sein Büro und fragte, ob ich nicht lieber eine andere Disziplin ausprobieren wollte, statt mich zu quälen. Ich verriet ihm nicht, dass Claire uns verlassen hat, um anderen Kindern Beine zu machen.

Ich setze mich an Papas Schreibtisch, drehe mich auf dem Stuhl im Kreis, der wegen der Feuchtigkeit quietscht. Ich ziehe die rechte Schublade auf. Kulis, Bleistifte, Briefmarken, Büroklammern, Briefpapier, Umschläge, eins meiner alten Klassenfotos. In der mittleren diverse Rechnungen, Garantiehefte von Haushaltsgeräten und ganz hinten ein Stapel Briefe.

Ich kenne die Schrift. Nachdem Claire weg war, ist etwas Komisches passiert. Meine Handschrift hat sich verändert, ich schreibe jetzt genau wie sie. Das war keine Absicht, die Buchstaben sind von ganz allein so geworden. Meine Lehrerin hat

Papa verständigt, ich musste zur Schulpsychologin. Sie haben sogar einen Graphologen eingeschaltet, der konnte keinen Unterschied zwischen meiner und Claires Schrift feststellen. Eine Weile lang war es das Gesprächsthema Nummer eins. Dann haben die Erwachsenen was Neues gefunden.

Unter den Briefen liegen Umschläge mit unserer getippten Adresse drauf. Sie kommen aus Chile. Ich denke an den Brief aus Indien zurück, mein Herz tanzt Tango, mein Blick verschleiert sich, ich habe Angst zu sterben, hier und jetzt, ganz plötzlich, ganz allein, ohne Blondine, Champagner und geflügeltes Pferd. Mathilde titt durch die Tür und rettet mich schon zum zweiten Mal in zwei Wochen, sie schüttelt mich und stellt alles wieder scharf.

»Hallo, jemand zu Hause? Du siehst aus wie ein Zombie!«
»In Papas Schreibtisch sind Briefe von Claire.«
»Na und? Das ist doch nichts Ungewöhnliches, oder?«
»Briefe von *nach* ihrer Abreise. Obwohl er mir versichert hat, dass er nichts von ihr gehört hätte.«
»Okay, das ist echt schräg«, bestätigt sie.

Wir verlassen Papas Arbeitszimmer und ziehen uns in mein Zimmer oben zurück. Die Briefe sind chronologisch geordnet. Claire ist im September verschwunden, zwei Wochen nachdem die Schule wieder angefangen hatte. Einen Monat später hat Papa den ersten Brief bekommen, kurz vor unserem ersten Weihnachten ohne sie den zweiten.

Mein geliebter Insulaner,
ich konnte nicht anders. Ich wollte mit Dir reden, als ich
aus dem Krankenhaus kam, aber ich habe es nicht geschafft.
Am Tag vor meiner Abreise habe ich einen kleinen Jungen

103

operiert, der unserem sehr ähnlich war, gleiches Alter, gleiche Schnute, Sommersprossen. Tom war Autist und hatte überforderte, liebevolle, verzweifelte Eltern. Er wohnte in der Nähe eines Bahnübergangs in Yvelines. Er hat sich einfach auf die Gleise gesetzt, Yrieix, und zugeschaut, wie der Zug auf ihn zurast und ihm die Beine abreißt. Ich habe stundenlang im OP gestanden, gekämpft wie eine Löwin, aber ich habe verloren, Tom hat gewonnen, er ist tot. Diese Niederlage konnte ich nicht ertragen. Du hast mich nie gefragt, warum ich Chirurgin geworden bin. Um Patienten zu retten, hast Du bestimmt gedacht. Aber so selbstlos bin ich nicht. Ich wollte mich retten, das Gefühl der Ohnmacht betäuben, das ich beim Tod meines Großvaters verspürt habe. Du weißt ja, dass meine Eltern ein kleines Lokal hatten, sie haben gearbeitet, wenn ich aus der Schule kam, deswegen bin ich von meinen Großeltern aufgezogen worden. Wir wohnten im Landesinneren, weit weg von den Touristenmassen an der Küste. Eines Abends ist mein Großvater auf dem Rückweg von der Bäckerei mit dem Fahrrad gestürzt und hat sich den Oberschenkel gebrochen, nicht oben am Hals, sondern in der Mitte des Schafts, ein übler, offener Bruch. Als er auf sich warten ließ, schickte meine Großmutter mich los, um nach ihm zu suchen. Er lag auf dem Boden, leichenblass, und konnte nicht aufstehen, der kaputte Knochen ragte aus der Haut. Ich geriet in Panik. Wir waren auf einer unbefestigten und wenig befahrenen Straße. Ich rannte los, um Hilfe zu holen, aber vor lauter Angst verlief ich mich und stand plötzlich mitten im Nirgendwo. Ich rollte mich unter einem Baum zusammen und weinte mir die Augen aus. Irgendwann hielt ein Auto an, der Fahrer verständigte den Krankenwagen. Mein Großvater starb am nächsten Tag an einer Fettembolie. Er hat niemandem verraten, dass ich ihn im Stich gelassen habe.

*Ich habe ihn umgebracht. Niemand kennt die Wahrheit, Du
bist der Erste, dem ich das alles beichte. Deshalb bin ich
Ärztin geworden, dann Chirurgin, habe mich auf die Pädia-
trie spezialisiert und Hunderte Kinder gerettet. Ich hätte
es nicht ertragen, Großväter zu behandeln. Ich werde nie
vergessen, wie vertrauensvoll mein eigener Großvater mich
ansah, als er blutend auf der Erde lag und mich mit schwa-
cher Stimme beruhigte:* »Nur keine Sorge, meine Kleine, die
flicken mich schon wieder zusammen. Lauf schnell und
hol Hilfe!« *Erinnerst Du Dich daran, wie wir* Der englische
Patient *im Kino geschaut haben und ich zusammengeklappt
bin? Du hast gedacht, ich wäre unterzuckert, dabei habe
ich meine Geschichte auf der Leinwand durchlebt. Weißt
Du noch? Das Flugzeug stürzt ab, Kristin Scott Thomas ist
verletzt, Ralph Fiennes will Hilfe holen, wird aber gefangen
genommen. Als er endlich zu ihr zurückgelangt, ist sie tot.
Ich bin eine gesunde, belastbare, verliebte Frau, Mutter des
wunderbarsten Jungen auf der ganzen Welt. Aber Toms Tod
hat meine alten Dämonen geweckt. Und Ihr seid so zuver-
sichtlich, unbekümmert, zärtlich, ich konnte einfach nicht
bei Euch bleiben. Tom verfolgt mich bis in meine Träume,
jede Nacht setzt er sich auf diese Mistgleise, wartet auf den
Dreckszug, schaut gleichgültig zu, wie seine Beine zerfetzt
werden, in Stücke gerissen, zu Brei aus Knochen und Fleisch
und Blut zermalmt, wie scharfe, groteske Schmetterlings-
splitter um ihn herumfliegen. Und plötzlich ist es nicht mehr
Tom, sondern mein Großvater, er bittet mich um Hilfe,
fleht mich an, aber ich verstecke mich unter meinem Baum.
Jeden Morgen erwache ich wie gerädert, die Wangen nass
von Schamestränen.
Ich habe Euch verlassen, weil ich mich nicht länger um Dom
kümmern konnte, ich habe das Recht auf Glück verloren. Ich*

*muss es zurückgewinnen. Ich hätte Tom den Klauen des
Sensenmanns entreißen müssen, einfach amputieren, ohne
nachzudenken, er hätte gute Prothesen bekommen, Kinder
sind unglaublich zäh. Stattdessen wollte ich unbedingt eins
seiner Beine bewahren, obwohl die Anästhesistin und der
Assistenzarzt versucht haben, es mir auszureden. Sein Herz
hat versagt. Ich habe so viele Kinder gerettet, Yrieix, aber
ich habe meinen Großvater und Tom getötet. Dafür muss
ich Buße tun. Damit ich mich wieder im Spiegel anschauen
kann. Ich bin weit, weit weggegangen, um irgendwann zu
Euch heimkehren zu können. Ich bin dorthin geflüchtet, wo
der Pfeffer wächst, um Euch nicht zu schaden, ich bringe
Unglück.*

*Ich bin nach Santiago de Chile geflogen und dann in den
äußersten Süden von Patagonien gefahren, nach Punta Arenas.
An die Magellanstraße, die den Atlantik und den Pazifik verbindet. Dahinter gibt es nur Gletscher, Wasser und Pinguine,
die die Touristen eher am Nordpol erwarten.*

*Ich bin geflohen, um es mir zu verdienen, Euch eines Tages
wiederzusehen. Daran setze ich alles. Ich arbeite, schlafe,
träume von Tom und meinem Großvater, arbeite, schlafe,
habe Albträume, es ist ein Teufelskreis. Aber ich bin lieber
hier, als in Paris nicht mehr in den OP zu dürfen und in die
Psychiatrie eingewiesen zu werden. Ein Kommilitone aus
dem Medizinstudium in Rennes hat sich hier niedergelassen,
nur ein guter Freund, glücklich verheiratet, er leitet die Bord-
hospitale auf den Kreuzfahrtschiffen, die von Punta Arenas
nach Ushuaia in Argentinien fahren. Ich assistiere ihm, ich
lebe zwischen beiden Ländern, ein Bein in jedem Hafen,
ein Zimmer in jeder Stadt, aber nirgendwo einen Seemann.
Zusätzlich zu meinen Schichten arbeite ich ehrenamtlich
in einer Krankenstation. Auf den Kreuzern behandle ich vor*

allem Wehwehchen, ich nähe Wunden, renke Schultern ein,
lege Arme und Beine in Gips. Meine Patienten sind nicht
mehr die Jüngsten, so teure Reisen können sich eher Senioren
leisten. Zum Glück kommen nur wenige Kinder, ich halte
es kaum aus, wenn sie in Doms Alter sind. Er fehlt mir
schrecklich. Du findest bestimmt die richtigen Worte, um es
ihm zu erklären, mein Insulaner. Bitte zeig ihm auf keinen
Fall diesen Brief, versprich es mir. Ich will nicht, dass er an
mir zweifelt. Sag meinem Jungen, dass der berufliche
Druck zu groß war, dass ich mich erholen muss, dass meine
Liebe zu Euch so stark ist wie die Stürme am Kap Hoorn.
Schwäche kann er mir verzeihen, aber nicht die Wahrheit.
Ich bin eine Verbrecherin. Pass auf Euch beide auf. Im
Winter beträgt die Zeitverschiebung zwischen Chile und
Frankreich vier Stunden. Versuch nicht, mich zu erreichen.
Lass mich meine Wunden lecken. Warte auf mich. Ich
werde Dir regelmäßig schreiben.
Ihr seid das Allerwertvollste in meinem Leben.
C.

Ich lege die Seiten weg.

»Ich wusste, dass sie nicht deinetwegen gegangen ist«, sagt Mathilde sanft.

»Sie hat ihren Großvater nicht umgebracht, er ist mit dem Fahrrad gestürzt, es war ein Unfall!«

»Hätte sie sofort Hilfe geholt, wäre er noch am Leben.«

»Genau wie mein Onkel Yannig, wenn er nicht diese Touristen gerettet hätte. Und wie Papa, wenn er nicht mit dieser Frau zusammen gewesen wäre.«

»Das kannst du nicht wissen«, erwidert meine beste Freundin. »Vielleicht wäre er trotzdem gestorben, ganz allein, während du Computer spielst, und dann hättest du dir die Schuld gegeben. Dank der Frau war zumindest gleich der Krankenwagen da, und die Ärzte haben alles versucht. Na los, pump dein Fahrrad auf und schnapp dir deine Badehose.«

Sie läuft nach draußen, und plötzlich schallt ihr unnachahmliches Lachen zu mir herauf. Ich folge ihr.

»Was ist so witzig?«

Ein mit einem rot-weiß gestreiften Geschirrtuch bedeckter Korb steht vor dem Haus. Papas Jugendfreundin Martine hat die offenen Fensterläden gesehen und bekundet mir auf ihre Weise ihr Beileid. Sie hat mir ihren kakaobestäubten Zauberkuchen gebacken. Von Geheimnissen kriegt man ein Loch im Bauch, ich sterbe vor Hunger. Ich muss rausfinden, warum meine Eltern mich angelogen haben. Der Mann, der mir den Brief aus Indien geschrieben hat, ist ihnen in Argentinien begegnet. Claire lebt in Patagonien, aber meine Schwester hat sie mit keinem Wort erwähnt. Die Wahrheit verbirgt sich hundertpro da unten.

Die Geliebte

Dein Sohn ist auf der Insel, in Sicherheit. Sie ist seine Droge, sein Alkohol, sein Hafen. Er verpasst die Schule, aber er ist erst fünfzehn und hat gerade einen schlimmen Schock erlitten, außerdem macht er dieses Jahr ja noch kein Abi. Ich frühstücke weiterhin beim Grek und starre zu deiner Wohnung hinauf. Was gäbe ich darum, noch einmal deine lange Gestalt vor der Kaffeemaschine zu entdecken. Ich würde dir eine SMS schreiben: »Einen Ristretto für mich.« Das würde dich zum Lachen bringen.

Dein Bruder kommt über die Straße und bestellt einen Cappuccino an der Theke. Ich bin hinter einer Säule versteckt, deshalb sieht er mich nicht. Er erzählt Gwenou:

»Ich habe einen Fragebogen vom Bestatter bekommen. Die wollen wissen, ob wir zufrieden sind mit ihren Dienstleistungen, das ist völlig verrückt, man soll alles bewerten, den Empfang, die Totenversorgung, den Sarg, die Organisation, die Feier, die Träger. Was wollen die denn machen, wenn wir *nicht* zufrieden sind, uns einen Gutschein schicken? Die nächste Bestattung innerhalb von sechs Monaten geht aufs Haus?«

»Es war eine schöne Messe«, meint Gwenou mit der typisch bretonischen Wertschätzung für Beerdigungen. »Dein Cappuccino geht aufs Haus.«

»Warte, das Beste kommt noch: ›Würden Sie uns Ihren Angehörigen empfehlen?‹«

»Im Ernst?«

»Wenn ich's dir doch sage! Ich habe bei allem ›sehr gut‹ angekreuzt und bei der letzten Frage geschrieben: ›Ich empfehle meinen Angehörigen, nicht vor mir zu sterben.‹«

Ich muss lächeln. Ich hoffe, Yvette Meunier-Jacob hat dir all die warmen Worte ausgerichtet, die ich ihr für dich zugeflüstert habe. Und Monsieur Meunier hat sie mit Blumen und Pralinen in einer Herzschachtel empfangen. Er hat sich bestimmt ziemlich alt gefühlt, als plötzlich eine Hundertjährige mit Gebiss und Falten vor ihm stand.

Du liebst die Frauen, Yrieix, du verguckst dich sicher bald in eine sexy, junge Tote, die dir schöne Augen macht. Bleib nicht allein, das ist schlimmer, als zu sterben. Fühl dich frei, genieß den Tod, so wie wir zusammen das Leben genossen haben. Vor allem, wenn es da oben guten Champagner gibt. Hast du die Autorinnen und Autoren wiedergetroffen, die du so mochtest, deine Freunde von *Charlie Hebdo* und all die anderen, Goscinny, Pratt, Morris, Gotlib, Franquin, Mœbius, Hergé, Roba, Peyo, Greg, Taniguchi? Die himmlischen Verleger werden sich um dich reißen. Ob Engel wohl lieber Comichefte als Comicbücher lesen, weil es sich mit denen leichter fliegt?

Dein Pott hat im Paradies angedockt. Auf deinem Sterbebildchen siehst du aus wie ein Filmstar. Gwenous Stammgäste kommentieren die Neuigkeit des Morgens. Hier gibt es keine Süßwassersegler, nur Obstwassermatrosen, die am Tresen vertäut sind. Gaston trinkt seinen Cappuccino aus und verschwindet wieder. Gwenou gesellt sich zu mir.

»Also ist der Junge abgedampft, ohne jemandem Bescheid zu sagen. Auf Groix geht es ihm besser, da könnte man fast neidisch werden.«

»Was treibst du dann noch hier, Gwenou? Dir würde es in der Bretagne auch bessergehen.«

Er richtet sich auf, schlägt sich mit der Faust von den Aus-maßen eines Boxhandschuhs auf die Brust.

»Ich trage Breizh, die Gwenn-ha-du und unsere fünf Départe-ments im Herzen, egal wo ich bin. Aber die Pariser Bretonen brauchen mich, ich bin Seemann auf großer Fahrt, Exilant für den guten Zweck, ein wichtiger Botschafter.«

»Da schau her, Dr. Philibert«, ruft plötzlich jemand.

Ein weißes Auto mit der Aufschrift NOTARZT hält mit blinkendem Blaulicht und heulender Sirene am Straßenrand. Sein Fahrer betritt das Bistro.

»Gestern habe ich meinen Rekord gebrochen, ich habe acht Bretonen behandelt«, verkündet er, mächtig stolz.

Gwenou stellt ihm einen liebevoll zubereiteten Kaffee hin.

»Sehr gut, mein Sohn. Aber hoffentlich gratis.«

Philibert lacht. »So funktioniert das nicht, Papa. Man kann einen Notarztbesuch nicht spendieren wie einen Kaffee oder ein Glas Wein. Alle Patienten, auch die Bretonen, bekommen die Kosten von der Krankenkasse zurückerstattet. Ich liebe es, wie ihre Augen leuchten, wenn sie meinen Namen auf dem Rezept sehen. Wir stammen zwar aus unterschiedlichen Ge-genden, Morbihan, Finistère, Côtes-d'Armor, Loire-Atlantique, Ille-et-Vilaine, aber in unseren Adern fließt das gleiche Blut.«

Gwenous Sohn ist in die Hauptstadt gezogen, statt auf Groix zu bleiben, wo alle Allgemeinmediziner sich zur Ruhe gesetzt haben. Die Vertretungen kommen vom Festland und wechseln oft, es ist nicht mehr dasselbe. Du hast nie verstanden, warum die frischgebackenen Ärzte nicht sofort zugreifen. Dabei hast du selbst weit weg vom Meer gelebt. Bevor du Claire kennen-gelernt hast, hattest du fest vor, nach Groix zurückzukehren und von zu Hause zu arbeiten. Aber sie wollte unbedingt ans Hôpital Necker Enfants malades, also hast du deine Pläne ge-ändert, aus Liebe.

Gwenou zeigt seinem Sohn die Schiefertafel, auf der mit Kreide das Tagesgericht steht.

»Muss ich noch mehr sagen? Cotriade ... Ich habe dir einen ordentlichen Teller aufgehoben.«

Philiberts Augen leuchten. Ich bin gar nicht so wild darauf, aber du hast sie geliebt. Wir hatten nicht den gleichen Geschmack. Gestern habe ich ein Buch angefangen, von dem du völlig begeistert warst, ich finde es ziemlich öde. Auf jeder Seite suche ich, was dir wohl gefallen hat. Die blonde Heldin? Ein bisschen oberflächlich als Grund. Die kulinarischen Beschreibungen? Diese hohle Nuss verbringt den ganzen Tag im Restaurant, mir hat dein Tod den Appetit verdorben.

Dom

Mein Fahrrad glänzt nicht gerade durch Ausdauer. Jedes Mal wenn ich auf die Insel zurückkehre, ist es platt.

»Fertig?«, fragt Mathilde.

Wir radeln zur Baie des Curés. Unser Strand ist kein von Zäunen oder Kordeln abgesperrter Privatstrand mit Sonnenschirmen, Liegen, Umkleidekabinen, Toiletten, Duschen, Bar. Hier gibt es nur Steine, Sand und das Meer.

Der Pfad nach unten ist steil, zu unwegsam für Familien, kleine Kinder oder alte Leute. Früher haben sich die Priester zum Baden hierher zurückgezogen. Die Côte des Sœurs für die Nonnen befindet sich auf der anderen Seite der Insel.

Keine fünf Minuten später gesellt sich Schoko zu uns. Wir nennen ihn so, weil er braun ist, wir haben keine Ahnung, wer seine Besitzer sind. Er wälzt sich auf dem Rücken herum, schüttelt sich und bewirft uns mit Sand. In seinem Fell hängen Muscheln und Algen, seine Schnauze ist weißer als an Weihnachten. Wir werden größer, er wird älter. Jedes Mal habe ich Angst, ihn nicht wiederzusehen. Wenn Mathilde allein schwimmen geht, kommt er nicht. Ich bin zum ersten Mal außerhalb der Ferien da, wer hat ihm das verraten?

»Aus, Schoko, nicht auf mein Handtuch«, beschwert Mathilde sich.

Wir ziehen uns aus, laufen zum Wasser. Meine Uhr habe ich zu Hause gelassen, ich sehe auch ohne, dass gerade Flut ist.

Wir kennen die Stellen, wo keine Felsen sind, und spritzen uns lachend nass.

»Autsch!«

Mathilde ist ausgerutscht und hat sich verletzt. Wir kehren an den Strand zurück. Schoko leckt ihr das Knie. Ich denke an Jean-Domnin, Claires Großvater, dem die Knochen aus dem Bein ragen, male mir aus, wie sie unter ihrem Baum kauert. Und zum ersten Mal seit der *glaz*-Nacht fange ich an zu weinen. Mathilde tut, als würde sie es nicht bemerken. Schoko legt sich zwischen uns und durchnässt mein Handtuch. Ich brauche nicht an meinen sicheren Ort zu flüchten, ich bin schon da. Ich warte einfach, bis mein Körper sich leer geweint hat. Dabei erinnere ich mich an meinen ersten Termin bei Dr. Clapot.

Sie trug bunte Kleider, die anders waren, nicht wie die der typischen Pariserin, und auch keinen weißen Kittel. Sie wirkte wie eine Maman. An den Wänden ihrer Praxis hingen zwei gerahmte Bilder, links eine japanische Landschaft, rechts ein farbenfroher Schmetterling. Ich sollte dasjenige anschauen, das mir besser gefiel, und mir eine Farbe darin aussuchen. Ich saß in einem Sessel neben ihr, ihre Stimme war beruhigend. Ich wählte den Schmetterling und Blau. Ich konzentrierte mich darauf, während sie weiterredete, bis das Bild vor meinen Augen verschwamm, das Blau fing an zu wogen, und plötzlich sog es mich in sich auf. Trotzdem spürte ich noch den Boden unter meinen Füßen, die Lehnen des Sessels unter meinen Armen. Es war unglaublich, meine Atmung veränderte sich, wurde tief und langsam. Ich schlief nicht, wie die hypnotisierten Leute im Fernsehen. Ich war völlig wach, ich hörte das Telefon auf dem Schreibtisch klingeln. Dr. Clapot wollte, dass ich mir den Ort vorstelle, an dem ich mich am geborgensten fühle. Auf einmal verschwand die Farbe, und ich war mit Mathilde und Schoko in der Baie des Curés, geschützt wie in einer uneinnehmbaren Festung. Frei und sorglos.

Mathilde zieht das Geschirrtuch von Martines Korb.

»Hast du Schoko vergessen?«, frage ich.

In Schokolade ist Theobromin, und das ist gefährlich für Hunde.

»Für wen hältst du mich?«

Sie angelt nach ihrer Strandtasche und holt eine Karotte raus, Schokos Lieblingsleckerli. Laut knackend lässt er sie sich schmecken, während wir den innen weichen, außen leicht knusprigen Kuchen genießen. Ich frage meine beste Freundin:

»Was wäre dein sicherer Ort?«

Sie überlegt, bis ich mein zweites Stück Zauberkuchen vernichtet habe.

»Der Phare de Pen-Men. Aber das ist dumm.«

»Warum?«

»Wir waren mit der Schule dort, als ich noch klein war, wir sind die Wendeltreppe hochgestiegen bis zum Leuchtfeuer. Die Lampe hat eine Reichweite von dreißig Seemeilen, vierundfünfzig Kilometern, es ist die stärkste in ganz Morbihan. Ich habe mir vorgestellt, mein Vater wäre der Wärter eines anderen Leuchtturms mitten im Meer, deswegen könnte er nicht bei uns leben. Und jeden Abend, wenn der Phare de Pen-Men aufscheint, würde er an mich denken.«

Wir stellen den restlichen Kuchen in unsere Nähe, sodass Schoko nicht drankommt. Er ist rund, appetitlich und dunkler als der Hund. Hier, weit weg von den leeren Schränken in Papas Schlafzimmer, dem Militärinternat und dem Loch, das Désir für ihre Maisonettewohnung in den Boden bohren will, fühle ich mich ein wenig besser. Der Zauberkuchen macht meinen sicheren Ort noch sicherer, er schmeckt paradiesisch.

Mathilde ist meine älteste Freundin, meine Vertraute, das darf ich auf keinen Fall vermasseln, bei ihr ist nichts komisch oder peinlich. Ich bin nicht eifersüchtig, aber vielleicht ein bisschen besitzergreifend. Letzten Sommer hatte sie einen total dämlichen Freund. Dieser Vollpfosten hat immer behauptet, er würde in Neuilly-Levallois wohnen, weil Levallois allein ihm nicht schick genug war. Aber um gerecht zu bleiben: Mathilde fand meine Freundin Britt auch dämlich.

»Hast du gerade jemanden?«

»Nein.«

»Ich auch nicht.«

Meine Angst kehrt zurück, als es dunkel wird. Hier sieht man die Sonne nicht untergehen, dafür muss man nach Pen-Men hoch, dort kann man beobachten, wie sie ins Meer taucht. Seit fünf Jahren warte ich auf Claire, ohne zu wissen, wo sie steckt, seit fünf Jahren hoffe ich, dass sie eines Tages an der Tür klingelt. Papa wusste es sehr wohl, wie ich jetzt rausgefunden habe. Er hat mich angelogen, was sie und meine Schwester betrifft. Hoffentlich finde ich nicht als Nächstes raus, dass Claire nie mehr wiederkommen will. Mathildes Maman hat bestimmt schon Abendessen gemacht. Wir stehen auf. Schoko verschwindet.

Ich habe Gaston nichts vom Brief aus Indien erzählt. Weiß er über Claire und Chile Bescheid? Und über ihren Großvater? Als ich klein war, hatte ich einen Goldfisch namens Käpt'n Iglo. Eines Morgens trieb er mit dem Bauch nach oben in seinem Glas. Ich flehte Claire an, ihn zu operieren, aber sie erklärte mir: »Alles, was lebt, stirbt irgendwann, Dom. Deswegen muss man jede Sekunde genießen. Ärzte schenken einem nur ein bisschen mehr Zeit.« Einen Bonus, wie im Computerspiel.

Alles hängt zusammen. Tom ist vor fünf Jahren gestorben,

und plötzlich war Claire weg. Jetzt ist Papa gestorben, und plötzlich bekomme ich den Brief aus Indien. Ich durchwühle Papas Schreibtisch, und plötzlich erfahre ich, dass meine Mutter in Chile lebt. Aber die Sache mit meiner Schwester bleibt ein Rätsel.

Wenn ich an Tom denke, verwandeln sich meine Fäuste in Boxhandschuhe. In meiner Klasse gibt es auch einen Autisten. Cyprien redet mit niemandem, er lebt in seiner eigenen Welt, sein Gesicht ist ausdruckslos, er kippelt während der Stunde mit seinem Stuhl, aber die Lehrer sagen nichts. Einmal im Musikunterricht hat er bei der *Zauberflöte* von Mozart, mitten in *Pa-Pa-Pa-Papageno*, angefangen zu lachen, und zwar so ansteckend, dass die ganze Klasse mitlachen musste. Dann ist er wieder verstummt. In der Pause haben wir ihm Fragen gestellt, aber er hatte die Ohren schon wieder verschlossen, er hörte uns nicht mehr. Ich mag Cypriens rares Lachen. Ich hasse Tom. Es war mutig von ihm, sich auf die Gleise zu setzen, aber damit hat er Claire verstümmelt. Ich schreibe Gaston eine Nachricht: »Wusstest Du, dass Claire Papa aus Chile geschrieben hat?« Um sie abzuschicken, ahme ich die Festländer nach, die jedes Jahr im August auf der Insel einfallen und die Groix braucht, denen es manchmal allerdings an Taktgefühl mangelt. Ich recke das Handy in die Luft, kein Empfang. Ich steige auf die Trockenmauer. Ich laufe zum alten Dreschplatz. Ich beschimpfe das Telefon. Ich schreibe eine Nachricht an Papa: »Warum hast Du mich angelogen?« Er antwortet: »Senden fehlgeschlagen.«

Das Abendessen – ein Bauernbrathuhn mit Groixer Biogemüse, Paprika, Tomatillos, Tomaten, Roscoff-Zwiebeln und Physalis – schmeckt köstlich. Mathilde möchte uns für den Sommerkurs der Zirkusschule im August anmelden, ich wollte schon immer jonglieren lernen. Anschließend machen wir es uns mit den

Katzen Danone und Graubart auf der Couch gemütlich und gucken eine hirnlose Komödie im Fernsehen. Und wir lachen. Tränen entstehen in der Kehle, Lachen entsteht im Bauch, das sind zwei getrennte Systeme.

Auf dem Nachhauseweg bemerke ich, dass die Nachricht an Gaston nicht rausgegangen ist, und lösche sie. Mathilde weiß Bescheid, das reicht. Ich habe heute wichtige Dinge erfahren. Claire hat uns verlassen, weil sie sich selbst nicht mehr geliebt hat. Aber uns hat sie geliebt.

Die Geliebte

Dein Sohn lässt nichts von sich hören, also geht es ihm den Umständen entsprechend gut. Im Amsterdamer Hafen von Jacques Brel zeigen die Seemänner die Zähne, als wollten sie den Mond anbeißen und die Wanten verschlingen. Siehst du dort oben den Vollmond? Ich hätte ihn für dich vom Himmel geholt, wenn du geblieben wärst.

Du hast mir beigebracht, wieder glücklich zu sein, ich hatte es schon fast verlernt. Auf Groix durchwühlt Dom deine Schubladen und lüftet deine Geheimnisse. Er sucht nach mir, aber die Wahrheit wird ihm nicht helfen. Dein Fortgang zieht mich in die Tiefe, sein Dasein hält meinen Kopf über Wasser. Ich höre weiter deine Playlist, gerade läuft *That's Life* von Frank Sinatra. Noch eine lange Nase, die du dem Tod gedreht hast. Jetzt hätte ich Lust, ein gutes bretonisches Bier zu trinken und mit Bagad Pariz in der Mission Bretonne die Straße runter Bombarde zu spielen.

TAG 18
Dom

*I*ch rufe noch einmal die blonde Frau an, eine Bandansage bedauert, dass die von mir gewählte Nummer nicht vergeben sei. DU hat die Leitung gekappt.

Während Mathilde in der Schule ist, bilde ich mich mit Claires Briefen weiter. Ich lerne eine Menge über die indigenen Stämme Patagoniens, Ona, Yagan, Haush und Mapuche. Auf den chilenischen Briefmarken sind Selk'nam in Festgewändern abgebildet, indigene Jäger, die heute nicht mehr existieren. Die Frauen standen stundenlang im eisigen Wasser, um Muscheln zu sammeln, während die Männer fischten oder jagten. Im Sommer waren sie nackt, im Winter rieben sie sich zum Schutz vor der Kälte mit Tierfett ein. Sie kannten keine Höhenangst. Sie waren stolz und tapfer, wie die Bretonen. Die meisten Feuerlandstämme wurden von Großgrundbesitzern oder europäischen Goldsuchern ausgelöscht. Nur die Mapuche haben überlebt. Claire ist fasziniert von Pinguinen. Sie repariert Arme und Beine und ist verrückt nach Seevögeln, bei denen weder das eine noch das andere richtig funktioniert.

Ich lese weiter, aber ich frage mich, was wohl als Nächstes kommt. Dass meine Eltern Spione sind?

Ich habe Dom mehrere Briefe geschrieben und sie wieder zerrissen. Er ist zu jung, er würde es nicht verstehen und

*wäre mir böse. Bitte erklär ihm, dass ich arbeite und bald
zurückkehre, mein Insulaner. Meine Pinguinbegeisterung
hilft mir durchzuhalten. Erinnerst Du Dich noch an den Film
Die Reise der Pinguine? Ich mache es wie sie, ich bin losge-
zogen, um Futter zu suchen, während Du mit unserem Sohn
zwischen den Füßen auf dem Pariser Packeis bleibst, sicher
vor der Welt und meiner Verzweiflung.*

Papa hat mir die DVD gekauft, jetzt verstehe ich, warum es
ihm so wichtig war, obwohl ich mit der Geschichte null anfangen konnte.

*Hier fühlt man sich genauso unbedeutend wie beim Son-
nenuntergang in Pen-Men. Deine Insel ist eine Sirene, eine
Strandräuberin, sie lockt die Schiffe an ihre Felsen und
lässt sie zerschellen. Sie hält den Menschen den Spiegel vor,
indem sie sie Demut vor dem Meer lehrt, sie beraubt sie ihrer
Metalle, entblößt sie, kehrt ihr Innerstes nach außen. Hier
ist es ähnlich. Die Pinguine und Schiffe sind besser an dieses
Land angepasst als die Menschen, darum plustert sich niemand auf. Wenn ich wieder Kraft geschöpft habe, kommen
wir noch einmal gemeinsam her. Euch werden dieses Fleck-
chen Erde und seine Bewohner gefallen. Dank ihnen geht es
mir besser. Jeder Tag bringt mich Euch näher.*

Claire ist wirklich einmalig. Normalerweise betrinkt man sich,
wenn es einem schlechtgeht, wechselt die Frisur oder die Stadt.
Sie hat den Kontinent und das Leben gewechselt.

»Denk dran, heute ist der Siebte«, erinnert mich Mathilde.
    Sie kauft eine Tüte Groixer Karamell mit Salzbutter bei
Sébastien, damit wir nicht mit leeren Händen bei Frédérique

aufschlagen. Im Sommer kommen Gott und die Welt, Freunde von Freunden, Leute auf der Durchreise, es wimmelt nur so von Gästen. Außerhalb der Saison sind es weniger. Die besten Freunde meiner Eltern sind da, Jean-Pierre und Monique, Gildas und Isabelle, Jean-Philippe und Mylane, Bertrand, Renata, Silvia, Catherine, Perrine, viele waren auch bei der Bestattung in Paris. Sie versichern mir noch einmal, dass ich auf sie zählen kann, ich müsse nur etwas sagen. Also sage ich einen Namen.

»Claire. Sie hat Papa aus Patagonien geschrieben, ich habe ihre Briefe gefunden.«

Alle verstummen. Sie wissen Bescheid.

»Warum hat Papa mir nichts davon erzählt?«

»Ihre Abreise hat dich ziemlich mitgenommen, Yrieix wollte es nicht noch schlimmer machen.«

»Ich hätte mich bedeutend besser gefühlt, wenn ich gewusst hätte, dass sie an mich denkt!«

»Sie hat ihre Rückkehr immer wieder verschoben, er wollte keine falschen Hoffnungen wecken.«

»Hätte er nicht einfach hinfahren und sie holen können?«

»Nein, die Entscheidung musste von ihr kommen«, erklärt Mylane. »Ich habe Yrieix sogar angeboten, ihn nach Chile zu begleiten, er hat abgelehnt. Sie war krank, Dom. Sie konnte nicht mehr.«

»Sie hat ihm zwei Jahre lang geschrieben und dann plötzlich aufgehört. In der Nacht, als er gestorben ist, war eine Frau bei ihm«, berichte ich der Runde.

Die Herren heben neugierig die Augenbrauen. Die Damen runzeln sie misstrauisch.

»Eine Blondine hat den Rettungsdienst gerufen und die Tür aufgemacht. Danach ist sie abgehauen.«

Ich schaue in blanke Gesichter.

»Zumindest ist er nicht allein gestorben«, meint Bertrand.

»Er hat meinen Computer abschmieren lassen. Als sein Herz versagt hat, ist mein Spiel vom Bildschirm verschwunden.«

In der Bretagne glaubt man an keltische Sagen, man ist abergläubisch, weil alles andere Unglück bringt. Die Geschichte gefällt ihnen, das ist typisch Yrieix.

»Claire war nicht bei der Bestattung. Hat ihr keiner Bescheid gegeben?«

Niemand hat ihre Kontaktdaten.

»Wisst ihr was von meiner Schwester?«

Allgemeine Sprachlosigkeit. Mylanes Hund Lulu bellt verwundert.

»Du bist Einzelkind, Dom!«

»Ein Mann, der meinen Eltern vor achtzehn Jahren in Argentinien begegnet ist, schreibt das Gegenteil.«

Seit ich weiß, wo Claire wohnt, setzt sich das Puzzle langsam zusammen. Aber das zentrale Stück, das alles erklärt, fehlt. Mathilde hat morgen Schule, wir steigen wieder auf unsere Räder und machen noch einen kleinen Abstecher zur Baie des Curés. Schoko taucht auf, wir lassen uns in den Sand fallen, und er legt sich zwischen uns, den Kopf auf meinen Knien.

Warum erwähnt Claire ihre Tochter in den Briefen nie? Hat sie aufgehört zu schreiben, weil sie erfahren hat, dass Papa sie nicht mehr liebt? Oder weil *sie* einen anderen Mann getroffen hat? War die Adresse auf den Umschlägen maschinengeschrieben, damit ich ihre Schrift nicht erkenne?

»Okay, der letzte Brief, den du bei deinem Vater im Schreibtisch gefunden hast, ist drei Jahre alt, aber das beweist noch lange nicht, dass sie ihm danach nicht mehr geschrieben hat«, meint Mathilde. »Vielleicht hat er die Briefe zerrissen. Oder ihr zurückgeschickt. Oder die beiden haben gemeinsam entschieden, sich nicht mehr zu schreiben.«

Ich war mir so sicher, dass Papa und ich gemeinsam auf ihre Rückkehr warten. Niedergeschlagen senke ich den Kopf. Ich bin ein naives Kind, einziger Anspruchsberechtigter auf die Lügen der Erwachsenen.

»Du weißt jetzt, wo sie arbeitet«, fügt Mathilde hinzu. »Wie viele französische Chirurginnen kann es in Punta Arenas schon geben?«

»Sie weiß, wo ich wohne, sie kann mich jederzeit anrufen oder mir schreiben. Selbst wenn Papa keinen Kontakt mehr wollte, ich bin auch noch da! Warum hat sie mich aus ihrem Leben gestrichen?«

»Kauf dir ein Flugticket und finde es raus.«

»Ich bin noch minderjährig, Gaston oder Tifenn müssten mich begleiten, und das machen sie garantiert nicht. Außerdem ist es bestimmt sauteuer.«

»Du hast doch geerbt, oder? Maman sagt immer, das letzte Hemd hat keine Taschen.«

»Ich bin gerade erst angekommen, ich wollte ein paar Tage bleiben.«

»Groix läuft nicht weg. Deine Quadratlatschen sind noch hier, aber dein Kopf ist schon in Patagonien.«

»Ich habe keine Quadratlatschen.«

Mathilde lacht. »Du hast Kindersärge an den Beinen!«

Ich schiebe Schokos Kopf weg und renne ins Wasser, die Arme ausgebreitet wie eine Möwe, nicht wie ein Pinguin mit seinen verkümmerten Flügeln. Inzwischen kenne ich mich mit Pinguinen aus. Es gibt sie nur auf der Südhalbkugel, und ihre Flügel sind eigentlich Flossen zum Schwimmen und Tauchen. Auf der Nordhalbkugel und in der Bretagne findet man stattdessen Alkenvögel, die Pinguinen sehr ähnlich sehen, aber dank ihrer schmalen Flügel fliegen können. Meine Freundin hat recht, ich muss weg, um wiederzukommen.

Spät in der Nacht lese ich Claires letzten Brief noch einmal.

Mein geliebter Insulaner,
es geht mir besser, ich schlafe. Tom taucht nicht mehr jede
Nacht in meinen Träumen auf. Ich hätte Euch nie verlas-
sen dürfen. Ich hoffe, Ihr könnt mir verzeihen. Ihr fehlt mir
schrecklich. Ich komme zurück, nehme meinen Platz wieder
ein. Nicht im OP, ich kümmere mich anderweitig um die
Patienten. Ich will keine Minute länger auf Euch verzich-
ten. Mein Kommilitone und seine Frau haben mir in den
vergangenen zwei Jahren wieder auf die Beine geholfen, ich
verdanke ihnen so viel. Ich kann es kaum erwarten, meinen
Sohn, meinen Dom, in die Arme zu schließen. Der kleine
Mann hat sich bestimmt unheimlich verändert. Ich schreibe
Dir ganz bald, wann mein Flug geht.

Plötzlich schießt mir ein schrecklicher Gedanke durch den
Kopf. Hat sie bei ihrer Rückkehr vielleicht festgestellt, dass ihr
Platz besetzt ist? Wann hat Papa seine geheimnisvolle Blondine
kennengelernt? Ist Claire eines Nachts nach Hause gekommen
und hat die beiden zusammen erwischt? Nein, sie wäre auf
keinen Fall wieder gegangen, ohne mich zu wecken. Ich muss
zu ihr fliegen.

TAG 20
Dom

Schweren Herzens setze ich wieder nach Lorient über. Neben mir plaudern zwei Groixerinnen.

»Diese Halbstarken machen nur Dummfug, *Co.*«

»Denen sollte man mal langen Hafer geben.«

»Meine Mutter wusste immer schon, was ich Samstagabend ausgefressen hatte, bevor ich Sonntagfrüh auf war!«

»Auf einer so kleinen Insel verbreiten sich Neuigkeiten schneller, als Lucky Luke schießt«, würde Papa sagen.

Onkel Gaston hat Mathildes Mutter das Geld für die Hinfahrt zurückgegeben und mir ein Ticket für die Rückfahrt gekauft. Ich denke die gesamte Reise über nur daran, dass ich Claire bald wiedersehen werde. An der Gare Montparnasse empfängt mich der Duft der Hauptstadt, eine Mischung aus Abgasen, Restaurantküchen, Schmutz, Schweiß, Stress, Geschichten und Träumen. Ich liebe Groix, aber Paris mag ich auch. Ich gewöhne mich neu an die roten Ampeln, die Métro-Stationen, den traurigen Anblick der Bettler vor den hell erleuchteten Crêperien. Kaum habe ich unser Haus erreicht, stürzt Kerstin aus ihrer Loge und umarmt mich, als käme ich von einer Himalaja-Expedition.

»Ich war doch nur ein paar Tage weg«, sage ich verlegen.

Sie gibt mir meine Post, Papa hat zwei böse Briefe bekommen. Wir haben sein Konto gekündigt, deswegen gelten die Einzugsermächtigungen nicht mehr. Onkel Gaston und Monsieur Jules haben sich um Strom, Wasser, Gas und Versicherungen gekümmert, aber Handy und Nebenkosten vergessen. Der Mobilfunkanbieter droht, ihm die Karte zu sperren. Die Hausverwaltung brummt ihm eine Mahngebühr auf. Ich schreibe beiden die gleiche E-Mail: »Mein Vater ist tot«, mitsamt Namen und Adresse des Notars. Die Hausverwaltung bekundet mir ihr Beileid, hält aber an der Mahngebühr fest. Der Mobilfunkanbieter ist misstrauisch und verlangt eine Kopie der Sterbeurkunde. Ich habe meine Mail unterzeichnet mit »Domnin Le Goff, Sohn des verstorbenen Yrieix Le Goff«. Der Mobilfunkanbieter antwortet: »Sehr geehrter Herr Yrieix Le Goff«, das macht mich rasend. Ich schreibe: »Herr Yrieix Le Goff konnte Ihre Mail bedauerlicherweise nicht zur Kenntnis nehmen, da er in seiner Urne keinen Empfang hat.« Der Mobilfunkanbieter antwortet: »Sehr geehrter Herr Yrieix Le Goff, wir haben Ihre Mail erhalten und werden uns innerhalb von vierundzwanzig Stunden bei Ihnen melden.«

Ich klingele bei meinem Onkel. Er bittet mich rein, aber ich bleibe im Türrahmen stehen und schlage ihm vor, zu mir runterzugehen.

»So ein Quatsch, jetzt bist du schon da.«

»Ich warte unten.«

Ein paar Minuten später gesellt er sich zu mir. Ich komme direkt zur Sache:

»Claire hat Papa geschrieben. Sie lebt in Patagonien. Ich will zu ihr fliegen.«

Mein Onkel hat Probleme mit der Schilddrüse, deswegen sind seine Augen ziemlich rund und vorstehend. Jetzt reißt er sie so weit auf, dass ich fürchte, sie könnten mir jeden Moment auf den Schoß hüpfen. Ich lasse nicht locker.

»Ich weiß, wo sie arbeitet. Sie hat keine Ahnung, dass er tot ist. Ich will sie wiedersehen und es ihr sagen.«

Er seufzt.

»Du bist fünfzehn, also alt genug, um die Wahrheit zu erfahren.«

Auf so einen Satz folgt meistens eine Impfung oder irgendwas anderes Scheußliches. Gaston wirkt genauso traurig wie am Morgen nach der *glaz*-Nacht. Er räuspert sich, es will nicht raus.

»In Yrieix' Schließfach bei der Bank lag ein Brief für mich.«

»Der, den du ungeöffnet eingesteckt hast?«

»Genau. Ich habe ihn gelesen. Es ging um deine Mutter.«

Ich glaube, eigentlich möchte ich es doch nicht wissen. Wenn es einmal ausgesprochen ist, kann man nicht mehr zurück, man sitzt in der Falle.

»Vergiss es. Sag's mir nicht. Sie erklärt mir alles, wenn sie zurückkommt.«

»Das kann sie nicht, Dom.«

Gaston redet sehr leise, seine Worte erreichen mein Trommelfell, dann mein Gehirn.

»Sie wollte zurückkommen. Es ging ihr besser.«

»Und dann hat sie es sich anders überlegt?«

»Nein, Dom.«

Ich fröstele.

»Es ist etwas passiert. Ein Unfall. Ein kleiner Junge hatte am Kap Hoorn einen epileptischen Anfall, deine Mutter hat sofort begriffen, was los ist, sie hat ihn mit ihrem Körper geschützt, damit er nicht ins eisige Wasser fällt. Sie hat ihn gerettet, ist dabei aber ausgerutscht, und die Strömung hat sie mitgerissen. Sie haben den ganzen Tag mit Booten nach ihr gesucht – vergeblich.«

Ich erstarre selbst zu Eis. Ich werde Claire nie wiedersehen.

Ihre Versprechen waren nur Lügen. Ich hasse Seevögel und Sonnenuntergänge über blauen Gletschern. Und ich hasse Claire, weil sie jeden retten wollte, außer Papa und mich. Sie hat ihren Fehler wettgemacht, sie hat sich geopfert. Jetzt ist sie bei ihrem Großvater, Tom und Papa. Es ist aus.

»Sie ist wie Onkel Yannig gestorben«, sage ich mit rauer Stimme.

»Ja.«

Onkel Gaston traut sich nicht, mich zu berühren, er spreizt nur leicht die Arme vom Körper ab, wie ein Scheißpinguin auf dem Kackpackeis. Ich dränge mich an ihn, er schlingt die Tweedflossen um mich und drückt mich fest.

»Wann?«

»Vor drei Jahren.«

»Und Papa hat es die ganze Zeit gewusst?«

»Ja. Er hatte Angst, dass du den Halt verlierst.«

»Dabei ist das Maman passiert«, erwidere ich verzweifelt.

Sie hat das Kap Hoorn umrundet, sie hat sich in eine Meerjungfrau verwandelt, um ein fremdes Kind zu beschützen. Sie schwimmt für immer mit den Fischen, Walen und Robben. Zurück bleibt nur Eis. Alles Weiche und Warme ist mit ihr untergegangen.

Gaston steigt noch einmal nach oben, um den Brief aus dem Schließfach zu holen. Ich sitze auf dem Sofa, die Arme um die Beine geschlungen, und wippe hin und her wie Cyprien. Schließlich kehrt mein Onkel zurück und reicht mir drei Seiten.

Auf der ersten berichtet Papa ihm von dem Unfall. Er habe beschlossen, mir nichts davon zu erzählen, er wolle warten, bis ich älter bin oder bis man Claire findet, tot oder lebendig. Höchstwahrscheinlich ist sie unters Eis geraten und sofort ertrunken, gelähmt von der Kälte. Trotzdem besteht immer noch eine winzige Möglichkeit, dass sie es irgendwo ans Ufer geschafft hat oder völlig unterkühlt aus dem Wasser gefischt wurde. Ein erfrorenes Herz kann noch lange nach dem Stillstand wieder losschlagen, der Organismus funktioniert in Zeitlupe. In diesem Fall lebt sie ohne jede Erinnerung an ihr früheres Leben zusammen mit den letzten Indigenen in einem einsamen Fjord in Patagonien. Ich habe mich gerade so über Wasser gehalten, Papa hatte nicht den Mut, mir noch mehr aufzubürden. Also hat er das Geheimnis bewahrt, und das hat an seinem Herzen genagt.

Ich hasse Tom, und ich hasse diesen epileptischen Jungen. Was hatte er überhaupt am Kap Hoorn zu suchen? Und was hat Gott getrieben, statt Claire zu beschützen? Selfies mit den anderen Touristen gemacht?

Die Schrift auf der zweiten Seite kenne ich auch.

Meine Lieben, es ist so weit, ich komme zurück! Ich habe gerade mein Flugticket gekauft, in acht Tagen bin ich in Paris. Ich steige leise die Treppe hoch, damit Deine grässliche Schwester mich nicht hört. Ich klingele, weil ich meine Schlüssel nicht mitgenommen habe. Ihr macht mir die Tür auf. Dom ist bestimmt groß geworden. Wir werden wieder zusammen sein.

Die dritte Seite ist mit dem Computer geschrieben und von Mamans Kommilitonen unterzeichnet.

Sehr geehrter Monsieur Le Goff,
ich habe die traurige Aufgabe, Ihnen eine schreckliche Nachricht zu überbringen. Ihre Frau, meine liebe Kollegin Claire Bihan, ist bei Schlechtwetter am Kap Hoorn Opfer eines

Unfalls geworden. Ein junger Passagier hatte in der Nähe des Ufers einen epileptischen Anfall. Sie zog ihre Schwimmweste aus, um mehr Bewegungsfreiheit zu haben, und kletterte die rutschigen Felsen hinunter, um zu verhindern, dass er ins Wasser fällt. Sie konnte ihn retten, verlor dabei jedoch das Gleichgewicht, und die Wellen rissen sie mit. Die Suche nach ihrem Leichnam blieb erfolglos. Wir haben alles versucht, aber in diesen Breiten gibt es zahlreiche Eisschollen, und die Strömung ist unvorhersehbar. Ich möchte Ihnen mein tief empfundenes Beileid aussprechen und Ihnen versichern, dass unsere Gedanken bei Ihnen und Ihrem Sohn sind. Meine Kollegin hatte ihren Posten hier niedergelegt und freute sich schon darauf, zu Ihnen nach Frankreich zurückzukehren. Sie konnte ihren letzten Brief nicht mehr abschicken, er liegt meinem Schreiben bei.
Bitte seien Sie gewiss, dass unser gesamtes Team und ich mit Ihnen trauern. Die Eltern des kleinen Thomas haben mich gebeten, Ihnen ihre unendliche Dankbarkeit und aufrichtige Anteilnahme zu übermitteln.
Mit freundlichen Grüßen,
Dr. Benniged Riec

Der Mistkerl muss Bretone sein, mit so einem Namen. Es ist seine Schuld, dass Claire überhaupt dorthin gegangen ist. Der liebe Kollege kondoliert recht herzlich, aber die kleine Schwester, die vor mir in Argentinien geboren worden ist, erwähnt er mit keinem Wort. Sieht sie mir ähnlich? Alle behaupten, ich wäre Claire wie aus dem Gesicht geschnitten. Aber das ist Quatsch, sie wurde mir aus dem Herzen geschnitten.

Dr. Claire Bihan hätte den Tod eines zweiten Toms nicht überlebt. Wäre dieser Thomas ins Wasser gefallen, wäre sie definitiv hinterhergesprungen, um ihn zu retten, und sie wären beide unters Eis geraten. Ich hasse alle Epileptiker, alle Autisten, alle Toms und Thomase, alle Seevögel und indigenen Patagonier. Nächstes Jahr auf dem Lycée, wenn ich »Namen und Adresse der Eltern« angeben soll, schreibe ich: »Yrieix Ar Gov, Im *suet* 9, Claire Bihan, Unterm Eisberg 2«. Papa ist in Lorient geboren und in Montparnasse gestorben – beides bretonische Territorien. Maman ist in Finistère geboren, *finis terrae* bei den Römern, das Ende der Erde, und *penn-ar-bed* bei den Bretonen, der Kopf der Welt. Sie ist am Anfang der Welt geboren und am Ende der Welt gestorben. Ich weiß jetzt, dass Papa sie nicht betrogen hat. Er war Witwer, ungebunden.

»Ich wäre gern allein.«

Onkel Gaston respektiert meinen Wunsch und verschwindet nach oben. Ich könne ihn jederzeit anrufen oder zu ihm hochkommen. Er hat nicht kapiert, warum ich nicht mehr in seine Wohnung will.

In meinem Zimmer steht ein Foto von Maman, das hat Papa kurz nach ihrer Abreise aufgestellt, während ich in der Schule war. Es wird nie wieder ein neues Foto von meinen Eltern geben. Auf dem letzten mit Papa, das ich irgendwann einmal meinen Kindern zeigen werde, wenn ich denn welche habe, albern wir rum und schneiden Grimassen. Auf dem letzten mit Maman laufen wir auf Groix ins Meer, so wie ich es immer noch mit Mathilde und Schoko mache. Man sieht uns von hinten, wir strecken die Arme aus wie Möwenflügel. Ich will nicht länger auf der zehnten Treppenstufe festsitzen. Es ist höchste Zeit, erwachsen zu werden. Ich öffne den Küchenschrank, hole die Schale mit William und Kate heraus und knalle sie in die Spüle, wo sie mit einem hübschen Klirren zerspringt. Meine Mutter braucht ihre Schale nicht mehr, sie hat den Löffel abgegeben.

Gaston und Tifenn sind in ihren Wohnungen. Désir geht jeden Tag um diese Uhrzeit ins Schwimmbad, um die Kinder anzugiften, die sie nass spritzen, und die Erwachsenen, die sich vorher nicht duschen. Kerstin sitzt in der Pflegeschule oder in ihrer Loge und lernt, Noalig ist im Reisebüro, Gwenou steht hinter seiner Theke. Die Luft ist rein. Ich trete raus auf die Treppe.

Die Stufen sind echt steil. Vier kann ich locker springen, fünfzehn allerdings sind gewagt, um nicht zu sagen gefährlich. Tja, Pech, ich habe keine Wahl. So alt bin ich nun mal, und außer mir ist niemand mehr auf dem Foto. Ich hole Papas iPhone raus, der Mobilfunkanbieter hat die Karte wieder aktiviert, nachdem Gaston den Vertrag auf seinen Namen umgeschrieben hat. Ich schieße ein Bild von der Treppe und poste es auf Instagram mit dem Text: »Eine Stufe pro Jahr überspringen und ein Mann werden, indigene Patagonier kennen keine Höhenangst.« Mathilde ist online, kapiert, was ich vorhabe, und kommentiert: »Zu weit, keine gute Idee.« Ich antworte: »Claire kommt nicht zurück.« Ein Follower glaubt, meine Freundin hätte mich verlassen, und schreibt: »Andere Mütter haben auch schöne Töchter, mach keinen Scheiß, das ist doch verrückt.« Ich habe keinen Sprung in der Schüssel, ich springe über meinen eigenen Schatten, ich will die Jahre von zehn bis fünfzehn auslöschen, die ich auf Claire gewartet habe. Meine Eltern haben dieses Spiel erfunden, nicht ich.

Das Problem ist nicht der Sprung, sondern die Landung. Ich rutsche bestimmt weg, und diesmal ist keiner da, um mich festzuhalten. Ich muss mich ans Geländer klammern. Die Sohlen meiner Sneaker sind zu glatt. Mir kommt eine Idee. Ich laufe zurück in die Wohnung, öffne Papas Kleiderschrank und schlüpfe in seine schönen englischen Schuhe. Sofort sind meine Füße wie ausgewechselt.

Mein Herz hämmert. Meine Eltern werden stolz auf mich

sein. Ich kann ja nicht mein ganzes Leben lang zehn bleiben. Vor jeder Operation ist Claire im Geiste noch einmal alle Handbewegungen durchgegangen. Genau wie sie sehe ich vor mir, wie ich abspringe, mich ans Geländer kralle, einen Bogen nach links beschreibe. Das müsste funktionieren. Ich beiße die Zähne zusammen, hole tief Luft, das Herz in Papas Tretern. Ich greife nach den unsichtbaren Händen meiner abwesenden Eltern. Und ... ich ... fliege!

Die Geliebte

Ich sitze draußen vor Gwenous Laden, starre ins Leere, warte auf irgendwas, aber nie mehr auf dich. Désir betritt das Haus mit nassen Haaren und schlenkernder Sporttasche. Ein gewaltiger Krach reißt mich aus meiner Benommenheit. Wahrscheinlich hat ein Möbellieferant auf der Treppe etwas Schweres fallen lassen, mit ein bisschen Glück hat er Désir geplättet. Türen schlagen, Menschen rufen durcheinander. Ich gehe über die Straße, um rauszufinden, was los ist. Dein Sohn ist gestürzt. Er sitzt auf einer Stufe, in deinen schönen englischen Schuhen, die wir zusammen gekauft haben. Sein rechter Unterarm sieht aus wie die Schlange aus dem *Kleinen Prinzen*, die den Elefanten verschluckt hat. Dom schaut ihn überrascht an, während Gaston sich erschrocken zu ihm beugt.

»Herrje, bist du ausgerutscht, Kumpel?«

»Das hätte auch Georges oder einer meiner Söhne sein können«, kreischt Désir. »Deine Kerstin bohnert viel zu viel, das hab ich ihr schon hundertmal gesagt!«

»Sie ist nicht *meine* Kerstin«, knurrt Gaston.

»Ich bin nicht ausgerutscht«, erklärt dein Sohn, blass, aber stolz. »Ich bin fünfzehn Stufen weit gesprungen, ich hab's geschafft! Eigentlich wollte ich mich am Geländer festhalten, aber meine Hand war schwitzig, deswegen habe ich eine Bruchlandung hingelegt. Mein Arm hat eine komische Form, oder?

Kannst du mit dem Handy ein Foto davon schießen? Sonst denkt noch wer, ich bin ein Schisser.«

TAG 21
Dom

Auf dem Weg zum Krankenhaus gestern hat Onkel Gaston mich mehrfach gefragt, ob ich mich umbringen wollte. Und er hat sich geweigert, ein Foto von meinem Arm zu machen. Die Pflegerin in der Notaufnahme war netter. Ich habe das Foto auf Instagram gepostet: »1:0 für die Treppe.« Eine Frau wusch Papa für seinen Leichtsinn den Kopf. Mathilde kommentierte: »Selbst schuld. Tut's weh?« Ich antwortete großspurig: »Kein bisschen.« Ich habe einen geschlossenen, verschobenen Zweietagenbruch und eine Grünholzfraktur, sie mussten mich betäuben, um meine Knochen wieder in die richtige Stellung zu bringen.

Die Anästhesistin hatte braune Augen über der grünen Maske, auf ihrer OP-Haube waren keine Zeichentrickfiguren. Sie spritzte mir ihren Zaubertrank: ein Mittel gegen die Schmerzen, eins zum Einschlafen und eins zur Muskelentspannung. Dabei sollte ich bis zehn zählen. Ich starrte hoch zu den Neonröhren an der Decke, eins, zwei ... Bei drei beugte sich plötzlich Claire mit ihren *glaz*-Augen über mich. Bei vier riss ich mir den Schlauch aus dem Arm, richtete mich auf und fragte:

»Du bist zurückgekommen?«

»Ich bin nie weggegangen.«

»Doch, klar, am Tag nach dem Käsefondue, am Tag der einstürzenden Türme in New York.«

»Ich war immer in deiner Nähe. Weißt du noch, was ich dir

früher gesagt habe? Denk jeden Abend vor dem Einschlafen an den besten Moment deines Tages.«

»Ja, das weiß ich noch.«

»Und, was war heute der beste Moment?«

»Jetzt, weil du hier bist.«

»Dann schließ die Augen und denk an jetzt.«

»Heißt das, die Indigenen und die Alkenvögel haben dich gerettet?«

»Konzentrier dich, Domenico. Es gibt keine Alkenvögel in Patagonien.«

»Sterbe ich und komme zu dir und Papa?«

»Natürlich stirbst du irgendwann, so wie jeder. Aber erst in vielen, vielen Jahren, wenn du älter bist als deine Großmutter. Zähl weiter.«

Ich gehorchte. Fünf. Die Anästhesistin mit den braunen Augen tauchte wieder auf. Sechs. Dann erinnere ich mich an nichts mehr.

Tifenn hat mir Klamotten und Waschzeug vorbeigebracht. Désir hat mich nach der OP besucht und dem Arzt erzählt, dass mein Vormund den Anforderungen nicht gewachsen sei, dass ich seinetwegen fast gestorben wäre. Ich habe so getan, als würde ich schlafen, bis sie wieder weg war. Kerstin hat mir erklärt, dass die Knochen von Erwachsenen brechen wie Trockenholz, die von Kindern sich aber biegen wie Grünholz, deswegen hat mein Arm ausgesehen wie eine Seeschlange. Ich bekomme für mehrere Wochen einen Gips. Dafür bin ich jetzt offiziell fünfzehn. Das Spiel ist aus.

Die Pflegerin hilft mir beim Anziehen und bindet mir das blaue Armband mit der Triskele um. Als wir bei den Schuhen angelangt sind, meint sie erstaunt:

»Die sind ja schick! Jungs in deinem Alter tragen doch sonst nur Turnschuhe … Aber du solltest sie mal wieder polieren, sie sind ganz zerschrammt.«

Ich habe Papas gute Schuhe ruiniert.

»Wie ist das überhaupt passiert?«

»Ich hab 'ne Stufe ausgelassen.«

Mein Arm sticht, aber das ist anscheinend normal. Alles ist *glaz*, weil ich die englischen Schuhe zerschrammt und das Zifferblatt der Tidenuhr verkratzt habe. Zum Glück ist es nicht gebrochen.

Onkel Gaston holt mich in seinem Morgan Coupé ab. Die Leute beobachten uns wohlwollend oder neidisch, manche heben den Daumen und lächeln, andere verziehen den Mund und wenden sich ab. Gaston muss mich anschnallen, das schaffe ich nicht allein.

»Tut es sehr weh, Kumpel?«

»Was mich nicht umbringt, macht mich stärker.«

Er schaut mich erschrocken an.

»Dom, du musst mit jemandem reden. Du bist nicht Atlas, du brauchst Hilfe.«

Ich weiß genau, welche Hilfe er meint. Maman waren die Pinguine lieber als die Psychiater.

»Ich brauche vor allem einen Tapetenwechsel.«

Er wirkt erleichtert.

»Ich kann mir ein paar Tage freinehmen. Willst du zurück nach Groix?«

»Ich will, dass du mit mir nach Patagonien fliegst.«

Jetzt ist er so überrascht, dass er den Motor abwürgt. Der Mann hinter uns hupt und brüllt: »Wenn du nicht fahren kannst, bringt dir so eine Karre auch nichts, du Penner!«

»Ich muss den Ort sehen, an dem Claire ins Wasser gestürzt ist.«

»Ich kann nicht fliegen, ich habe Klaustrophobie«, gesteht mein Onkel. »Deswegen habe ich auch ein Cabrio.«

Dann bitte ich eben Tante Tifenn. Ich muss in Mamans Fußstapfen treten und die Spur meiner Schwester verfolgen. Meine Familie schrumpft schnell. Wenn ich in Paris bleibe, bin ich vielleicht auch bald nicht mehr da.

Onkel Gaston schlägt mir vor, bei ihm zu übernachten, aber das lehne ich natürlich ab. Tante Tifenn macht mir das gleiche Angebot, bei ihr nehme ich es an. Sie brät mir einen Hamburger und schneidet ihn klein, damit ich ihn mit dem Gips leichter essen kann. Ich rede Klartext:
»Ich wollte mich nicht umbringen.«
»Das hoffe ich doch«, sagt sie ernst.
»Es war ein Spiel, das ich mit Papa und Maman immer gespielt habe.«
»Du hättest sterben können, Domnin!«
Sie hat mich noch nie bei meinem richtigen Vornamen genannt, sie muss wirklich Angst gehabt haben.
»Das wird schon wieder«, meine ich.
Ihr Fuß schlägt den Takt, obwohl keine Musik läuft.
»Ist dir klar, dass du hättest gelähmt sein können?«, ruft sie.
»Dann hätten meine Eltern was verpasst!«
»Sind Gaston und ich dir völlig wurst?«
»Nicht Wurst, Andouille«, verbessere ich, um sie zu besänftigen.
»Du bist uns wichtig, wir lieben dich!«
»Ich wollte weder sterben noch im Rollstuhl landen, ich schwör's.«
Sie schnieft, holt tief Luft, steht auf.

»Dein Vater hat mir einen Brief anvertraut, den ich dir geben soll, wenn die Zeit reif ist.«

Ich vergesse den Gips, den stechenden Arm, sogar Patagonien. Sie zieht ein Blatt Papier aus ihrem Sekretär.

»Eigentlich wollte ich bis zu deinem achtzehnten Geburtstag warten, aber jetzt nützt er dir mehr.«

Sie geht aus dem Zimmer, lässt mich mit Papas Worten allein. Tod bedeutet nie wieder neue Fotos und Briefe ohne Antwort. Ich war traurig, dass Papa Gaston einen geschrieben hat und mir nicht, aber er hat auch an mich gedacht. Ich bin sein einziger Sohn, selbst wenn ich eine Schwester habe.

Wenn Du diesen Brief liest, bin ich nicht mehr da. Von jetzt an drücke ich mich um alles Schlechte im Leben. Ich muss nicht mehr zum Zahnarzt. Ich zahle keine Steuern mehr. Ich kriege keine Erkältung und auch keinen Krebs mehr. Ich sehe nicht mehr mit an, wie der Tierarzt unseren Hund einschläfert. Ich trauere nicht mehr um einen verstorbenen Freund oder Vater. Ich verlasse Groix nie wieder. Mein Herz ist nicht länger zerrissen. Ich werde nicht alt, kriege weder Arthrose noch Gebiss noch Gedächtnislücken. Du wirst das alles erleben. Auf Dich warten Karies, Steuern und Gebühren, laufende Nasen, Verluste und Rheuma, Bewährungsproben, Umwälzungen und Herzschmerz, denn das Wichtigste, das Wertvollste, das Unersetzlichste ist das Leben. Deshalb bitte ich Dich, genieß jede Sekunde, ob gut oder schlecht. Lass Dir das Leben schmecken, wie man auf Groix sagt, sonst wird es sauer, koste es aus. Erinnere Dich daran, wie sehr ich Dich geliebt habe, und dann schau nach vorn, die Vergangenheit ist ein Anker, der sich nur schwer lichten lässt. Nimm die Pinne entschlossen in die Hand, schieb nichts auf, volle Kraft voraus! Schlag nicht die Zeit tot, das Biest stirbt nie, füll sie lieber aus.

*Alles, was Du erlebst, wird wunderbar sein. Der Duft von
Kaffee, die Schönheit des Meeres, die Macht des Lachens und
die Kraft der Liebe retten diese Welt.
Ich sitze am Ufer Deines Herzens.
Y.*

Niedergeschmettert falte ich den Brief wieder zusammen. Papa
wusste, dass Maman nicht zurückkommen konnte, er selbst
war krank, er dachte, wenn ihm etwas passieren würde, wäre
ich allein. Deswegen hat er einen Vormund für mich bestimmt,
den Brief des Arztes aus Patagonien im Schließfach versteckt
und Tifenn diese Zeilen für mich anvertraut.

Meine Tante ist in ihrem Schlafzimmer am Ende des Flurs.
Sie sitzt auf dem Bett und lauscht dem Gesang einer Frau in
einer Sprache, die ich nicht kenne. »Ist das Russisch?«

»Finnisch.«

Ich setze mich neben sie. Ich verstehe kein Wort, aber es
klingt schön.

»Sie hieß Annikki Tähti. Ein Freund hat gesagt, ich müsste
sie unbedingt gehört haben, bevor ich sterbe.«

»Der ist ja eine Frohnatur.«

Ich nutze die Schwäche meiner Tante schändlich aus.

»Ich muss dich um einen großen Gefallen bitten.«

»Alles, was du willst.«

»Du sagst ja, ohne zu wissen, um was es geht?«

»Solange es kein Hund ist … Was würde dir eine Freude machen?«

»Kein Hund, aber ein Vogel.«

Sie lächelt.

»Genauer gesagt, ein Pinguin. Und nicht bloß einer, sondern
ganz viele. Am Kap Hoorn. Ich muss den Ort sehen, an dem
Maman ins Meer gestürzt ist.«

Sie wird unsicher, wirkt aber nicht perplex. Also weiß sie Bescheid.

»Du hast es gewusst!«, sage ich vorwurfsvoll. »Hat Papa es dir erzählt?«

»Es gab immer noch eine Chance. Er wollte dir nicht die Hoffnung nehmen.«

Ich schlage mit der heilen Hand auf die Bettdecke.

»Ich muss da hin, unbedingt. Komm mit!«

»Du hast Schule, Dom.«

»Ich kann nicht schreiben mit dem Gips, also bringt das sowieso nichts.«

»Frag Gaston.«

»Der hat Klaustrophobie und Flugangst. Nur ein paar Tage, Tante Tifenn, bitte!«

»Man fliegt nicht einfach so ans andere Ende der Welt, das muss man organisieren, planen, Tickets kaufen, eine solche Reise braucht ordentlich Vorlauf«, protestiert sie.

»Papa schreibt, ich soll nichts aufschieben und volle Kraft voraus leben. Und was die Tickets angeht, ich habe geerbt, du bist eingeladen«, sage ich großzügig. »Ich wollte mir nichts antun bei meinem Sprung, aber wenn du dich weigerst, überlege ich es mir vielleicht anders.«

»Ist das eine Drohung?«

»Nein, ein Argument.«

»Willst du sterben, Dom?«

»Nicht, bevor ich noch mal Zauberkuchen gegessen habe.«

»Das ist nicht lustig!«

Sie hat Angst. Ich spiele meinen Vorteil aus.

»Komm schon, Tante Tifenn! Ich bitte dich auch nie wieder um irgendwas. Dein Freund hat dir geraten, dieses Lied anzuhören, bevor du stirbst. Ich will das Kap Hoorn sehen, bevor ich sterbe.«

So ein Mist! Sie findet hundertpro irgendeine andere Ausrede und sagt nein.

»Okay«, meint sie schließlich seufzend.

»Verarschst du mich?«

»Mir war noch nie etwas so ernst.«

Die Geliebte

Gaston hat alle Bewohner des Hauses zusammengetrommelt, denen dein Sohn etwas bedeutet – also nicht deine Schwester. Er hat ihnen von Claires Unfall erzählt, den du mir unter dem Siegel der Verschwiegenheit anvertraut hattest. Und davon, dass Dom nach Patagonien fliegen will.

Dein Sohn ist nicht selbstmordgefährdet, nur traurig. Er hat gerade innerhalb von drei Wochen seine beiden Eltern verloren, auch wenn seine Mutter schon lange tot ist.

Es gibt keinen Ort auf diesem Planeten, an den ich so ungern reisen möchte wie Südamerika, du allein weißt, warum. Aber ich habe dir etwas versprochen. Deshalb fliege ich.

Ich fühle mich für Dom verantwortlich und trotzdem irgendwie befangen in seiner Gegenwart. Vielleicht weil ich selbst keine Kinder habe? Niemand hat mir eine Gebrauchsanweisung mitgeliefert. Ich wollte immer so gerne Mutter werden. Aber ich bin wohl nicht dafür geschaffen.

TAG 24
Dom

*N*oalig hat sich um unsere Tickets gekümmert. Ich war mit Tante Tifenn bei ihr im Reisebüro. Hinter ihrem Schreibtisch wirkte unsere Nachbarin ganz anders. Ich wollte bezahlen, aber meine Tante hat mich nicht gelassen.

»Dafür lädst du mich mit achtzehn schick zum Essen ein.«

»Direkt an meinem Geburtstag, großes Ehrenwort.«

Tifenn und Noalig lachten.

»Du bist ein echter Gentleman, im Gegensatz zu meinem Ex«, meinte Noalig seufzend.

»Warum habt ihr euch scheiden lassen?«

»Weil ich aufs falsche Pferd gesetzt habe.«

Sie hätte stattdessen auf das kleine geflügelte Drahtpferd setzen sollen. Sie ist blond, Single, hübsch, bretonisch, in Papas Alter, das kommt hin.

Ich habe einen Reisepass, weil Papa und ich nächstes Jahr zusammen nach New York wollten. Er liegt in diesem Möbel, das meine Eltern irgendwann mal auf dem Trödel in Chatou gekauft haben – einem Kartentisch aus dem neunzehnten Jahrhundert aus Mahagoni mit flachen Schubladen für die Navigationskarten und einem Fach für die Instrumente. Er stammt von einer englischen Jacht, die in der Bretagne abgetakelt wurde. Neben meinem Pass finde ich das Programm meiner Klassenfahrt

146

nach Rom im Juni, ein Ticket nach Lissabon auf Papas Namen (wollte er ganz allein nach Portugal?) und einen Umschlag, auf den er »Wichtig« geschrieben hat. Noch ein Geheimnis?

Der Umschlag enthält die Police einer Lebensversicherung über hunderttausend Euro, das ist ein Riesenbatzen Geld. Mein Großvater hat die Summe, die er mit seiner Erfindung verdient hat, in ein altes Mehrfamilienhaus ohne Aufzug in Montparnasse, ein paar renovierungsbedürftige Häuschen auf Groix und vier Lebensversicherungen investiert, eine pro Kind. Papa hat seine nicht angerührt, laut diesem Dokument gibt es im Fall seines Ablebens zwei Bezugsberechtigte. Der erste bin ich, Domnin Le Goff, wohnhaft in Paris, Frankreich. Die zweite ist Oriana Virasolo, wohnhaft in El Calafate, Argentinien. Auch ihr Geburtsdatum steht da. Sie ist achtzehn, das passt genau zum Brief aus Indien. Das ist garantiert meine Schwester! Maman ist nicht zufällig da rübergegangen. Und wenn Papa Oriana dieses Geld vermacht hat, lebt sie noch.

Ich suche im Internet nach Oriana Virasolo, kein Treffer. Warum heißt sie nicht Le Goff? Oder Bihan wie Claire? Wenn Papa zwei Kinder hat, muss ich mein Erbe teilen. Mir schwirrt der Kopf, aber ich schieße mit dem iPhone ein Foto von der Versicherungspolice und schicke es Monsieur Jules mit der Bitte, es vertraulich zu behandeln, bis er die Bombe vor der Familie platzen lässt.

Eine Sache muss ich noch regeln, bevor wir aufbrechen.

»Ich brauche deine Hilfe«, sage ich zu Kerstin.

Auch sie hat sich gut mit Papa verstanden. Blond, Single, hübsch, das könnte schon sein, auch wenn sie deutlich jünger ist.

»Hast du einen Schlüssel zu Gastons Wohnung?«

»Ich habe Schlüssel zu allen Wohnungen hier im Haus.«

»Ich muss was von ihm holen, es ist eine Überraschung.«

Wir steigen die Treppe rauf. Ich weiß, dass die Urne im Wohnzimmer steht. Mein Atem geht schneller, als wir oben angelangen. Ich versteife mich, meine Füße sind wie angewurzelt. Kerstin schließt die Tür auf, dreht sich zu mir um.

»Kommst du?«

Nein. Ich will hier weg, die Stufen runterstürmen und mir auch noch den anderen Arm brechen.

»Was suchst du eigentlich?«

Ich muss es schaffen. Ich trete über die Schwelle, das ist schon ein Erfolg. Nach drei Schritten gebe ich auf.

»Ich kann nicht weiter. Du musst mir helfen.«

»Warum das?«, fragt Kerstin.

»Gaston hat Papas Urne irgendwo im Wohnzimmer aufgestellt. Seitdem war ich nicht mehr hier. Kannst du nachschauen?«

Kerstin verschwindet kurz.

»Sie ist da. Was für eine Überraschung soll das genau sein?«

»Ich werde Papa und Maman wiedervereinen.«

»Was?«

»Er wollte, dass seine Asche im Meer verstreut wird, er hat nichts von Groix gesagt. Ich nehme die Hälfte mit zum Kap Hoorn.«

»Und wo willst du sie reintun?«

Ich hole die Pillendose aus der Tasche, die ich in Claires orangefarbenem Koffer gefunden habe. Auf dem Deckel ist ein schwarzes Kreuz mit mehreren Spitzen unten auf weißem Grund abgebildet, ein Hermelin.

»Was ist das?«

»Ein wichtiges bretonisches Symbol. Davon leitet sich unser Wahlspruch ab: ›Lieber sterben, als entehrt zu werden.‹ Auf dem Wappen von Groix sind fünf Hermeline, dazu ein Fischerboot, eine Klippe, ein Leuchtturm, ein Anker, ein Seelöwe und ein Hai. Ich hatte vor, einen Teil von Papas Asche in diese Dose zu packen, aber ich kriege es nicht hin. Das musst du für mich übernehmen.«

»Ich soll die Urne aufmachen? Das kannst du vergessen!«

»Papa muss auch das Kap Hoorn umrunden. Wir haben auf Maman gewartet, sie wollte zu uns zurückkommen, aber das ging nicht mehr.«

Kerstin zögert. Ich schaue sie flehend an.

»Ihr wart doch gut befreundet, Papa und du, oder?«

Sie holt tief Luft, greift nach der Dose und geht wieder ins Wohnzimmer. Ich horche auf die Geräusche, die durch die von Regalen bedeckten Wände dringen. Papa hatte vor allem Comics, Gaston sammelt alte Bücher. Schließlich kehrt Kerstin zurück, blass, aber siegreich.

»Mission erfüllt!«

Sie reicht mir die Pillendose, und wir steigen wieder in ihre Loge hinunter. Ich werde mutiger.

»Hast du einen französischen Liebhaber?«

Sie zuckt mit den Schultern. »Ich habe keine Zeit zu verschwenden.«

»Liebe ist Zeitverschwendung? Als Papa dich mal gefragt hat, warum du deine Ausbildung in Paris machst und nicht in München, hast du nicht geantwortet. Warum?«

»Der Struwwelpeter mag keine neugierigen Kinder.«

»Der was?«

»Eine Schauergestalt aus einem deutschen Kinderbuch, die sich weder die Haare noch die Fingernägel schneidet.«

Der rosafarbene Schlauch eines Stethoskops ragt unter einem Haufen Unterlagen auf der Anrichte hervor. Ich ziehe es vorsichtig zu mir. Es ist ein Kinderstethoskop mit einem gelben Bruststück in Form eines Löwen, um die kleinen Patienten abzulenken. Der Name der Besitzerin steht auf der Membran.

»Du heißt nicht Claire Bihan«, sage ich vorwurfsvoll.

»Dein Vater hat es mir für mein Pädiatriepraktikum gegeben.«

»Mamans Stethoskop? Warum hat sie es nicht mitgenommen?«

Kerstin ist die blonde Frau, ganz sicher. Sonst hätte er ihr niemals so ein Geschenk gemacht.

»Weil es in Patagonien keine Löwen gibt? Es ist nur geliehen, Dom. Wenn du magst, kannst du es sofort zurückhaben.«

Ich schüttele den Kopf.

»Ich will kein Arzt werden. Ich brauche es nicht.«

TAG 25
Dom

*D*er Flug von Paris nach Santiago de Chile dauert vierzehn Stunden, der nach Punta Arenas noch mal drei. Onkel Gaston hat Benniged Riec geschrieben, er erwartet uns. Tifenn hat angeboten, mir beim Packen zu helfen, wegen des Gipses, aber ich habe mich lieber allein durchgewurstelt und alles in den Rucksack gestopft. Ich nehme das Corto-Sweatshirt und die Segeljacke mit, die ich bei der Coopérative du Port auf Groix gekauft habe. Kerstin begleitet uns bis zu Tifenns Fiat 500 und drückt mich zum Abschied so fest, dass mir der Arm wehtut. Gaston setzt sich ans Steuer, zu dritt passen wir nicht in den Morgan Coupé. Pech für seine Klaustrophobie.

Tifenn und ich sitzen in einem Café im Terminal 2 des Flughafens Roissy, wir sind früh dran, und unser Gate ist ganz in der Nähe. Die Zeit vergeht. Dann ändert sich plötzlich die Anzeige auf der Tafel, wir müssen doch ans andere Ende des Terminals. Wir beeilen uns, ohne panisch zu werden, stellen uns in die Schlange, die sich langsam vorwärts bewegt. Ich schaue meine Tante an.

»Hattest du nicht eine Handtasche?«

Sie wird blass.

»Die habe ich neben den Stuhl gestellt. Mein Ticket, meine Schlüssel, mein Handy, meine Kreditkarte, alles da drin! Wenn die jemand geklaut hat, sind die Sachen futsch, und wir fliegen nirgendwohin, weil mein Pass auch dabei war.«

»Bleib hier, ich laufe zurück.«

Ich renne durch das Terminal bis zu unserem Tisch im Café. Zwei Amerikaner sitzen jetzt dort und sehen mich hektisch und außer Atem auf sie zustürmen.

»*Your bag? It was your bag?*«

»Ja, *yes*, haben Sie sie?«

Sie deuten auf einen Infoschalter ein Stück weiter, ich bedanke mich und sprinte hin. Stotternd erkläre ich, dass meine Tante ihre Handtasche liegen gelassen hat, dass wir nach Chile fliegen und da alles drin ist. Ein Mann hat die Tasche in der Hand, ich strecke den linken Arm danach aus, weil der rechte eingegipst ist. Der Mann weicht zurück.

»Zeigen Sie mir den Ausweis Ihrer Tante.«

Ich lächele, weil ich es für einen Scherz halte.

»Der ist in der Tasche. Schauen Sie nach, sie heißt Tifenn Le Goff.«

»Das darf ich nicht. Wo ist Ihre Tante?«

»Am anderen Ende des Terminals, wir boarden gleich, Sie müssen mir glauben!«

Ich nenne ihm Tifenns Adresse, beschreibe ihre Handyhülle und das Hintergrundbild, nichts davon könnte ich wissen, wenn ich ein Dieb wäre. Er bleibt ungerührt. Da habe ich eine Eingebung. Tifenns Nummer ist in meiner Favoritenliste, ich drücke auf ihren Namen, und eine Gitarre fängt in der vibrierenden Tasche an zu spielen.

»Bitte, meine Mutter wartet in Chile auf mich, ich habe sie seit fünf Jahren nicht gesehen!«

Endlich händigt der Kerl mir die Tasche aus. Ich stürme wieder los. Wir sind die Letzten, die einsteigen.

Tifenn hat mir den Fensterplatz überlassen. Wir sitzen wie die Sardinen in den Büchsen der bretonischen Konservenfabriken. Erst beobachte ich, wie das Land und die Leute unter uns immer kleiner werden, dann schaue ich einen Film, bis das Essen kommt. Meine Tante ist tierisch angespannt, vielleicht hat sie auch Flugangst. Die Stewardess fragt mich, was ich trinken möchte.

»Haben Sie Breizh-Cola?«

Die kennt sie nicht, obwohl wir mit Air France unterwegs sind.

»Ich werde das Kap Hoorn umrunden«, erzähle ich ihr.

Die hübsche Blondine, die Papa gefallen hätte, lächelt.

»Willst du später Seemann werden?«

»Nein, ich will den Ort sehen, an dem meine Mutter unters Eis gerutscht ist.«

Die Stewardess geht weiter zum nächsten Gast. Ich beuge mich zu meiner Tante.

»Ich dachte, Papa hätte Maman betrogen, aber zu dem Zeitpunkt war sie längst abgetrieben. Er war ein freier Mann.«

»Man ist immer frei für die Liebe, Dom.«

»Hast du Onkel Yannig betrogen?«

»Nein.«

Obwohl es mir schon peinlich ist, als ich es ausspreche, frage ich:

»Wie fühlt sich das eigentlich an, wenn man Liebe macht?«

»Hast du darüber nie mit deinem Vater geredet?«

»Ich dachte, wir hätten noch Zeit.«

Sie seufzt verlegen. Ich bohre nach:

»Ist es wie trinken, wenn man sehr viel Durst hat?«

»Nein. Es ist wie sehr viel Durst zu haben, sehr große Sehnsucht danach, im Hafen einzulaufen, nicht mehr allein zu sein, an nichts mehr zu denken, sich zusammen in fliegende Fische zu verwandeln. Man verlässt die dunklen Tiefen, entdeckt Himmel und Weltraum, es ist berauschend und wunderschön.«

»War es so mit Onkel Yannig?«

Ihr Blick trübt sich. Ich wechsele das Thema, um sie nicht noch trauriger zu stimmen.

»Die Frau, die bei Papa war, wohnt in unserem Haus. Er hat ihr Nachrichten geschrieben und sie DU genannt. Ich schwanke zwischen Noalig und Kerstin. Beide sind blond, waren öfter zum Abendessen bei uns und haben um ihn geweint, Noalig war schon mal in Papas Arbeitszimmer, Kerstin hat Claires Stethoskop. Sonst bleibt nur die Frau aus dem ersten, aber die ist neunzig.«

»Rauszufinden, wer sie ist, bringt deinen Vater nicht zurück. Du hast jetzt eine andere Aufgabe: das Leben auszukosten, jede Sekunde zu genießen. Hör auf seinen Rat.«

Mein Rucksack liegt in der Gepäckablage über uns, ich habe die Pillendose mit Tesa zugeklebt und ganz unten vergraben. Papa fliegt mit uns. Seinen Brief habe ich mit dem Handy abfotografiert, ich lese ihn noch einmal, während Tifenn schläft.

Ich muss nicht mehr zum Zahnarzt. Er hat als Kind eine schlechte Erfahrung mit einer Urlaubsvertretung in Lorient gemacht, einem üblen Metzger. *Ich sehe nicht mehr mit an, wie der Tierarzt unseren Hund einschläfert.* Er hat unserem Dackel Knirps bis zum Schluss die Pfote gehalten. *Mein Herz ist nicht länger zerrissen.* Maman hat es ihm gebrochen. *Nimm die Pinne in die Hand,* er mochte keine Steuerräder, bei einer Pinne spürt man das Meer unter dem Schiff. *Der Duft von Kaffee ...* Ich mag heiße Schokolade lieber. *Die Macht des Lachens ...* Mathildes Lachen ist unwiderstehlich. *Und die Kraft der Liebe retten diese Welt.* Keine Ahnung, ob ich mich eines Tages verliebe. *Ich sitze am Ufer deines Herzens.* Ich denke an Kerstins Anatomiebuch zurück. Papas Sehnenfäden halten meine Segel.

Die Geliebte

Es ist der längste Nonstop-Flug von Air France ab Paris. Dom hat das Corto-Sweatshirt über seinen Gips gestreift. Und er trägt die Tidenuhr. Ich hätte diese Reise gern mit dir gemacht, auch wenn ich unser Ziel aus tiefstem Herzen verabscheue – dort brodelt die glühende Lava, in die ich meinen Ex stürzen möchte. Was wird dein Sohn auf seiner Expedition entdecken? Und was ich?

Ich frage mich, was für ein Leben Yvette Meunier-Jacob wohl geführt hat. Sie war zwanzig, als der Zweite Weltkrieg ausgebrochen ist. Hat sie geblümte Schürzen getragen und ihrem Ehemann gehorcht? War sie in der Résistance und hat bis zu ihrem Tod um ihren im Konzentrationslager ermordeten Verlobten getrauert? War sie Auslandskorrespondentin und hat die Welt bereist, drei wunderbare Ehemänner, jede Menge Liebhaber und eine ganze Schar Kinder gehabt?

Dein Sohn weiß nicht, wer ich bin, genau wie du es wolltest. Es war berauschend und wunderschön, mit dir Liebe zu machen, aber das kann ich ihm nicht sagen.

TAG 26
Dom

Wir landen in Santiago de Chile. Der Flug ist total schnell vergangen, ich habe fast die gesamte Zeit geschlafen. Meine Tante trällert leise *À Santiago de Cuba*, ein altes Chanson von Jean Ferrat mit einem witzigen Text: »Und ich, ich beb wie ein Liguster / Und ich, ich schwank wie 'ne Terrine / Und ich, ich hüpf wie eine Tonne.«

Wir fliegen weiter nach Punta Arenas ganz im Süden des Landes. In der Hauptstadt der chilenischen Antarktis angekommen, bringt uns ein Fahrer zur Arztpraxis. Die Häuser sind bunt und niedrig. Ein echter Muskelprotz tritt heraus, um uns zu begrüßen.

»Du musst Domnin sein. Ich freue mich unheimlich, dich kennenzulernen. Ich bin Benniged. Unglaublich, wie ähnlich du ihr siehst ...«

Ich verabscheue ihn auf Anhieb, er ist schuld, dass Claire so weit weggegangen ist.

»Hier hat sie niemand vergessen, das kannst du mir glauben. Ich denke jeden Tag an sie.«

»Ich auch.«

Er schneidet eine kleine Grimasse und bittet uns hinein.

»Ich würde gern sehen, wo sie gewohnt hat.«

»Natürlich. Claire wollte sich hier nie niederlassen, sie wollte sich nur erholen und dann zu euch zurückkehren. Sie hat im Bereitschaftszimmer der Praxis geschlafen, in der Arzt-kabine auf den Kreuzern oder im Bereitschaftszimmer der Pra-xis in Ushuaia. Ihr Gepäck hat sie hin und her getragen. Ich zeige es dir.«

Er führt uns in ein karges Zimmer, dessen Wände mit Pos-tern von Pinguinen bedeckt sind, allein oder in Kolonien.

»Die Tiere haben sie fasziniert. Sie hat die Poster aufgehängt, ihre Nachfolger haben sie nicht abgenommen. Als Magellan zum ersten Mal Pinguine gesehen hat, dachte er erst, es wären Enten mit verkümmerten Flügeln. Magst du Seevögel?«

»Ich mag die Möwen meiner bretonischen Insel. Auf Groix werden Ertrunkene immer an ganz bestimmten Orten gefun-den, wegen der Strömung. Ist das hier anders?«

Er erklärt mir, dass die Strömung am Kap Hoorn sich stän-dig ändert, die Gletscher sich bewegen und die Stürme unbere-chenbar sind. Wenn die Winde von Westen wehen, nennt man sie Brüllende Vierziger, Rasende Fünfziger und Heulende Sech-ziger. Wenn sie von Osten wehen, bilden sich bis zu dreißig Meter hohe Monsterwellen entgegen der Strömung. Claire ist auf dem Längengrad ertrunken, der Atlantik und Pazifik trennt. Das helle Gletscherschmelzwasser des einen ist salzarm, das Wasser des anderen sehr salzreich, sie haben unterschiedliche Dichten, deshalb vermischen sie sich nicht. Man kann klar die Grenze dazwischen erkennen. Claire gibt sich nie mit Otto Normal zufrieden.

»Es tut mir schrecklich leid«, sagt Dr. Benniged seufzend.

»Wenigstens ist sie jetzt bei Papa.«

Dr. Benniged wirft Tifenn einen hilfesuchenden Blick zu.

»Der Vater meines Neffen ist vor einem Monat an Herzver-sagen gestorben«, erklärt sie.

Der Doktor dreht sich wieder zu mir und wirkt noch bestürz-ter.

»Zeigen Sie mir, wo sie ins Wasser gefallen ist?«

»Ich bringe dich zum Kap Hoorn. Eigentlich hätte *ich* an jenem Tag auf dem Schiff sein sollen, aber meine Frau war schwanger, es ging ihr nicht gut. Claire ist für mich eingesprungen. Ich bin stärker als sie, vielleicht hätte ich den Jungen festhalten können, ohne abzurutschen.«

Ich beiße die Zähne zusammen.

»Haben Sie einen Sohn oder eine Tochter bekommen?«, frage ich.

»Eine Tochter. Sie heißt Marie-Claire.«

»Sind Sie sich sicher, dass meine Mutter tot ist? Schwören Sie es bei Marie-Claires Leben?«

Er fröstelt.

»Das Wasser war eiskalt, du darfst dir keine falschen Hoffnungen machen, Domnin.«

Mein Herz hüpft wie eine Tonne.

»Ich heiße Dom.«

TAG 27
Dom

Zusammen mit Dr. Benniged nehmen wir ein Schnellboot, wir fahren durch die Magellan-Straße und den Beagle-Kanal und dann die Allee der Gletscher entlang, von denen jeder nach einem anderen Land benannt ist. Auf den Felsen drängen sich Pinguinkolonien und beobachten uns. Schließlich holen wir ein Kreuzfahrtschiff ein, das durch die Fjorde schippert und schon in der Ainsworth-Bucht und am Pia-Gletscher angelegt hat. Wir kommen zur Aperitifzeit an Bord, es ist *open bar*, das heißt, die Passagiere müssen für ihre Drinks nichts bezahlen. Da würde Gwenou nicht schlecht staunen. Tante Tifenn bestellt eine Piña Colada, ich einen Aprikosensaft.

Wir essen am Tisch des Kapitäns zu Abend, der Claire gekannt hat. Sie war auf diesem Schiff, als es passiert ist, das verdirbt mir den Appetit.

»Sie haben die Augen und das Lächeln Ihrer Mutter«, sagt er und denkt, er würde mir damit eine Freude machen.

Ein Guide erklärt den Passagieren, dass wir das Kap mitten in der Nacht erreichen. Das Schiff wird durchgeschüttelt, man soll nichts auf den Kommoden und Nachttischen liegen lassen, weil es sonst herunterfällt. Ich glaube ihm nicht, dafür ist das Schiff viel zu groß und schwer.

Um uns auf den Ausflug vorzubereiten, wird vor dem Schlafengehen ein Film über die Heldentaten von Magellan und Sir

Francis Drake gezeigt. Wir erfahren, dass ein Seemann, der das Kap Hoorn umsegelt hatte, einen Goldring im Ohr tragen durfte. Und wer alle drei, das Kap Hoorn, das Kap der Guten Hoffnung und das Kap Leeuwin umsegelt hatte, fügt der Guide hinzu und erntet damit einige Lacher, erwarb sich das Recht, gegen den Wind zu spucken und zu pinkeln – was man auf See niemals tut. Tausende Schiffe seien am Kap Hoorn schon gekentert, das Wetter ändere sich von einer Minute auf die andere, und man könne vier Jahreszeiten innerhalb eines Tages erleben. Am Ende wünscht er uns eine gute Nacht mit den Worten des Schriftstellers Francisco Coloane: »Die Menschen sind wie diese Eisberge; das Leben wirbelt uns herum und verändert uns.«

In der Kabine, die ich mir mit Tifenn teile, gibt es zwei Betten, ein Bad mit Dusche, ein hohes Fenster, das man nicht öffnen kann, und zwei schwarze Trinkflaschen mit dem Namen des Schiffs drauf. Um drei Uhr morgens wache ich auf: Papas Handy ist auf den Boden gefallen, genau wie der Plüschpinguin mit Mütze und rotem Schal, der auf der Kommode gethront hat. Das Schiff stampft, aber meine Tante hat eine Schlaftablette genommen und schlummert selig weiter. Als ich aufstehe, kann ich mich kaum auf den Beinen halten. Die Bettdecke um die Schultern geschlungen, lehne ich mich gegen das Glas und starre hinaus in die Dunkelheit, als könnte Claire gleich in einem patagonischen Kanu vorbeipaddeln.

TAG 28
Dom

*E*ine körperlose Stimme dringt aus dem Lautsprecher der Kabine und reißt uns um fünf Uhr morgens aus dem Schlaf. Wir haben das Kap Hoorn erreicht. Für diejenigen, die am Ausflug teilnehmen möchten, ist der Frühstücksraum geöffnet, die ersten Boote brechen in einer Dreiviertelstunde auf.

Tifenn schüttelt mich. Ich habe den Rest der Nacht am Fenster verbracht.

»Hast du etwa hier geschlafen, Domino?«

Ich schiebe die Decke zurück. Alles, was auf den Nachttischen war, liegt jetzt auf dem Boden, genau wie ich. Ich stehe auf.

»Du musst nicht mit, wenn du nicht willst«, meint meine Tante sanft.

Aber kneifen gilt nicht, ich bin mit Claire verabredet.

Tifenn hilft mir, die Rettungsweste zu schließen, das ist mit dem Gips schwierig. Alle anderen Passagiere tragen Mützen, Handschuhe, Thermohosen. Nur meine Tante und ich nicht. Jede Rettungsweste hat eine Identifikationsnummer. Man hängt sie an ein Brett, bevor man in ein Schlauchboot steigt. So ist nachvollziehbar, wer bei einem Ausflug und wer noch an Bord ist. Tifenn und ich nehmen mit Benniged das letzte Boot.

Das *Cabo de Hornos* befindet sich genau an der Grenze zwischen Atlantik und Pazifik auf 55° 56' südlicher Breite und 67° 19' westlicher Länge. Der Leuchtturmwärter von Kap Hoorn ist ein chilenischer Marineoffizier, der das gesamte Jahr über mit seiner Frau und seinen beiden Töchtern hier lebt. Ein Schiff bringt ihnen alle zwei Monate Vorräte. Sie haben noch nie von Groix gehört. Hundert Stufen führen bis zum Leuchtturm hinauf, außerdem gibt es dort oben eine kleine Kapelle und einen neun Meter hohen Albatros aus Stahl. Die Skulptur hält Windgeschwindigkeiten von bis zu zweihundertfünfzig Kilometern pro Stunde stand und wacht über die fünfzehntausend verschollenen Seemänner. Fünfzehntausend Seemänner und Claire Bihan. Benniged übersetzt uns das in den Marmor gravierte Gedicht von Sara Vial: »Ich bin der Albatros, der am Ende der Welt auf dich wartet. Ich bin die vergessene Seele der toten Matrosen von allen Meeren der Erde, die das Kap Hoorn umsegelten. Doch sie starben nicht in den tosenden Wellen, sie fliegen heute auf meinen Schwingen in die Ewigkeit.« Papa hat mir mal erzählt, wie es früher auf Groix war, wenn die Thunfischschiffe von ihren oft monatelangen Fangtouren zurückkehrten. Die Reeder verlasen den Müttern und Frauen die Namen der ertrunkenen Seemänner. Während die einen also das Wiedersehen mit ihrem Sohn oder Ehemann feierten, brachen die anderen trauernd zusammen.

Gemeinsam mit Benniged machen wir uns wieder an den Abstieg. Diese gefährlichen Metallstufen sind definitiv nicht zum Runterspringen geeignet. Verglichen mit dem Tag der Tragödie liegt das Meer ruhig da wie ein See. Der Doktor zeigt mir, wo der junge deutsche Passagier den Anfall hatte. Ohne ihn wäre Maman wenig später nach Hause geflogen, den Plüschpinguin mit der Mütze und dem roten Schal für mich im Gepäck.

Benniged erzählt, dass Thomas umgekippt sei wie ein nasser Sack, kaum hatte er einen Fuß auf die Insel gesetzt. Seine Eltern waren noch nicht einmal aus dem Schlauchboot gestiegen. Sein Körper versteifte sich, von Krämpfen geschüttelt. Es war der erste Anfall seit Jahren. Alles passierte innerhalb von Sekunden. Der Junge befand sich auf der schmalen Plattform. Der Guide neben ihm kannte sich mit Geographie, Geologie und Ethnologie aus, aber nicht mit Medizin. Die eisigen Wellen tosten, Thomas rollte auf das schwarze Wasser zu. Claire stürzte reflexartig, ohne nachzudenken, zu ihm, in Richtung der Gefahr. Weil ihre Rettungsweste sie behinderte, zog sie sie aus. Sie kletterte auf einen Felsen, um Thomas von unten zu stützen. Seine Beine traten mit den schweren Spikestiefeln um sich. Claire wich zurück, der Stein war glitschig, es gab kein Geländer, um sich festzuhalten, nur das finstere Meer, in das sie wie in Zeitlupe stürzte und das sie verschlang.

Heute, drei Jahre später, ist das Meer ruhig. Ich beuge mich vor, ziehe meinen Handschuh aus und tauche die Finger ins Wasser. Keine Meerjungfrau steigt daraus. Ich betrachte das Meer, wie Dr. Clapot es mir beigebracht hat, versenke mich in seine Farbe, ich atme langsam, ich fühle mich sicher. Die bleierne Last, die seit der *glaz*-Nacht auf meinen Schultern liegt, sinkt in die Tiefe. Ich denke an Maman und lächele. Ein Lied erklingt in meinem Kopf: »Komm, nimm mich mit ans Ende der Welt, komm, nimm mich mit ins Land der Wunder.« Inzwischen ist auch Charles Aznavour in den *suet* gegangen. Ich hole die Pillendose aus meiner Segeljacke, zupfe den Tesafilmstreifen ab, öffne sie. Papa sieht aus wie grauer Sand. Ich überprüfe die Windrichtung, bevor ich ihn auskippe. Die Asche wirbelt durch die Luft und landet auf dem Wasser. Ich schüttele die Dose, um sie ganz zu leeren. Meine Eltern sind wieder vereint.

»Was machst du da?«, fragt meine Tante.

»Ich habe einen blinden Passagier mitgenommen: Papa.«

Sie wird auch grau.

Benniged drängt Tifenn Kaffee aus der Thermoskanne des Guides auf. Nach ein paar Schlucken hat ihr Gesicht fast wieder seine normale Farbe. Wahrscheinlich hat sie nicht mit meiner Antwort gerechnet. Mich persönlich hat der Sand weniger beeindruckt als die Urne.

Die Boote bringen uns wieder zum Schiff. Der Leuchtturmwärter hat auf Wunsch die Pässe der Passagiere gestempelt, aber ich wollte nicht. Claire hätte diese Ehre gebührt, nicht mir. Die Stimmung hat sich verändert. Man umrundet das Kap Hoorn nicht ungestraft, nicht einmal auf einem Kreuzfahrtschiff, man lässt einen Teil von sich dort. Zurück an Bord, bestellt Tifenn einen Alexander, ich einen Tomatensaft. Sie hat noch keinen Schimmer von Oriana. Monsieur Jules hat bestimmt Nachforschungen angestellt, hoffentlich erfahre ich mehr, wenn wir in Argentinien ankommen.

In unserem Garten in Kerlard steht ein Olivenbaum. Papa hat ihn immer richtig beschnitten, von innen heraus, sodass ein Vogel durch die Krone fliegen kann, ohne mit den Flügeln die Äste zu berühren. Ich bin ein kleiner Alkenvogel, der in einem Olivenbaum festsitzt, meine Flügel sind zerrissen, und ich finde den Weg nach draußen nicht.

TAG 29
Dom

Am nächsten Morgen legen wir in Ushuaia an, der südlichsten Stadt der Welt. Bisher dachte ich, so würde nur ein Duschgel heißen. Früher lebte hier der Stamm der Yámana, dessen Feuer haben die spanischen Seefahrer gesehen, daher der Name Feuerland.

Die Passagiere steigen aus, der Kapitän schenkt mir ein T-Shirt mit dem Namen des Schiffs drauf, als wäre ich nicht gerade zum Sterbeort meiner Mutter gepilgert. Die Pillendose habe ich in der Kabine gelassen, ich brauche sie nicht mehr.

Es sind nur 5 °C, es ist »popokalt«, wie Papa sagen würde. Benniged zeigt uns seine örtliche Zweigpraxis. Auch hier hat Claire im Bereitschaftsraum geschlafen. Und auch hier haben die Nachfolger ihre Poster nicht abgenommen. Felsenpinguine bedecken die Wände, mit roten Augen, schwarzem Kopf mit Federschopf und gelben Fransen links und rechts, gelben Augenbrauen, schwarzem Rücken und weißem Bauch. Sie nisten auf steilen Felsen, die sie beidbeinig hochspringen. Claire hatte kein Nest mehr.

Bennigeds Frau Marie-Bengale ist Kinderärztin. Die beiden haben genauso verrückte Vornamen wie Papa und ich. Sie ist auch Bretonin, sie stammt aus Nantes. Während der zwei Jahre, in denen Claire hier gelebt hat, war sie oft bei den Riecs zum Abendessen. Sie wissen über Tom und ihre Albträume Bescheid.

Marie-Bengale hat ihr immer wieder gesagt, dass der Junge sich in seinem Körper eingesperrt gefühlt habe, dass es richtig gewesen sei, wenigstens eins seiner Beine erhalten zu wollen.

»Und was hat sie geantwortet?«

»Dass Ärzte dazu ausgebildet sind, Leben zu retten, nicht um über den Sinn des Lebens nachzugrübeln.«

Ich lasse die Erwachsenen allein und checke auf Papas Handy über das Praxis-WLAN meine Mails. *Ja, Herr Lord,* Monsieur Jules hat Oriana gefunden! Er kümmert sich um die Formalitäten, damit sie die Hälfte des Gelds aus der Lebensversicherung bekommt. Meine Schwester wohnt in El Calafate. Sie arbeitet als Fremdenführerin auf der Estancia Cristina, einer abgelegenen Farm, die ein beliebtes Ausflugsziel für Touristen ist. Ich leite die Mail des Notars an Onkel Gaston weiter und erzähle ihm alles, das mit dem Brief aus Indien und der Versicherungspolice mit unseren beiden Namen. Frankreich ist uns vier Stunden voraus, in Paris ist es gerade früher Nachmittag. Tifenn verrate ich noch nichts, ich will auf einen günstigen Moment unter vier Augen warten. Die Riecs kleben an uns wie Kletten, und die Sache geht sie nichts an. Normalerweise würden wir morgen nach Buenos Aires fliegen, die Stadt durchqueren, um zum internationalen Flughafen zu gelangen, und dort in die Maschine nach Paris steigen. Ich beschwöre Gaston, irgendwie möglich zu machen, dass wir einen Zwischenhalt in El Calafate einlegen. Ich zähle auf die unglaubliche Noalig.

Der Mittag verstreicht. Der Nachmittag auch. Ich brenne stumm vor Ungeduld. Die Uhr tickt. Tifenn bemerkt meine Nervosität und schreibt sie dem Kap Hoorn zu. Sie lädt die Riecs zum Abendessen ein, als Dank dafür, dass sie Maman umgebracht haben. Wir gehen zum Restaurant. In Paris und auf

Groix ist es jetzt schon Nacht. Ich bin völlig umsonst ans Ende der Welt gereist, ich muss unverrichteter Dinge zurückkehren.

Im Restaurant, wo es gratis WLAN gibt, bekomme ich endlich eine Antwort. Das Duo Gaston und Noalig hat Wunder vollbracht. Die Bombardespielerin hat unsere Tickets umgebucht. Wir brechen zwar immer noch morgen auf, aber nach El Calafate, wo ein Zimmer im Eolo für uns reserviert ist. Am nächsten Tag machen wir einen Ausflug zur Estancia Cristina. Ich habe mein Ziel fast erreicht.

Tifenn sieht mein strahlendes Gesicht, es ist Zeit, sie einzuweihen, Scheiß auf die Riecs. Ich schaffe es sowieso nicht, den Mund zu halten, bis wir sie los sind.

»Tolle Neuigkeiten! Wir fliegen morgen nicht heim, kleine Planänderung. Wir treffen meine Schwester.«

Sie runzelt die Stirn.

»Was redest du da, Dom? Du bist Einzelkind.«

»Das dachte ich auch immer, aber nein!«

Ich erzähle ihr von der Lebensversicherung und erwarte, dass sie verdutzt, neugierig, interessiert reagiert. Falsch gedacht. Sie ist stinkwütend, und ich verstehe nicht, warum.

»Du hast mich angelogen. Du wolltest den Ort sehen, an dem Claire ins Wasser gestürzt ist, und da sind wir auch hingefahren. Ich bleibe keinen Tag länger in diesem Land!«

»Kapierst du's nicht? Ich MUSS meine Schwester kennenlernen.«

»Ich fliege nicht nach El Calafate, auf keinen Fall. Du hättest vielleicht mal mit mir reden sollen, mich nach meiner Meinung fragen. Ich rufe gleich Noalig an.«

Ich erkenne Tante Tifenn nicht wieder. Ihre Stimme ist hart, aggressiv, schneidend, sie klingt wie Désir. Das mit dem Anruf kann sie gern probieren, sie hat wohl den Zeitunterschied vergessen. In Frankreich ist es schon spät. Sie wird bis morgen früh warten müssen, um Noalig zu erreichen. Warum ist sie so negativ?

Benniged will die Stimmung auflockern und bestellt einen argentinischen Perlwein. Der Kellner schenkt den Erwachsenen ein. Wie kann ich meine Tante nur überzeugen? Ich reise hundertpro nicht einfach ab, wenn ich meinem Ziel so nahe bin. Benniged empfiehlt uns argentinisches Steak mit *chimichurri*, einer scharfen Soße aus frischen Kräutern und Essig. Dann hebt er sein Glas. *Salud!*

Drei Sekunden später falle ich aus allen Südhalbkugelwolken …

Die Geliebte

Mir wäre beinahe das Herz stehen geblieben, als dein Sohn am Kap Hoorn die kleine Dose aufgemacht hat. Eine unsichtbare Hand hat es gepackt und zugedrückt, aber ich hatte keine Angst, ich habe sie willkommen geheißen, weil sie mich mit dir wiedervereint hätte. Du warst völlig aufgelöst, als deine Frau dich verlassen hat, dann warst du mit mir glücklich, ehe du in dieser Pillendose gelandet bist. Ich war ein bisschen eifersüchtig auf Claire, weil man gegen eine Tote einfach nicht gewinnen kann, sie steht immer gut da. Sie ist nie unfrisiert, genervt, maulig, traurig, übernächtigt. Eine ewig junge, schöne, mutige, zerbrechliche, unsterbliche, unantastbare Rivalin. Ich mochte Claire, aber der Platz war frei. Keiner kann behaupten, ich hätte mich dazwischengedrängt, die Zeit hat für mich gearbeitet.

Als die unsichtbare Hand ihren Griff gelockert hat, wurde mir wieder leichter um die Brust. Ich musste an den stählernen Albatros vom Kap Hoorn und an das Gedicht von Baudelaire denken: »Oft fangen die Matrosen zum Vergnügen / Sich Albatrosse, welche mit den weiten / Schwingen gelassen um die Schiffe fliegen, / Die über bittere Meerestiefen gleiten.« Und ich wollte weinen, um dich und um diese Könige der Bläue mit den mächtigen Flügeln. Dom hat noch immer keine Ahnung von uns. Bald ist er zurück in Paris, wird seinen Gips los, er braucht bestimmt nicht einmal Krankengymnastik, damit seine Finger wieder über die Tasten seines Computers tanzen. Aber diese Reise muss unter allen Umständen hier enden. Ich will Oriana nicht kennenlernen. Ich fahre auf keinen Fall nach El Calafate.

»Champagner?«, fragt der Kellner und hält die Flasche mit dem argentinischen Perlwein über mein Glas.

Champagner kommt nur aus der Champagne, der Rosell Boher hat kein Recht, sich so zu nennen, trotzdem nicke ich, er wird mich ein bisschen aufputschen. Im Geiste stoße ich mit dir an und bringe einen Toast auf unsere Liebe aus.

Der Kellner hat den Korken auf dem Tisch gelassen. Meine Finger spielen nervös mit dem Drahtgestell. Ich sitze in der Falle. Ich habe dir versprochen, auf Dom aufzupassen, aber das geht über meine Kräfte. Der Draht verbiegt sich, der Seevogel nimmt Form an, man sieht ihn von der Seite, mit seinem dicken, runden Körper und den zwei Schwimmfüßen. Ich füge noch kurze Flügel hinzu und bastele ihm aus der goldenen Folie einen Kragen und einen Fisch, den ich ihm unter die Flosse schiebe. Dann lege ich ihn auf den Tisch. Marie-Bengale bewundert meinen Pinguin. Benniged lächelt.

Dein Sohn wird so weiß wie das Tischtuch und der Schnee auf den Gletschergipfeln. So weiß, dass ich Angst habe, er kippt gleich um.

Dom

Ich starre den Drahtvogel an. Mein Gehirn schmiert ab. Das ist unmöglich. Tifenn kann nicht die geheimnisvolle Blondine sein, sie ist meine Tante!

Unsere Blicke begegnen sich. Sie hat nicht kapiert, dass ich ihr auf die Schliche gekommen bin. Ich kriege keine Luft mehr. Unter meinem Fleecepulli läuft mir der Schweiß über den Rücken. Tifenn ist hübsch, blond, Single, sie trägt Jeans, lebt in unserem Haus. Woher hätte ich das ahnen sollen?

»Alles okay, Dom?«, fragt sie.

Sie war bei Papa, als sein Herz versagt hat, sie hat den Krankenwagen gerufen und den Notärzten aufgemacht, bevor sie in ihre Wohnung verschwunden ist. Dr. Valbone hat Gaston informiert, der wiederum Tifenn Bescheid gegeben hat. Sie hat so getan, als hätte sie keinen Schimmer vom Tod ihres Liebhabers. Seitdem spielt sie Theater.

Sie haben mich belogen, mich aus ihrem Glück ausgeschlossen, sie haben mir nicht vertraut. Papa brauchte Liebe, aber warum ausgerechnet die seiner Schwägerin? Ich dachte immer, sie heiratet nicht mehr, weil sie noch um Yannig trauert. Papa und sie sind nicht blutsverwandt, sie haben kein Gesetz gebrochen. Sie ist die Witwe des Helden, meine Lieblingstante, sanftmütig, traurig, rührend. Papa war nur zehn Monate jünger als sein Bruder, die beiden sahen sich so ähnlich wie Zwillinge, also hat er sich brüderlich um seine schöne Schwiegerschwester gekümmert.

Komischerweise nehme ich es ihr übler als ihm. Ich zittere vor Wut. Tifenn berührt mich am Arm, ich zucke zurück. Benniged beugt sich vor.

»Fühlst du dich nicht gut? Willst du nach draußen an die frische Luft?«

Die können mir alle drei gestohlen bleiben. Ich stoße meinen Stuhl weg und stehe auf.

Tifenn folgt meinem Beispiel. »Ich komme mit.«

»Nein!«

Ich habe geschrien. Die Gäste an den anderen Tischen drehen die Köpfe. Ich strecke die Hand nach dem Drahtpinguin aus, der über das weiße Tischtuch watschelt, und zerquetsche ihn zornbebend, dann werfe ich ihn der Geliebten meines Vaters auf den Teller und schleudere ihr entgegen:

»Geflügelte Pferde kannst du besser.«

Sie runzelt die Stirn.

»In Papas Schlafzimmer, neben der Champagnerflasche und den Gläsern.«

Jetzt macht es klick. Ihre Augen weiten sich.

»Ihr habt mich schön verarscht.«

Ich steuere auf den Ausgang zu.

»Soll ich mit ihm reden?«, fragt der Kerl, der Maman getötet hat, die Blondine, die Papa getötet hat.

Ich wandere lange durch die Nacht von Punta Arenas, bis mir irgendwann bewusst wird, dass ich gleich verhungere und erfriere. Als ich wieder beim Restaurant ankomme, sind die Lichter aus und die Türen verschlossen. Ich gehe ins Hotel zurück. Der Nachtportier sieht fern. Ich kann nicht bei meiner Tante bleiben, aber auch nicht allein durch Argentinien tingeln. Sie schläft oder tut zumindest so. Auf meinem Kopfkissen liegt ein Zettel. Ich lese ihn im Schein der Handytaschenlampe.

Dein Vater wollte Dich nicht belügen, Domino, sondern beschützen. Nachdem Deine Mutter Euch vor fünf Jahren verlassen hatte, wart Ihr am Boden zerstört, Ihr habt zusammen ihrer Rückkehr entgegengefiebert. Als er von ihrem Unfall erfahren hat, wollte er warten, bis ihre Leiche gefunden wird oder bis Du älter bist, bevor er es Dir erzählt, er hatte noch Hoffnung. Ich habe ihm geraten, Dir die Wahrheit zu sagen, aber es war seine Entscheidung. Deine Eltern haben mir geholfen, als Yannig gestorben ist, ich habe Deinem Vater geholfen. Wir waren Freunde und sind es auch geblieben. Vor zwei Jahren ist aus unserer Freundschaft Liebe geworden. Du hast immer noch geglaubt, Claire würde zurückkommen, Du hättest es nicht verstanden. Dein Vater hatte Angst, Du würdest Dich wieder alleingelassen fühlen. Wir haben niemandem geschadet. Die Liebe ist ein irres Glück, sie taucht aus heiterem Himmel auf und verwandelt das Leben in ein Märchen. Wir haben beide gegen unsere Gefühle angekämpft, bis wir begriffen haben, dass sie auf Gegenseitigkeit beruhen. Ich habe Dir nichts weggenommen. Ich habe nur Deinen Vater ein bisschen glücklicher gemacht.

Ich kann nicht einschlafen. Ich zähle Schafe, ersetze sie durch Felsen- und Magellan-Pinguine. Der letzte Satz meiner Tante geht mir durch und durch. Papa musste ein bisschen glücklicher gemacht werden. Er hat mich belogen, was Claire und Tifenn betrifft. Und was ist mit Oriana?

TAG 30
Tifenn

*D*ein Sohn hat meinen Zettel zerknüllt und auf den Boden geworfen. Er weiß jetzt Bescheid, und ich bin schuld. Meine geschickten Finger und ein Stück Draht haben mich verraten. Während des Kriegs wurden amerikanische Spione enttarnt, weil sie anders mit den Fingern zählen als Europäer. Bei uns streckt man erst den Daumen, dann Zeigefinger, Mittelfinger, Ringfinger und am Ende den kleinen Finger aus, in den USA erst den Zeigefinger, dann Mittelfinger, Ringfinger, kleinen Finger und am Ende den Daumen. Ich würde eine schlechte Spionin abgeben.

Dom will die junge Frau treffen, die er für seine Schwester hält. Er wird aus allen Wolken fallen, und ich kann ihn nicht auffangen. Ich habe mir geschworen, nie einen Fuß dorthin zu setzen, aber die Lage hat sich geändert. Ich werde nachgeben, damit mir vergeben wird. Damit er mich nicht hasst. Das schulde ich ihm.

Er sieht grässlich aus mit den Ringen unter den Augen, den zerzausten Haaren und dem Gips, der langsam bröckelt, wie ein trauriger Pinguin mit einem verletzten Flügel.

»Ich habe Noalig doch nicht mehr angerufen«, sage ich. »Ich komme mit nach El Calafate, wenn du unbedingt hinwillst.«

Ich verschweige, dass er dort nicht seine Schwester finden

wird. Wir packen, ohne ein Wort zu wechseln. Genauso war mein Vater früher auch, wenn ich ihn enttäuscht hatte, er leugnete meine Existenz, schob sich an mir vorbei, als wäre ich gar nicht da, ich stellte mich direkt vor ihn, aber er tat, als würde er mich nicht sehen.

Die Riecs bringen uns zum Flughafen. Zum Abschied schenkt Marie-Bengale Dom ein graues Stirnband aus Fleece, darauf ist ein Pinguin mit einem orangefarbenen Schnabel und zwei weißen Augen mit schwarzen Pupillen. Er setzt es direkt auf, um mich nicht mehr zu hören. Unser Flugzeug startet.

Dom

Nach einer Stunde und zwanzig Minuten landen wir in El Calafate. Früher war das ein Versorgungspunkt für die Wolltransporte von den umliegenden *estancias*, diesen Tausende Hektar großen Farmen. Ich bin Tausende Kilometer weit gereist, um meine Schwester zu finden. Heute Nacht schlafen wir mitten in der Pampa. Ich habe seit gestern kein Wort mit Tifenn gewechselt.

Das Eolo ist ein Luxushotel, alle anderen waren ausgebucht. Die Lobby ist riesig, die Sofas sind weich und die Tische mit Kunstbüchern bedeckt. Ein Teleskop steht vor einer Fensterfront, die auf die Anden und den größten See des Landes hinausgeht, den Lago Argentino mit einer Fläche von tausendfünfhundert Quadratkilometern. Aus der Stereoanlage dringt eine Männerstimme, die spanisch singt. Papa hat immer gesagt, jedes Lied würde eine Geschichte erzählen. Ich betrachte die CD. Ich verstehe nicht alles, was Jorge Drexler in *Todo se transforma* erzählt, aber er hat recht, nichts ist mehr wie früher. Draußen springen Pampashasen herum, außerdem tummeln sich dort Füchse, Stinktiere, Adler, Kondore, Geier und Bussarde. Ich schieße ein paar Fotos für Mathilde. Papa hätte dieser Ort gefallen. Bestimmt wollte er mit Tifenn nach Lissabon. War er hier mit Claire, als sie Oriana erwartet hat?

Das Mittagessen wird im Speisesaal serviert. Das Hotel ist

ein Karree mit Innenhof, die Aussicht ist zu allen Seiten hin unglaublich. Wir werden zu einem Tisch direkt an den hohen Fenstern geführt. Ich will nichts mehr mit meiner Tante zu tun haben. Morgen fahren wir zur Estancia Cristina. Anschließend kehren wir nach Paris zurück, und sie verschwindet aus meinem Leben. Tifenn bestellt ein Glas Wein. Der Sommelier schlägt ihr einen Bohème brut vor, aus Pinot noir, Chardonnay und Pinot Meunier.

»Meunier?«, wiederholt sie mit einem seltsamen Gesichtsausdruck.

Der Sommelier legt den Korken auf den Tisch. Sie greift nach dem Drahtkorb, wickelt ihn geduldig auf. Als sie sich pikst, quillt ein Tropfen Blut aus ihrem Daumen. Sie leckt ihn ab, macht weiter. Der Draht wird gerade. Sie biegt ihn sich zurecht. Ein paar Minuten später hat er sich in ein kleines Flugzeug verwandelt, das übers Tischtuch fliegt. In der Ferne glitzert und funkelt der Lago Argentino. Tifenn trinkt einen Schluck, hebt ihr Glas gen Decke und wird wieder ein bis zum Zerreißen gespanntes Gummiband. Claire hat wegen ihres Berufs nie getrunken. Manchmal hat Papa eine Flasche nur für sich aufgemacht, sich ein Glas eingeschenkt, es gegen das Licht gehalten und gedreht. Zu mir hat er gesagt: »Verlieb dich nie in eine Abstinenzlerin.« Das war für ihn Mamans einzige Schwäche. »Es gibt andere Mittel und Wege, sich zu berauschen«, erwiderte sie.

Das Fleisch ist lecker und unheimlich zart. Das Messer mit dem roten Griff ist so scharf wie das Skalpell einer Chirurgin. Der Sommelier ist zu jung, um meine Eltern getroffen zu haben, falls sie vor achtzehn Jahren hier waren.

»Ich dachte, Kerstin wäre die blonde Frau«, sage ich zum Filet auf meinem Teller.

Es antwortet nicht.

»Oder Noalig«, sage ich zum Messer.

»Wäre dir das lieber gewesen?«, fragt Tifenn.

»Zumindest hätte es mich nicht gestört«, teile ich dem Wasserglas mit.

Der Kellner bringt uns Dulce-de-leche-Eis. Meine Omama hat mir früher immer Joghurteis gemacht. Sie ist doch noch nicht völlig von der Rolle, sie wusste genau, dass eine andere Frau als Claire Papa liebt.

Ich gehe raus in die Pampa, wo Raubvögel auf den Zaunpfählen der Schafweiden sitzen. Eine Träne rollt mir über die Wange. Angeblich weinen Männer nicht, aber ich bin kein Mann. Ich kann nicht einmal fünfzehn Stufen weit springen, ohne auf die Fresse zu fliegen.

Tifenn

Dein Sohn redet nicht mehr mit mir. Ich wäre so gern mit dir hierhergekommen, Yrieix. Morgen fahren wir zur Estancia Cristina. Mir graust vor dem, was mich dort erwartet, aber es ist unausweichlich. Ich gehe dieser Konfrontation seit achtzehn Jahren aus dem Weg, es wird Zeit. Du hast mir geraten, mich der Realität zu stellen, und ich gehorche brav. Ich stehe mit beiden Beinen in der Pampa, aber mit dem Kopf schwebe ich in deinen Wolken.

TAG 31
Dom

*D*er Wecker klingelt früh. Nach dem Frühstück, bei dem ich nicht ein Wort verliere, werden wir abgeholt und nach Punta Bandera gebracht. Dort steigen wir mit ungefähr dreißig anderen Touristen auf ein Boot, mit dem wir drei Stunden lang über den Lago Argentino schippern. Alle rennen von Reling zu Reling, um die Eisschollen zu bestaunen, die vom Upsala-Gletscher abgebrochen sind. Gletscher bestehen aus gefrorenem Schnee, also Süßwasser, Packeis dagegen besteht aus gefrorenem Meer, also Salzwasser. Die Minieisberge, die auf dem See treiben, sind übernatürlich blau und von dunkleren Adern durchzogen, als hätte jemand ein Fläschchen Tinte darüber ausgekippt. Sie haben die seltsamsten Formen, Schnecke, Hund, schlafender Löwe. Der Guide erklärt uns, je dichter das Eis, desto blauer ist es. Der See selbst ist grau, die Berge dahinter mit weißem Schnee bestäubt.

Ein paar Jungs und Mädels neben mir trinken mit einem steifen Strohhalm aus einer komischen runden Tasse, eine fragt mich, ob ich mal probieren will. Es ist Mate, ein Tee aus Ilexblättern, der Strohhalm heißt *bombilla*, die Tasse Kalebasse. Ich nehme einen Schluck und verziehe den Mund, total bitter. Gegen die Kälte trage ich das Pinguinstirnband von Marie-Bengale. Eine Amerikanerin ist hellauf begeistert und fragt mich in einem singenden Französisch, woher ich es hätte.

»Ich habe es in Ushuaia geschenkt bekommen.«

»Ach, du warst am Kap Hoorn? Wie war's?«

»Rutschig.«

Wir erreichen den Anleger der *estancia* auf einer von Bergen umgebenen Hochebene, die früher mal ein Gletschertal war. Als ich nach Oriana Virasolo frage, sagt man mir, dass sie gerade nach El Calafate gefahren ist, wir haben uns knapp verpasst. Aber ich kann schlecht ins eisige Wasser springen und dem Boot hinterherschwimmen. Vielleicht kommt sie am frühen Nachmittag zurück. Sollte sie beschließen, in der Stadt zu bleiben, war alles umsonst. Tifenn wirkt erleichtert, das macht mich rasend.

Der Ausflug beginnt mit einer Tour zu einer Berghütte. Wir werden auf Geländewagen verteilt, dann geht es zehn Kilometer bergauf, wir überqueren ausgetrocknete Flussbetten, erklimmen Steilwände und zuckeln beinahe senkrecht wieder hinunter. Ich sitze vorne neben dem Fahrer und traue mich kaum zu atmen. Endlich halten wir an. Bis zum Aussichtspunkt müssen wir noch eine halbe Stunde laufen. Ich stapfe voraus, ohne auf Tifenn zu warten. Papa, der immer viel Wert auf Höflichkeit gelegt hat, wäre stinksauer.

Wir folgen dem Guide über Felsen und Geröll bis zu einer Stelle, an der wir den Blick zu Boden richten sollen. Plötzlich befiehlt er: »Kopf hoch!«

Und zack … Ich bin wie angewurzelt. Ich hätte schwören können, dass Groix der schönste Ort der Welt ist. Aber dieser hier ist der Insel fast ebenbürtig. Ganz anders, genauso umwerfend. Der leuchtend türkise Lago Guillermo ist umsäumt von Erde und schwarzem Stein, den Anden mit den Schlagsahnegipfeln und dem blau glitzernden Upsala-Gletscher. Unter meiner Sonnenbrille und dem Pinguinstirnband lächele ich, sehe mich

satt an diesem Anblick. Ich werde ihn niemals vergessen, nicht
einmal wenn ich mit hundert im Altenheim auf Groix sitze
und darauf warte, dass Claire mich zum *fest-noz* abholt. Sind
meine Eltern auch hier oben gewesen? Haben sie dieses Natur-
schauspiel genossen?

Tifenn kommt auf mich zu, ein Friedensangebot in den Augen. Ich nicke. Hier ist es einfach zu schön, um jemanden zu
hassen. Ich habe keine Lust, mit ihr zu reden, ich will nur bleiben, sitzen, schauen. Nach einer Weile, die allen viel zu kurz
erscheint, scheuchen uns die Guides wieder zu den Autos. Wir
kehren zum Plateau vor dem Restaurant zurück. Oriana ist immer noch nicht da.

Wir teilen uns nach Herkunftsländern auf. Unser Guide führt
uns in einen großen Schuppen, der nach Stall riecht. Ich schlurfe
widerwillig mit, ich interessiere mich nicht für die Vergangenheit, in Geschichte bin ich eine Niete, außerdem stinkt es hier
drin.

Aber ich bin schon zum zweiten Mal heute aufs Glatteis
geraten, denn das unglaubliche Leben der früheren Bewohner,
zieht mich in seinen Bann. Der Guide erläutert die Schwarz-
Weiß-Bilder aus dem vorigen Jahrhundert. Gebannt trete ich
näher. Ich fühle mich ihnen ganz nah. Vielleicht, weil sie eine
Familie waren und ich Waise bin. Sie waren zu viert. Wir hätten auch zu viert sein sollen. Mit Oriana.

Die *estancia* wurde 1914 von den Pionieren Percival und Jessie Masters errichtet, die von Glasgow nach Buenos Aires gekommen waren. Ihre Kinder Herbert und Cristina waren elf
und neun Jahre alt, als sie mit einem Boot, das ihr Vater selbst
gebaut hatte, dieses abgelegene Tal erreichten. Monatelang
lebten sie in einem Zelt, bis kurz vor dem ersten Schnee ihr

Haus fertig wurde. Ihr einziger Kontakt zur Außenwelt war ein Radio. Sie hielten zwölftausend Schafe, dreißig Rinder und fünfzig Pferde auf zweiundzwanzigtausend Hektar Land, das war Wahnsinn. Irgendwann zog Herbert nach Buenos Aires, um zu studieren. Cristina blieb, um ihren Eltern zu helfen, wurde aber krank. Sie starb mit zwanzig. Percival und Jessie haben die Farm nach ihr benannt.

Eigentlich hatte die Regierung ihnen versprochen, dass die Farm nach einer bestimmten Zeit ihnen gehören würde und ihre Kinder sie erben könnten. Aber als dieser Termin näher rückte, beschloss die neue Regierung, der Grund solle Staatsbesitz bleiben. Die Masters dürften nur darauf wohnen, bis das letzte Familienmitglied starb.

1966 brauchten die inzwischen betagten Masters Unterstützung, um die Farm zu bewirtschaften, und fanden sie in Janet, einer jungen schottischen Witwe. Nach dem Tod seiner Eltern kehrte Herbert zurück, um sich gemeinsam mit Janet um die *estancia* zu kümmern. Er war schon achtzig, als er sie heiratete – damit sie weiter dort leben konnte oder weil er sie liebte oder vielleicht ein bisschen von beidem. Immerhin sind sie in den heiligen Stand der Ehe getreten. Als Herbert zwei Jahre später starb, gab Janet die Viehzucht auf und richtete die ersten Touristenzimmer ein. Man sieht sie auf einem Foto als alte Dame mit weißem Haar, umringt von Männern in Skipullovern.

Janet starb 1997. Die *estancia* ist inzwischen ein beliebtes Ausflugsziel und Gästehaus. Man erreicht sie nur per Schiff, genau wie Groix.

Das Camp Gaulois in Kervédan auf meiner Insel stammt aus der Eisenzeit. Hier gab es vor 1914 nichts. An den penetranten Geruch im Schuppen gewöhnt man sich schnell. Es riecht nach Staub, altem Heu und Schaffell. Zwei große Rahmen fassen etwas ein, das ich erst für Zeugnisse halte. Am 11. November 1898 wurde Bruder Percival in Glasgow in die Royal Ark Mariner Lodge aufgenommen. Später wurde er zum Gesellen der Knights of the Red Cross. Und das berührt mich, weil Papa mir erzählt hat, dass Opapa auch einer Loge angehört hatte, er hatte sich mit seinen Brüdern immer in Lorient getroffen, sie wollten zusammen die Welt verbessern. In gewisser Weise war Percival Masters also der Bruder meines Großvaters.

Die Besichtigung geht weiter, Werkzeuge, Möbel, Erinnerungsstücke und der Briefkasten. Auf Groix baut William le Rouquin Marteau bunte Briefkästen in Form von Schiffen. Dieser hier ist ein altes Blechding in Raketenform mit einem spitzen Dach und vor dem Schnee geschützten Füßen. Die Bewohner der Farm legten ihre Post hinein. Sobald die Schäfer sahen, dass das rote Fähnchen am Briefkasten gehisst war, verständigten sie den Briefträger, der mit dem Pferd zwei Tage bis hierher brauchte. Anschließend reiste die Post per Zug und per Schiff weiter. Fast wie im Film. Herbert und seine Familie waren ebenfalls mit dem Schiff übers Meer gekommen. Der heilige Tudy soll im fünften Jahrhundert auf einem Menhir nach Groix übergesetzt haben. Auch ich bin vor wogendem Weiß aufgewachsen: nicht dem der Schafe, sondern dem der Schaumkronen auf den Wellen.

»Sie haben bestimmt Hunger«, meint der Guide, damit wir der nächsten Gruppe Platz machen.

Man serviert uns patagonisches *asado*, Lamm vom Grill, im Restaurant, das früher das Haus der Familie war. Tifenn trinkt ein Glas Malbec. Ich esse schweigend, den Blick aus dem Fenster gerichtet. Eine Gruppe Touristen nähert sich, angeführt von einer jungen blonden Frau. Oriana ist unverkennbar, sie sieht aus wie eine weibliche Version von Papa, aber nicht wie Claire.

Der Guide zeigt auf mich. Sie kommt herein, tritt an unseren Tisch. Tifenn wird käsig, obwohl das Fleisch wirklich gut ist.

»*I'm Oriana Virasolo.*«

»Dom Le Goff. Sprichst du Französisch?«

»Ja.«

Mein Name sagt ihr offenbar nichts.

»Du hast nach mir gefragt?«

»Du hast Familie in der Bretagne.«

»Ja, aber ich kenne sie nicht. Woher weißt du das?«

»Unser Vater hing sehr an seiner Insel. Er ist vor drei Wochen gestorben.«

»Mein Beileid.«

Sie wirkt völlig unbeteiligt. Ich werde wütend. Sie hätte bei der Bestattung mit mir in der ersten Reihe sitzen müssen. Zum Glück war Mathilde da.

»Ich rede von unserem Vater, Oriana! Dem, ohne den du nicht hier wärst.«

»Hatte er irgendeine Verbindung zur *estancia*?«, fragt sie überrascht.

Ich kläre das Missverständnis auf. »Er hatte eine Verbindung zu dir und mir. Er war unser Vater. U-N-S-E-R Vater.«

Sie macht große Augen, schüttelt den Kopf.

»Ich glaube, du verwechselst mich.«

»Nein. Er hat uns beiden eine Lebensversicherung vererbt. Du bist meine Schwester. Ich bin dein Bruder.«

Sie hebt die Augenbrauen, sie hält mich für verrückt. Ich lasse nicht locker.

»Meine Mutter hat uns verlassen, um wieder bei dir zu sein.«

»Deine Mutter?«

»Ja. Meine und deine.«

Ratlos wendet sie sich an Tifenn, deren verschlossene Miene ihr keine Hilfe ist.

»Bitte entschuldige, aber ich bin verwirrt. Meine Mutter hat *dich* verlassen?«

»Vor fünf Jahren.«

»Um wieder bei *mir* zu sein?«

Ich nicke.

»Ich verstehe überhaupt nichts mehr. Fragen wir sie doch einfach.«

»Hä?«

»Ich rufe sie.«

Eine närrische Hoffnung überrollt mich. Claire ist ins Wasser gestürzt, aber sie ist nicht ertrunken, ein Schiff hat sie herausgefischt. Sie ist nicht nach Frankreich zurückgekehrt. Sie ist am Leben!

»Ja, ruf sie gleich an.«

»Nicht nötig, sie ist da drüben.«

Oriana deutet auf die Gästehäuser am anderen Ende des Plateaus.

»Sie wohnt hier?«

»Na klar. Guck, da kommt sie schon.«

Mir stockt der Atem. Claire ist gerade aus der Tür getreten. Ihre blonden Haare sind länger als in meiner Erinnerung. Sie ist schlank, trägt eine Sonnenbrille. Sie läuft auf uns zu. Wird sie mich in den Arm nehmen oder wegstoßen? Ich habe mich verändert in den letzten fünf Jahren. Maman. Bitte erkenn mich wieder. Claire. Maman. Warum hast du mich verlassen?

»Halt«, sagt Tifenn plötzlich.

Sie richtet sich auf, während Maman das Plateau überquert, einen Korb am Arm. Ein Gast steuert auf sie zu, fängt sie ab. Ich stehe auf, will zu ihr rennen, meine Knie geben nach.

»Halt!«, wiederholt meine Tante und packt meinen heilen Arm mit eiserner Faust.

186

Tifenn

Dein Sohn glaubt, dass seine Mutter noch lebt, den Anblick ertrage ich nicht. Ich gewähre ihm ein paar Sekunden Hoffnung, bevor ich sie zerschlage. Ich wollte nicht hierher. Vor achtzehn Jahren waren mein Glück und meine Sorglosigkeit von einem Moment auf den anderen vorbei, und ich habe Argentinien vom Globus geworfen. Jetzt kommt es zurück wie ein Bumerang und knallt mir mitten ins Gesicht. Ich hole tief Luft. Das wird ihn endgültig ausknocken. Aber nicht nur ihn, auch mich.

»Oriana ist nicht deine Schwester, Domino«, erkläre ich. »Ihre Mutter heißt Soledad Virasolo.«

Dom

Oriana starrt uns abwechselnd an.

»Sie kennen meine Mutter?«, fragt sie Tifenn perplex.

Meine Tante verzieht den Mund und lässt meinen Arm wieder los.

»Nicht persönlich. Oriana ist deine Cousine, Domino, nicht deine Schwester.«

Maman wimmelt den Gast ab und setzt ihren Weg zu uns fort. Ich erkenne sie immer besser. Mir bricht der Schweiß aus. Schwarze Punkte explodieren vor meinen Augen. Meine Sicht verschwimmt. Der Boden schwankt. Sie betritt das Restaurant. Tifenn hat recht. Maman ist nicht Maman. Ich habe seit zwei Tagen kaum ein Wort mit meiner Tante gewechselt, aber ich muss die Wahrheit erfahren.

»Was soll das heißen, meine Cousine?«

»*Ven mamá!*«, ruft Oriana.

Die fremde Frau kommt zu uns.

»*Hi, can I help you?*«

»Du hast doch gesagt, dass mein Vater Bretone war, *mamá*. Der Junge hier behauptet, ich wäre seine Schwester, unser Vater wäre vor drei Wochen gestorben und hätte mir Geld hinterlassen.«

Soledad Virasolo wird blass.

»Dein Vater ist vor deiner Geburt gestorben«, erwidert sie mit starkem spanischem Akzent.

Oriana dreht sich wieder zu mir.

»Siehst du? Du verwechselst mich.«

Meine Ohren rauschen, meine Beine zittern.

»Wenn du nicht seine Tochter bist, warum hat er dir dann fünfzigtausend Euro hinterlassen? Und ich habe ein Beileidsschreiben von einem Herrn bekommen, der meine Eltern vor achtzehn Jahren in Argentinien getroffen hat, als Maman gerade mit meiner Schwester schwanger war. Das musst du sein! Du bist Papa wie aus dem Gesicht geschnitten.«

Ich wende mich an Soledad.

»Haben Sie sie adoptiert?«

Sie legt schützend einen Arm um Orianas Schultern. Ein Mann tritt näher und tippt auf seine Uhr, um sie an ihre Aufgaben zu erinnern.

»*Ahora no, Miguel*«, wehrt Soledad ab.

Er entfernt sich überrascht. Sie nimmt Orianas Hände und schaut sie an, als wären sie allein auf der Welt.

»*Preciosa*, du bist meine Tochter, mein kleiner Liebling. Dein Vater war Franzose. Und verheiratet.«

»Ja, mit meiner Mutter«, wiederhole ich zur Klarstellung.

»Nein, Domino, mit mir«, verbessert Tifenn.

»Was?«

Ich blinzele verwirrt.

»Aber du hast doch keine Kinder«, erwidere ich, schwer von Begriff.

»Ich nicht. Aber Yannig hatte eins mit Soledad. Oriana ist ihre Tochter.«

Das ist das letzte fehlende Puzzlestück.

»Deswegen sieht sie Papa so ähnlich?«

Tifenn nickt.

»Der Mann, der dir geschrieben hat, hat Yannig getroffen, nicht Yrieix. Und Soledad, nicht deine Maman.«

Meine Kehle ist rau wie Schmirgelpapier, ich kapiere gar nichts mehr.

»Ich wollte nicht hierher«, fährt Tifenn fort. »Ich habe nur zugestimmt, weil ich deinem Vater und Yvette Meunier-Jacob versprochen habe, dich zu beschützen.«

»Yvette wer?«

Sie lächelt leise.

»Eine alte gemeinsame Freundin. Als Yannig für diese Touristen sein Leben gelassen hat, war er eigentlich schon fast auf dem Weg zu Soledad, zur Geburt ihrer Tochter. Das hatte ich kurz davor rausgefunden.«

Jetzt wird es völlig gaga. Tifenn schaut Soledad an.

»Mein Mann wollte mich für Sie verlassen. Er ist vorher gestorben. Und ich bin seit achtzehn Jahren die Witwe des Helden.«

Sie dreht sich wieder zu mir.

»Sechzehn Jahre lang konnte ich niemand anderen lieben. Der Druck war zu groß. Die Leute hätten mir nicht verziehen, wenn ich ein neues Leben angefangen hätte. Jedes Jahr war ich bei der Messe für die verstorbenen Seeleute, bei den Treffen des Freundeskreises der Seenotretter. Alle trauerten um meinen untreuen Ehemann. Ich saß in der Falle.«

»Er hat Sie geliebt«, wirft Soledad ein.

Tifenn zuckt mit den Schultern.

»Meine Wut ist mit der Zeit verraucht, meine Enttäuschung ist geblieben. Wir haben uns einen Sohn gewünscht, ich hatte gerade eine In-vitro-Fertilisation hinter mir. Aber dann ist er Ihnen begegnet.«

»Eine Sache kapiere ich noch nicht: Wenn Oriana nicht meine Schwester ist, warum hat Papa ihr was vererbt?«, bohre ich nach.

»Dein Vater wollte seiner Nichte helfen. Nach Yannigs Tod

habe ich Yrieix gebeten, sich um den Nachlass zu kümmern. Er hat Soledad kontaktiert. Am Abend vor seinem Tod hatte Yannig mir erzählt, dass er Oriana anerkennen würde, aber er hat nichts Schriftliches hinterlassen, er dachte ja, er hätte das Leben noch vor sich. Ich habe Soledad von meinem Erbe eine Schenkung gemacht, unter der Auflage, dass ich nie etwas mit ihr oder dem Kind zu tun haben will.«

»Sie waren sehr großzügig«, murmelt Soledad. »Ich war damals zweiundzwanzig und allein, ich hätte es sonst nicht geschafft ...«

»Ich habe Sie gehasst, aber ich wollte mich noch im Spiegel anschauen können«, stößt Tifenn hervor.

An mich gewandt, fährt sie fort:

»Yrieix hat mit seiner Lebensversicherung getan, was ihm richtig erschien. Wir haben darüber gesprochen.«

Meine Tante hat zwei Ar-Gov-Brüder geliebt und sie verloren. Mein Onkel hat sie betrogen. Ich bin ihr nicht mehr so böse.

Es wird still um uns herum. Die Touristen verlassen das Restaurant, wir sind allein in diesem Haus, das Percival für seine Familie gebaut hat.

»Ein französischer Notar hat mich gestern kontaktiert, *querida*«, erzählt Soledad ihrer Tochter. »Ich habe auf den richtigen Zeitpunkt gewartet, um es dir zu sagen. Dein Onkel hat dir sehr viel Geld vererbt, umgerechnet zwei Millionen Argentinische Pesos.«

Oriana reißt die Augen auf und bekommt kein Wort heraus.

Soledad wendet sich an Tifenn. »Ich muss jetzt leider weg. Aber ich will unbedingt mit Ihnen sprechen, bevor Sie nach Frankreich zurückfliegen.«

»Wir brechen übermorgen nach Buenos Aires auf, von dort geht es nach Paris«, erwidert meine Tante kalt.

»Bitte geben Sie mir eine Stunde.«

Tifenn steht auf, als hätte sie sie nicht gehört.

»Ich warte draußen, Dom.«

Damit verschwindet sie, ohne sich noch einmal umzudrehen.

»Sie hat meinen Onkel Yannig geliebt«, erkläre ich Soledad. »Und meinen Vater ein bisschen glücklicher gemacht.«

Ich habe eine Schwester verloren und eine Cousine gewonnen. Mit Orianas E-Mail-Adresse und Handynummer geselle ich mich zu Tifenn an Bord. Auf dem Hinweg haben wir nicht miteinander geredet, das holen wir jetzt nach.

»Du siehst viel besser aus als Soledad«, sage ich leise.

Jeder ist auf seine Weise schön, aber sie braucht Aufmunterung. Die Liebe ist ein Serienmörder. Ich bleibe Junggeselle, wie Gaston.

»In Paris warten vier Geschenke auf dich«, verkündet meine Tante.

Sie zählt mit den Fingern.

»Eine Glaskugel, ein Schäkel, ein Kuli und Asterix.«

»Du hast die Sachen? Ich dachte, Désir hätte den Müll durchwühlt! Ich habe alles weggeschmissen, als ich den Brief aus Indien bekommen habe.«

»Ich habe sie zwischen den Küchenabfällen gefunden. Und wo wir gerade bei Geständnissen sind, ich bin dir sogar bis nach Lorient gefolgt, als du die Schule geschwänzt hast. Ich habe denselben Zug genommen, ohne Ticket.«

Die Sonne taucht in den gewaltigen See. Heute Morgen war ich völlig geplättet von den blauen Eisschollen und bin mit meinem iPhone von Backbord nach Steuerbord gerannt, um sie zu fotografieren. Heute Abend beeindrucken sie mich nicht mehr. Wie viel Mut es Percival gekostet haben muss, Glasgow zu verlassen, seine Familie, seine Freunde, seine Brüder von der Royal Ark Mariner Lodge und den Knights of the Red Cross. Wie viel Mut es Jessie gekostet haben muss, ihm zu folgen. Und Janet, in dieses einsame Tal zu ziehen. Wie viel Mut es Claire gekostet haben muss, uns aufzugeben und nach Patagonien zu gehen.

Drei Stunden später erreichen wir Punta Bandera. Ein Fahrer bringt uns zurück zum Eolo. Hasen tauchen im Licht der Scheinwerfer auf. Ich verstehe, dass Tifenn nicht mit Soledad reden will. Das hell erleuchtete Hotel strahlt in der Dunkelheit.

Kaum angekommen, schreibe ich Mathilde, dass ich es geschafft habe: Papa ist wieder bei Maman, aber meine Schwester ist meine Cousine. Dann machen Tifenn und ich uns auf den Weg zum anderen Ende des Komplexes. In der Lobby halte ich kurz an, um die CD von Jorge Drexler noch einmal einzulegen. Ich habe ihn gegoogelt, er stammt aus Uruguay und ist Arzt, wie Maman. Wir werden an einen kerzenbeleuchteten Tisch vor der schwarzen Pampa geführt. Ein paar Touristen lachen laut. Ein verliebtes Pärchen auf Hochzeitsreise hält Händchen. Ein trauriger Mann isst allein. Mein Fleisch ist so weich wie ein Kuchen. In Gedanken spule ich den Tag zurück. Heute habe ich gelernt, dass Träume Berge versetzen und Gletscher bezwingen. Ich habe mich mit meiner Tante versöhnt. Ihr Mann hat sie betrogen, sie hatte Papa verdient. Soledad und Oriana kommen herein, als wir beim Dessert sind. Tifenn versteift sich.

»Ich muss mit Ihnen reden«, sagt Soledad zu ihr. »Essen Sie ruhig zu Ende, wir warten draußen.«

Meine Tante seufzt und schiebt ihren Teller weg.

»Jetzt sind Sie schon da, also bringen wir es hinter uns.«

Sie gehen raus auf die Holzterrasse, während ich mit meiner neuen Cousine in die Lobby schlendere. Sie blättert in einem

Buch über Inneneinrichtung, das aufgeschlagen auf einem Couchtisch liegt.

»Ich will Architektin werden, aber dafür fehlen uns die Mittel.«

Ich frage mich, worüber ihre Mutter und meine Tante sich wohl unterhalten.

Tifenn

Ich mummele mich in die warme Decke auf meinem Liege-
stuhl ein. Ich habe keine Lust, mit Yannigs Geliebter zu reden. Ich will die alten, kaum verheilten Wunden nicht wieder
aufreißen. Zwischen uns liegen zehn Jahre, sie ist strahlender,
schlanker, schwungvoller, sexyer. Janets Geschichte heute hat
mich tief bewegt, die Fremde, die Nachzüglerin, die tüchtige
junge Witwe, die sich in dieses Stück Land verliebt hat und
nach dem Tod der anderen seine Hüterin wurde. Genau wie sie
war ich eine Fremde bei den Le Goffs, und ich habe die überlebt,
die ich geliebt habe.

»Wie sind Sie auf der *estancia* gelandet?«, frage ich Soledad.

»Als Besucherin. Sie haben eine Haushälterin gesucht. Oriana war damals acht und bereit, dieses verrückte Abenteuer
mit mir zu wagen. Ihre Schulausbildung hat sie per Fernunter-
richt absolviert, mitten in der prächtigen Natur. Jetzt will sie
mehr.«

»Sind Sie deswegen gekommen?«

»Nein.«

Ein paar Pferde trotten an der Terrasse vorbei, sie folgen
einem Mann mit einem Eimer. Die Vögel fliegen tief, hoffentlich sind es keine Fledermäuse. Meine Hände umklammern die
Armlehnen des Liegestuhls. Diesen Moment zögere ich schon
seit achtzehn Jahren hinaus. Ich habe Yannig vertraut, er war

bei seinem Job viel unterwegs, ich als Übersetzerin konnte arbeiten, wo ich wollte. Die Hälfte des Jahres wohnten wir auf Groix, ich dachte, wir wären glücklich. Bis zu jenem schrecklichen Abend.

»Ich habe keine Ahnung, womit Sie mich behelligen wollen, aber fangen Sie endlich an und dann verschwinden Sie.«

»Holen Sie sich eine Jacke.«

»Die Decke reicht mir.«

»Nicht da, wo wir hinfahren, glauben Sie mir.«

»Ich habe nicht vor, mich hier wegzubewegen, wir sind heute Morgen früh aufgestanden.«

»Es geht nicht anders«, beharrt Soledad. »Besorgen Sie sich was Warmes zum Anziehen.«

Ich schaue sie entnervt an. Und plötzlich sehe ich sie wirklich, sehe die Ermüdungsfalten und die Krähenfüße vom Lächeln, den offenen Blick. Hätte sie nicht das Herz meines Mannes geraubt, würde ich sie sympathisch finden.

Ich kapituliere. »Wohin wollen wir?«

»Nicht weit. Siebzig Kilometer.«

Der Kleintransporter fährt am Ufer des Lago Argentino entlang, den wir bald hinter uns lassen. Hell erleuchtete Häuser schälen sich aus den Schatten, dann brausen wir schweigend durch das Schwarz. Vor einem Monat bin ich ein letztes Mal in das Bett meines Liebsten in Montparnasse geschlüpft. Heute Abend rase ich mit der Geliebten des Mannes, dessen Witwe ich bin, mit mörderischer Geschwindigkeit ins Unbekannte. Yrieix hat mein Leben in den vergangenen zwei Jahren so intensiv erfüllt, dass Yannigs Verrat verblasst ist. Man vergisst eine alte Liebe nie, die Erinnerung wandert einfach auf ein höheres Regalbrett, zusammen mit den Büchern der Kindheit und den Fotos der Jugend. Unser Hochzeitsalbum habe ich in den Keller verbannt, ich strahle darin mit einem hässlichen, schmerzhaft straff sitzenden Dutt und einem wunderhübschen Kleid, er ist schön wie ein junger Gott mit dem vom Meer ausgebleichten Haar, stattlich und steif in seinem Anzug. Er hat darauf bestanden, dass wir über den Felsspalt des Trou de l'Enfer springen, wie es auf der Insel Tradition ist. Anschließend haben wir an der Plage des Sables Rouges mit Familie und Freunden Champagner getrunken, bevor wir in die Flitterwochen gesegelt sind.

»Wie lange noch?«

»Über eine Dreiviertelstunde.«

Sie steuert den Wagen konzentriert. Ich sehe rein gar nichts, ich bin kurzsichtig und habe meine Brille nicht dabei. Bei jeder Kurve denke ich, wir würden gleich gegen eine schwarze Wand prallen, aber kurz vorher drehen wir immer ab. Ich verspüre den Drang, die Hand auszustrecken und das Lenkrad herumzureißen. Wir würden in den Graben stürzen und uns um einen Baum wickeln, dessen Namen ich nicht kenne. Es juckt mich in den Fingern vor Vorfreude, es wäre so leicht. Eine schnelle Bewegung und zack, gerächt, abgemurkst, vom Kummer befreit. Auge um Auge, Zahn um Zahn. Die beiden Frauen des Helden, zermalmt auf einer patagonischen Straße, der krönende Abschluss! Soledad schaut gelassen geradeaus.

Das Rütteln wiegt mich, ich gönne mir eine Verschnaufpause. Der Lago Guillermo war heute Morgen der schönste Ort der Welt, zum Erstarren schön mit seinem übernatürlich türkisen Wasser vor dem blauweißen Gletscher. Der kleine Prinz hätte lieber dort vom Himmel fallen sollen als in der Wüste. Saint-Exupéry hat für die Luftfrachtgesellschaft in Marokko gearbeitet, die Wüste überflogen und *Südkurier* geschrieben. Dann ist er nach Buenos Aires gegangen, um eine patagonische Linie aufzubauen, und hat *Nachtflug* verfasst. Wäre sein blonder Junge auf einer Eisscholle aufgetaucht, hätte er keinen Piloten getroffen, sondern einen Seefahrer wie Yannig.

Ich habe mein Versprechen gehalten, Yrieix, ich habe Dom beschützt. Er wird als Schmetterling aus seiner Puppe schlüpfen und sich auch ohne seine Eltern in die Lüfte schwingen. Ich habe ihm gerade eine Cousine geschenkt. Er braucht mich nicht mehr, ich kann loslassen. Das Lenkrad packen und einen eleganten Abgang machen. Wenn es das Paradies wirklich gibt, mit welchem der beiden Brüder werde ich dort die Ewigkeit verbringen? Und habe ich da oben immer noch Soledad am Hals?

Ich habe keine Angst vor dem Tod. Mein Körper versteift sich, bereitet sich darauf vor, nach links zu hechten. Ich gehe die Bewegungen im Geiste durch, ich darf ihr keine Möglichkeit geben gegenzulenken, ich habe das Überraschungsmoment auf meiner Seite. Wir sind wahrscheinlich sofort tot, zerstörte Karosserie, verrenkte Gliedmaßen, zerschmetterte Schädel, gute Nacht! Ich lächele bei dem Gedanken daran, in Jeans, Turnschuhen und einer blutroten Fleecejacke ins Gras zu beißen. Die Polizei wird das Hotel informieren. Oriana wird weinen, Dom sich in sein Schneckenhaus zurückziehen, sie werden sich gegenseitig stützen, das wird sie zusammenschweißen.

»Der Lago Guillermo ist betörend«, sagt Soledad plötzlich. »Wir müssen die Touristen zählen, die wir hinfahren, es gibt immer welche, die sich von der Gruppe entfernen und wie hypnotisiert am Ufer stehen bleiben.«

»Es ist ein unglaublicher Ort. Hat Yannig ihn besucht?«

Sie schüttelt den Kopf. Beim Sturm vor achtzehn Jahren hat mein Mann die Schiffbrüchigen auf dem Rettungsboot zurückgebracht. Anschließend ist er völlig erschöpft von einer Welle umgerissen worden und mit dem Kopf aufgeschlagen. Er war sofort tot. Er hat gelächelt, keine Angst gehabt, wie mir die

Crew später zum Trost erzählte. Er hat sein Kind angelächelt, das bald zur Welt kommen sollte, nicht mich.

»Er hat Sie geliebt«, sagt Soledad schon zum zweiten Mal an diesem Tag.

»Ersparen Sie mir die Leier. Er hat mich geliebt? Hat er deswegen mit Ihnen geschlafen?«

Das Lenkrad ist groß und genoppt, griffig. Ich werde Soledad schubsen, sie verliert die Kontrolle über den Wagen, der landet im Graben. Ich zähle rückwärts, während ich mein Gehirn nach schönen Erinnerungen durchforste. Fünf. Yannig und ich vor zwanzig Jahren, wie wir uns auf der *Kreiz er Mor*, dem damaligen RoRo, im bretonischen Nieselregen küssen. Vier. Yannig und ich im Winter, wie wir uns vor dem Feuer in Kerlard aneinanderschmiegen, ein Glas Whisky in der Hand, und beschließen, uns zu Weihnachten ein Baby zu schenken. Drei. Yrieix in Paris vor zwei Jahren, wie er flüstert: »Wir waren nur Freunde, aber das hat sich geändert. Verliere ich dich, wenn ich dir sage, dass ich dich liebe?« Zwei …

»Wir sind da.«

Soledad hält vor einer Schranke am Eingang des Nationalparks Los Glaciares. Ein Mann tritt aus dem Häuschen und kommt mit wenig erfreuter Miene auf uns zu. Der Perito Moreno ist nachts natürlich geschlossen. Wir müssen wohl wieder umkehren. Das Gesicht des Wachmanns wird milder, als er die Fahrerin erkennt. Die beiden wechseln ein paar Worte auf Spanisch, dann, entgegen allen Erwartungen, öffnet er die Schranke und lässt uns durch.

»Ein Freund?«

»Ein Kollege, ich habe früher hier gearbeitet.«

»Schlafen Sie auch mit dem?«

Statt beleidigt zu sein, lächelt Soledad.

»Finden Sie das lustig?«

»Ja, weil ich mit Männern nichts mehr am Hut habe.«

Mit dieser Antwort habe ich nicht gerechnet.

»Ich will nur, dass meine Tochter glücklich ist«, fügt sie hinzu. »Hier können wir parken.«

Der Kleintransporter steht einsam auf dem großen Parkplatz vor einem Souvenirladen mit heruntergelassenem Gitter. Die Touristen sind im Hotel, die Angestellten zu Hause, der dreißig Kilometer lange, aquamarinblaue Gletscher wirkt im silbrigen Mondschein wie ein Geist.

»Passen Sie auf, wo Sie hintreten.«

Wir laufen durch die Dunkelheit über Stege mit Geländern zu beiden Seiten. Der Riese mit den blauen Eingeweiden schläft nicht, er regt sich und knackt während des ganzen Abstiegs. Die Frau, die ich umbringen werde, erklärt mir, dass die Gesamtfläche des Gletschers zweihundertfünfzig Quadratkilometer beträgt. Das ist gewaltig, Paris ist gerade mal hundertfünf Quadratkilometer groß. Der Perito Moreno ist einer der wenigen Gletscher, die durch die Erderwärmung nicht schrumpfen, im Gegenteil, er wächst pro Tag um zwei Meter. Ich folge Soledad, gefesselt vom Heulen und Knurren, vom Donnern und Zischen des Kolosses. Eisbrocken brechen ab und schlagen Wellen. Ich denke nicht an Dom, der mit Oriana im Hotel in Sicherheit ist, ich bebe im Takt der Wut dieses mit Spitzen, Spiralen und Spalten gespickten Giganten. Der Tod kann warten, liegt aber nicht auf Eis. Wir überqueren Aussichtsplattformen, auf denen sich in ein paar Stunden wieder Touristen drängen, Selfies machen, Mate trinken und sich beim Gestikulieren filmen. Es ist der ideale Ort, um zu sterben.

»Die Front, die aus dem Wasser ragt, ist so hoch wie ein siebzehnstöckiges Gebäude«, bemerkt Soledad, als sie das Ende des Stegs erreicht.

Selbstbewusst steht sie am Rand. Ich werde sie ins Wasser stoßen, untertauchen, festhalten. Sie setzt sich auf den Anleger, von dem aus Boote die Touristen in die Nähe des Gletschers bringen.

»Darf ich dich duzen? Du hast mich gefragt, ob dein Mann am Lago Guillermo war, das habe ich verneint. Aber er war hier.«

Ich balle in den Jackentaschen die Fäuste und stelle mich hinter sie. Der weiße Wüterich mit den blauen Adern brüllt, dann erstickt sein Schrei, verwandelt sich in ein schmerzerfülltes Stöhnen. Eisnadeln bohren sich in den See. Dort, wo sie verschwinden, bilden sich klirrende Kronen. Soledad ist nicht argwöhnisch. Ich schiebe mich noch ein Stück näher. Dort, wo ihr Körper die Oberfläche durchschlägt, wird sich auch eine Krone bilden.

»Er wollte nicht bei mir bleiben, Tifenn. Er wäre zu dir zurückgekommen. Wir haben uns nicht geliebt, wir kannten uns kaum.«

»Ach, also war es nur ein One-Night-Stand?«

»Du verstehst das nicht.«

Ich stelle mir vor, wie Yannig mit seinem geschmeidigen Matrosengang die Stege hinuntersteigt. Er war nach Südamerika geflogen, um Weinhersteller zu treffen, er hatte mir angeboten, ihn zu begleiten. Ich hatte abgelehnt, ich litt wegen der Hormonspritzen unter ständiger Übelkeit und war voll und ganz mit meinem erbitterten Kampf beschäftigt, ein Kind zu bekommen, Leben zu schenken, wie alle anderen Frauen zu sein. Dabei vergaß ich völlig, dass wir zu zweit waren. Wäre ich hier gewesen, hätte Yannig Soledad nie kennengelernt, sie nicht geschwängert. Und ich hätte neun Monate später, am Abend vor seinem Tod, nicht herausgefunden, dass er sich auf den Weg zu ihr machen wollte. Ich hätte ihm nicht diese Grässlichkeiten ins Gesicht geschleudert. Er hätte es nicht mit dem Bier bei der Bande des Siebten und im Ty Beudeff übertrieben. Er hätte am nächsten Tag einen klaren Kopf gehabt, als er diese Idioten vor dem Sturm gerettet hat.

»Du wolltest ein Kind von ihm«, fährt Soledad fort. »Ich hatte das Vertrauen in die Männer verloren. Meiner hat mich geschlagen und vergewaltigt, in Resistencia oben im Norden, deswegen bin ich in den Süden geflohen. Ich habe mir hier meinen Lebensunterhalt verdient, als Führerin von Kajaktouren zur Gletscherfront. Ich hatte ständig Angst, dass Javier, dieser Teufel, plötzlich auftauchen und mich mit Gewalt zurückholen würde. Was dann auch passiert ist. Dein Mann hat mich beschützt.«

Ich lache spöttisch.

»Der schöne weiße Ritter vor dem großen blauen Gletscher, wie im Märchen.«

»Weißt du, was Brüche sind?«

»Ich habe mit meinem Mann gebrochen, am Abend vor seinem Tod, wegen dir«, stoße ich zwischen den Zähnen hervor.

Sie schüttelt den Kopf.

»Nicht diese Art von Bruch. Der Perito Moreno wächst jeden Tag um zwei Meter, staut damit den Brazo Rico auf, wo wir uns gerade befinden, und teilt den See in zwei Hälften. Manchmal steigt der Wasserspiegel hier bis zu dreißig Meter an. Das Wasser windet sich unter dem Eis hindurch, gräbt Tunnel, bohrt Bögen. Der Brazo Rico drückt so lange gegen den Gletscher, bis ein solcher Bogen einstürzt, die Gletscherfront birst und ins Wasser kracht, das nennt man Bruch, so etwas kommt ungefähr alle fünf Jahre vor. Die unteren Stege sind dann unpassierbar, die Touristen bleiben oben, in sicherer Entfernung, der See wütet und tost. Wenn er sich beruhigt, werden die Stege wieder geöffnet, die Touristen strömen herbei, der Gletscher wächst weiter.«

Sie seufzt.

»Javier hat mich kurz vor einem Bruch gefunden. Die Luft summte, am nächsten Tag sollte der See gesperrt werden, alle waren angespannt. Er hat eine Kajaktour mit Amerikanern, Deutschen und einem Franzosen, deinem Mann, gebucht. Er hat sich getarnt mit Kappe, schwarzer Sonnenbrille und Vollbart, ich habe ihn erst erkannt, als wir schon auf dem Wasser waren. Er warf mir ein grausames Lächeln zu. Ich fing an zu zittern, ließ mein Paddel los, ich war völlig fertig. Er kam näher, während die anderen den Gletscher bestaunten, brachte sein Kajak direkt neben meins, sagte: ›Du hast mir gefehlt‹, mit Hass und Wahnsinn in den Augen, genau wie früher. Ich hatte ihn nicht mehr gesehen, seit er mich an den Haaren quer durch unsere Wohnung geschleift hatte. Wut und Alkohol hatten ihm ungeahnte Kräfte verliehen. Ich war im siebten Monat schwanger gewesen, ich erwartete einen kleinen Jungen, den ich Gonzalo nennen wollte. Er trat mir in den Bauch, bis ich das Bewusstsein verlor, dann ging er Tango tanzen. Das war sein Beruf, er arbeitete in einer *milonga* als Gigolo, forderte Ausländerinnen zum Tanz auf. Er strich sich durch die geölten Haare, schaute ihnen tief in die Augen, und die Gänse hielten ihn für einen Gott. Anschließend kam er nach Hause, um mich zu verdreschen. An jenem Abend haben mich Nachbarn bewusstlos auf dem Boden entdeckt, wir wohnten im Erdgeschoss. Sie stiegen durchs Fenster und fuhren mich ins Krankenhaus. Ich habe Gonzalo verloren. Ich lieh mir Geld von meiner Bettnachbarin im Austausch gegen die Goldkette meiner Mutter und flüchtete. Ich nahm einen Fernbus nach dem anderen, um so weit wie möglich von ihm wegzukommen.«

Sie schaudert bei der Erinnerung daran.

»In Patagonien habe ich mich endlich in Sicherheit geglaubt. Ich war seit einem Jahr hier.«

Sie unterbricht sich, von Emotionen überwältigt. Wenn ich sie jetzt ins Wasser schubse, erfahre ich das Ende der Geschichte nicht.

»Als ich Javier plötzlich vor mir sah, geriet ich in Panik. Er hielt mein Kajak fest und sprach das gnadenlose Urteil: ›Du kommst mit mir zurück.‹ Ich schüttelte stumm den Kopf. Dein Mann fischte mein davontreibendes Paddel aus dem Wasser und steuerte auf uns zu, um es mir wiederzugeben. Javier knurrte: ›Verzieh dich!‹ Dein Mann ignorierte ihn und fragte mich auf Englisch, ob alles in Ordnung sei. Ich war wie gelähmt, brachte kein Wort heraus. Javier entfernte sich, nachdem er mir noch drohend zugeflüstert hatte: ›Ich krieg dich.‹ Schlotternd vor Angst, führte ich meine Gruppe zum Gletscher, aber alle waren so fasziniert von der blauen Eiswand, dass sie nichts bemerkten. Javier und dein Mann umkreisten mein Kajak wie beim Totentanz. Am liebsten wäre ich auf dem See geblieben, aber ich musste die Touristen zum Ufer zurückbringen. Ich kletterte auf den Anleger, um ihre Kajaks zu halten, während sie ausstiegen. Sie kehrten in ihre sorglosen Leben zurück. Und ich war allein mit Javier.«

Ich lausche ihr bestürzt. Ich unterschreibe Petitionen gegen häusliche Gewalt, nehme Anteil an der Verzweiflung geschlagener Frauen, aber ich war noch nie direkt damit konfrontiert. Manche Groixer gehen gern auf Sauftour, *der da kübelt ordentlich was weg*, aber sie erheben nicht die Hand gegen ihre Frauen, sonst würden die sie hochkant ins Meer werfen.

»Javier schleifte mich zu seinem Auto. Nicht an den Haaren diesmal, sondern am Ellbogen, mit seinem breiten Verführerlächeln packte er so fest zu, dass ich vor Schmerz aufschrie, ich hatte keine Kraft mehr, um mich zu wehren. Er hatte ganz am

Ende des Parkplatzes geparkt, noch hinter den Reisebussen. Ich konnte nicht um Hilfe rufen, meine Beine bewegten sich wie von selbst. Er riss die Beifahrertür auf und stieß mich so heftig in den Wagen, dass ich mit dem Kopf gegen die Windschutzscheibe knallte. Plötzlich erklang eine Stimme hinter uns. Es war dein Mann.«

Ich fröstele.

»Er fragte mich, ob ich mit Javier fahren wolle. Ich schaffte es, den Kopf zu schütteln. Javier bellte: ›Halt dich da raus. Sie gehört mir.‹ Dein Mann gab zurück: ›Sie hat keine Lust, Sie zu begleiten.‹ Da drehte Javier durch, er zog sein Gauchomesser aus der Scheide an seinem Gürtel und stürzte sich auf ihn. ›Ich mach euch beide kalt!‹«

Soledads Gesicht ist so bleich wie der Mond über uns.

»Sie rollten über den Boden. Der Gletscher brüllte, während sie sich prügelten. Auf diesem Teil des Parkplatzes war sonst niemand. Ich fand ein paar leere Bierflaschen im Fußraum des Autos und packte eine. Ich war zu jung, um zu sterben. Javier hatte deinen Mann an der Schulter verletzt, sein Blick war völlig irre. Ich wollte ihn bewusstlos schlagen, traf ihn am Hinterkopf, aber nicht fest genug. Er drehte sich um, hob das Messer, zielte auf meine Brust. Gerade als er zustechen wollte, warf sich dein Mann auf ihn. Javiers Arm knickte ein, und er schlitzte sich selbst den Hals auf. Er starb einfach so, vor unseren Augen, die Hände um den Hals gekrallt, rasend vor Wut. Das Blut spritzte aus ihm heraus. Das Ganze dauerte nur ein paar Sekunden, aber es war schrecklich.«

Ich schließe kurz die Augen und sehe wieder Yrieix vor mir, wie er aufhört zu atmen, mit der ihm eigenen Eleganz die Segel setzt, Gentleman bis zum Schluss.

»Da stand ich nun«, fuhr Soledad fort, »mit der Leiche dieses Dreckskerls und einem Fremden. Niemand hätte uns geglaubt, alle hätten deinen Mann für meinen Liebhaber gehalten. Für Frauen war es in argentinischen Gefängnissen sehr hart. Ich war einer Bestie entkommen, nur um in der Löwengrube zu landen. Ich klärte deinen Mann auf, was uns erwartete, und erzählte ihm vom Leben mit meinem Peiniger. Javier hatte mein Baby getötet, und er würde unsere Zukunft zerstören.«

Ihre Stimme stockt bei der Erinnerung an diese entsetzlichen Minuten.

»Wir legten Javier auf die Rückbank und versteckten ihn unter einer Decke. Ich setzte mich ans Steuer und fuhr bis zu einem abgeschiedenen Ort am Seeufer. Die Verletzung deines Mannes war nicht allzu schlimm, ich verband seine Schulter mit meinem Schal. Es wurde dunkel. Der Himmel war wolkenverhangen, die Touristen gingen, der Nationalpark schloss. Wir bugsierten Javier auf den Fahrersitz, nahmen ihm Geldbeutel, Ausweis und alles andere ab, womit man ihn hätte identifizieren können, entfernten die Kennzeichen vom Auto und stießen es ins Eiswasser. Dort ist es immer noch.«

Sie atmet tief aus, um Schmerz und Angst zu verjagen.

»Sein Verschwinden hat keine Wellen geschlagen. Er war ein Arschloch, niemand hat nach ihm gesucht. Wir sind zu Fuß durch den Wald gelaufen, dann per Anhalter gefahren, ein paar dänische Touristen haben uns mit nach El Calafate genommen. Dein Mann hatte mir das Leben gerettet, durch das Verbrechen waren wir untrennbar verbunden. Ich konnte nicht aufhören zu zittern.«

Den Blick auf den See geheftet, spricht sie mit dumpfer Stimme weiter.

»Ich hatte mich mit keinem Mann mehr eingelassen, seit ich aus dem Krankenhaus in Buenos Aires geflohen war. Dabei war ich jung und hübsch, es mangelte nicht an Gelegenheiten. Ich trauerte um Gonzalo. Ich wollte nie wieder jemanden in die

Arme schließen. Selbst wenn ich immer noch davon träumte, Mutter zu werden.«

Schwarze Augenringe zeichnen ihr Gesicht mit den hervorstehenden Wangenknochen. Früher war sie bestimmt wunderschön, jetzt wirkt sie verbraucht.

»Ich teilte mir eine Wohnung mit Kollegen, aber denen konnte ich so nicht gegenübertreten. Ich bat deinen Mann, mich mit in sein Hotel zu nehmen. Wir standen beide unter Schock. Er ließ mir ein Bad ein, aber nicht einmal das heiße Wasser konnte mich aufwärmen. Er drängte mir ein paar *empanadas* und ein Glas Wein auf, ich hatte den ganzen Tag noch nichts gegessen. Ich war völlig erschöpft und sank bald in einen bleiernen Schlaf. Im Traum stieg Javier aus dem See, tropfnass und wütend, das Messer noch im Hals, um sich zu rächen. Ich wachte schreiend auf. An Schlaf war nicht mehr zu denken, also unterhielten wir uns die restliche Nacht. Dein Mann erzählte mir von euch, eurer Liebe, deinem Kummer, euren Bemühungen, ein Kind zu bekommen. Ich erzählte ihm von Gonzalo. Ich schwor: ›Nie wieder Männer, nie wieder Haut an Haut, aus und vorbei!‹ Ich entschuldigte mich, dass ich ihn in diesen Albtraum hineingezogen hätte. Er antwortete, dass nicht alle Männer schlecht seien. Wir tranken den Malbec aus. Sobald ich die Augen schloss, sah ich das Auto im Wasser versinken. Wir hatten einen Mann getötet. Wir trugen die Verantwortung, wenn nicht sogar die Schuld. Er wollte nicht den Rest seines Lebens hinter Gittern verbringen, elftausend Kilometer von zu Hause entfernt. Er sagte, dass sein Leben ohne dich keinen Sinn hätte.«

Es kommt mir vor, als würde sie von einem anderen Paar sprechen, nicht von diesem untreuen Ehemann, dem ich insgeheim schon so viele Jahre zürne.

»Es gab kein Zurück mehr. Wir konnten nie mehr die werden, die wir mal waren.«

Ich durchforste mein Gedächtnis, ob Yannig bei seiner Rückkehr irgendwie anders gewirkt hat, aber nein. Ich war so besessen davon, schwanger zu werden, dass ich nichts bemerkt habe. Ich habe nur die Narbe an seiner Schulter gesehen. Er hat behauptet, er hätte sich bei einem Ausflug verletzt, und ich hatte keinen Anlass, daran zu zweifeln.

»Dein Mann sagte immer wieder: ›Er wollte uns umbringen. Wir müssten jetzt eigentlich im Leichenschauhaus liegen.‹ Ich erwiderte: ›Keine Liebe mehr, kein Gonzalo.‹ Wir klammerten uns aneinander, um nicht verrückt zu werden. Zwischen uns gab es weder Liebe noch Leidenschaft, wir waren nur Rettungsringe füreinander. Er dachte die ganze Zeit an dich, Tifenn. Aber wir mussten uns lebendig fühlen, sonst wären wir mit der Leiche in der Dunkelheit versunken, verstehst du?«

Ich schweige.

»Wir mussten den Tod abstreifen, der an uns klebte, es war der einzige Weg. Am nächsten Tag brachte mich dein Mann zurück zum Perito Moreno. Die Straße führte dort vorbei, wo wir das Auto in den See gestoßen hatten. Die Stege waren gesperrt, die Touristen drängten sich weiter oben mit ihren Fotoapparaten, um den Bruch mitzuerleben. Wir tauschten nicht einmal Adressen aus. Er sagte mir seinen Vornamen, ich ihm meinen. Wir hatten keinerlei Grund, uns wiederzusehen. Ich habe meine Arbeit wiederaufgenommen, aber ich konnte es nicht ertragen, jeden Tag aufs Neue an alles erinnert zu werden. Deshalb habe ich gekündigt und in einem Hotel angefangen. Dann habe ich bemerkt, dass ich schwanger bin.«

Da wären wir also.

»Dein Mann wollte ein Kind von dir, nicht von mir. Ich habe ihm nicht Bescheid gesagt. Aber es gab Komplikationen, ich musste aufhören zu arbeiten, um das Baby nicht zu verlieren. Ich kannte nur Yannigs Vornamen, sonst nichts, also habe ich ihm über die Seenotrettung auf Groix geschrieben. Ich war jung und hatte kein Geld. Ich habe ihm angeboten, das Baby nach der Geburt euch zu überlassen, damit es in Sicherheit aufwächst. Oriana weiß nichts davon, ich habe es ihr nie verraten. Ich hätte mein Glück für ihr Wohlergehen geopfert. Und ihr hättet das Kind bekommen, das ihr euch so sehr gewünscht habt.«

»Da hätte ich nie mitgemacht«, sage ich.

»Er hat mein Angebot ausgeschlagen. Er war überzeugt, dass du bald selbst schwanger werden würdest. Er hat mir Geld geschickt, damit ich mich bis zur Geburt schonen konnte. Ich wollte es ihm zurückzahlen, sobald ich wieder arbeite. Drei Monate vor Orianas Geburt war er noch einmal auf Geschäftsreise in der Gegend und hat ein paar Kollegen den Perito Moreno gezeigt. Ich habe mit ihnen zu Mittag gegessen. Dabei haben wir einen französischen Diplomaten kennengelernt, der Freunde in Lorient hatte. Dein Mann hat sich zur Sicherheit mit dem Namen seines Bruders vorgestellt. Er wollte zur Geburt herfliegen, um seine Tochter offiziell anzuerkennen, dann wäre er nach Hause zurückgekehrt. Er hatte niemals vor, dich zu verlassen. Aber du hast das Ultraschallbild und meinen Brief gefunden, in dem ich ihm angekündigt habe, dass das Baby früher kommt. Und falsche Schlüsse gezogen. Das ist die Wahrheit, das schwöre ich bei Orianas Leben!«

Der Gletscher kreischt so schrill, dass ich zusammenzucke. Der Mann, der Dom geschrieben hat, war hier tätig, bevor er nach Indien entsendet wurde.

»Ich habe dir ein Fax mitgebracht. Lies selbst.«

Das Papier ist in den achtzehn Jahren vergilbt, die Tinte verblasst. Die englischen Wörter schießen auf mich zu wie Dartpfeile in einem Londoner Pub und durchbohren mein Herz. Ich übersetze sie beim Lesen.

Soledad,
meine Frau hat Deinen letzten Brief und das Ultraschallbild
gefunden. Wir haben uns gestritten, uns zerfleischt, sie hat
mir nicht zugehört. Mein Flug nach Argentinien geht in drei
Tagen. Ich werde unser kleines Mädchen anerkennen, damit
es ihm nie an etwas fehlt. Danach fliege ich nach Groix
zurück und tue alles, damit Tifenn mir verzeiht. Du wirst
eine wunderbare Mutter. Und eines Tages, wenn die Zeit
die Wut besänftigt hat, kommt Ihr nach Frankreich, und ich
zeige Euch meine Insel. Hoffentlich lernt Oriana dann auch
ihren kleinen Bruder kennen.
Die Liebe siegt, wenn der Sturm sich legt und die Schiffe
heimkehren in den Hafen.

Die Worte verschwimmen vor meinen tränennassen Augen.
Er wäre zurückgekehrt. Er hat geglaubt, dass wir eines Tages
einen Sohn haben würden. Er wollte mich nicht verlassen. Er
hat mich geliebt.

Ich wandere ein Stück am Ufer entlang. Ich sehe wieder vor mir,
wie ich vor achtzehn Jahren in Yannigs Schreibtisch nach einer
Rolle Tesafilm suche. Unter einer Packung Briefumschläge
fand ich das Flugticket für seine nächste Geschäftsreise nach
Südamerika. Als ich das Kuvert öffnete, um die Abflugzeit zu
überprüfen und auszurechnen, welches Schiff er wohl nehmen
würde, stieß ich auf den Bericht einer Schwangerschaftsvorsor-
geuntersuchung. Soledad redete von ihrem gemeinsamen Kind.
Ich krümmte mich vor Schmerz. Es war der Siebte des Monats,
Yannig war mit unseren Freunden bei Fred in Le Stang. Ich war
erkältet und litt unter Übelkeit, deswegen war ich nicht mitge-
gangen. Er kam erst Stunden später zurück, fröhlich, mit einem
Stück Tiramisu von Renata für mich. Als er mich dort kauern

sah, stürzte er erschrocken auf mich zu. Ich wiederholte wie ein Papagei: »Nicht du, nicht wir.« Er wollte mich umarmen, aber ich schubste ihn weg und schrie: »Ich habe Soledads Brief gefunden.« Er versuchte, sich zu rechtfertigen. Ich hörte ihm nicht zu. Ich spuckte ihm ins Gesicht. Mein Speichel lief ihm über die Wange, ordinär und mitleiderregend. Er sagte: »Es ist nicht so, wie du denkst, lass es mich erklären.« Ich brüllte: »Ist es dein Kind, ja oder nein?« Er bestritt es nicht und zerstörte damit meine letzte Hoffnung. Ich schleuderte ihm ins Gesicht: »Ich hasse dich, und ich hasse die Schlampe, mit der du es getrieben hast, du widerst mich an!« Er wollte sich verteidigen, aber ich schloss mich im Schlafzimmer ein.

Also ging er. Ich sah ihn nie wieder. Er kehrte zu Fred zurück. Von dort aus schickte er Soledad das Fax. Schließlich ließ er den Abend bei Beudeff in Port-Tudy ausklingen. Alain Beudeff waltete noch mit Jo Le Port seines Amtes hinter der Bar, es wurde gesungen und getrunken. Yannig kam nicht mehr nach Hause, er übernachtete auf einer Bank vor der Hafenmeisterei. Ich schlief wie ein Stein, betäubt von Kummer und Benzodiazepin. Ich bekam nichts mit vom Sturm. Yannig wurde von einem bellenden Hund geweckt, als die Jungs gerade aufs Rettungsboot stiegen. Ein Segelboot war durch eine Sturzwelle abgetrieben, mit Wasser vollgelaufen und gekentert. Yannig hätte sich weigern sollen rauszufahren, aber er hat es nicht getan. Ich wachte mit verquollenen Augen und Wut im Herzen auf, kochte mir meinen Kaffee in der Küche. Plötzlich schaltete sich das Radio von selbst ein. Ich zuckte zusammen. Ich hielt es für einen Wackelkontakt und schaltete es wieder aus. Zwei Stunden später stand der Bootsführer im Türrahmen, mit der Kappe in der Hand und Leichenmiene. Yannig war gestürzt, nachdem er den letzten Segler gerettet hatte. Mein Radio war genau in dem Moment angegangen, als er mit dem Schädel aufschlug.

Ich kann mich nicht mehr auf den Beinen halten, ich falle neben Soledad auf die Knie. *Kenavo d'ar wéh arall, ma n'é ket ar bedmañ, e vo èr bed arall.* Auf Wiedersehen, ob in dieser Welt oder in der nächsten. Was hat dein Bruder dir erzählt, als du ihn da oben getroffen hast, Yrieix? Dass ich einen miesen Charakter habe und es mir an Vertrauen mangelt?

Hätte ich das Lenkrad herumgerissen und uns in den Graben geschickt, wäre der Wagen am Ende in jenem See gelandet, in dem Yannig und Soledad den Mörder unserer Liebe versenkt haben. Der Gletscher heult auf, dann beruhigt er sich wieder. Ein Nachtvogel gleitet mit ausgebreiteten Flügeln über uns hinweg. Ich habe keinen Grund mehr, mich zu rächen.

»Wann ist dir klar geworden, dass Yannig nicht kommt?«, frage ich.

»Ich habe nichts mehr von ihm gehört. Oriana wurde geboren. Ich dachte, er hätte uns fallenlassen. Dann hat sein Bruder mir geschrieben. Du hast mir dieses Geld geschenkt, das ich aus Stolz schon ablehnen wollte. Aber mein Baby konnte nichts für unsere Erwachsenengeschichten, es lag im Brutkasten, brauchte weitere Behandlungen. Also habe ich das Geld um Orianas willen angenommen. Dank dir ist sie noch am Leben.«

Soledad schaut mir direkt in die Augen.

»Ich habe jahrelang gespart, um es dir zurückzahlen zu können. Es liegt für dich bereit.«

Ich zucke mit den Schultern.

»Ein Geschenk zahlt man nicht zurück.«

»Ich habe Hilfe gebraucht, kein Almosen.«

»Und ich einen Ehemann.«

Uns trennen nur ein paar Meter, am Ufer dieses Sees, an dem alles begonnen hat.

»Mir ist kalt. Bring mich hier weg.«

Am Eingang des Nationalparks kommt der Wachmann wieder aus seinem Häuschen, um die Schranke zu öffnen, und lehnt den Schein ab, den Soledad ihm zustecken will.

»Ist das zwanghaft bei dir, immer alle zu bezahlen?«, frage ich, während wir in die Nacht rasen.

»Ich wollte klar Schiff machen. Meine Schuld begleichen.«

»Fühlst du dich jetzt besser? Dein Geschenk war ein Kuckucksei. Du hast einen treulosen Ehemann in einen großherzigen Helden verwandelt, das ist noch schlimmer.«

Soledad tritt auf die Bremse, der Transporter schlingert und bleibt schließlich am Straßenrand stehen. Sie dreht sich zu mir.

»Wäre er nicht gestorben, hättet ihr euch versöhnt. Aber er ist gestorben. Zwei Männer haben dich geliebt, das können nur wenige Menschen von sich behaupten. Mir war so viel Glück nicht beschieden, auch wenn ich meine Tochter habe.«

Sie fährt wieder an, beschleunigt, der Wagen frisst die Kilometer, die Scheinwerfer fressen die Nacht.

»Ich brauche noch einmal deine Hilfe.«

»Du hast mir das Leben versaut, reicht das nicht?«

»Oriana spricht deine Sprache, ich habe sie ebenfalls gelernt, im Gedenken an deinen Mann. Ich durfte achtzehn Jahre mit ihr verbringen. Jetzt will sie Architektin werden. Die Lebensversicherung, die ihr Onkel ihr hinterlassen hat, könnte ihr diesen Traum ermöglichen, aber ich habe bei meiner Flucht aus Resistencia alle familiären Brücken hinter mir abgebrochen. Ich möchte sie nicht nach Buenos Aires schicken. Aber sie könnte vielleicht in Frankreich studieren, in Paris. Sie würde mir schrecklich fehlen, aber das ist egal, schließlich heiße ich nicht umsonst Soledad. Mein Paradies ist für sie zum Gefängnis geworden. Ich habe immer gewusst, dass sie irgendwann geht, Kinder müssen flügge werden.«

Ich verstehe nicht, was das Ganze mit mir zu tun haben soll, ich werde ihrer Tochter bestimmt nicht das Händchen halten. In einer Kurve gerät der Wagen ins Rutschen, Soledad wird langsamer.

»Das Problem ist, dass ich mich nicht allein um die *estancia* kümmern kann«, erklärt sie. »Ich brauche Unterstützung. Wir leben sehr abgeschieden. Es müsste jemand sein, dem ich vertraue, der verantwortungsvoll ist, standfest, kompetent, ungebunden.«

Ihre Augen sind auf die Straße gerichtet, ihre Hände umklammern das Lenkrad. Sie wird Schwierigkeiten haben, ein solches Juwel zu finden.

»Du sprichst Englisch und Französisch, oder?«

Ja. Na und? Soll ich Bewerbungsgespräche mit den Kandidaten führen? Sie hat echt Nerven. Ihre Probleme sind mir schnuppe, soll sie doch sehen, wie sie sich durchschlägt.

»Wir würden uns nicht ins Gehege kommen«, fährt sie fort.

Was redet sie da? Ich habe genug von ihr, von dieser endlosen Nacht, von dieser Vergangenheit, die mich erstickt.

»Überleg es dir in Ruhe und gib mir deine Antwort morgen Abend.«

»Meine Antwort?«, frage ich perplex. »Ich reise übermorgen ab, ich kann dir nicht bei der Suche nach einer Nummer zwei helfen, und ehrlich gesagt, interessiert mich das alles einen Scheiß. Du setzt mich ab, sammelst deine Tochter ein, und wir müssen uns nie wieder sehen.«

»Ich bitte dich nicht darum, mir bei der Suche nach jemandem zu helfen. Ich schlage dir vor, dieser Jemand zu sein. Und das meine ich absolut ernst.«

Hat sie was geraucht? Die tickt doch nicht mehr richtig. Diese Idee ist lächerlich. Nein, hirnverbrannt!

»Soll das ein Scherz sein? Findest du das witzig?«

214

»Nein. Du bist allein, Single, gut organisiert. Es wäre ein neuer Anfang.«

»Aber nicht mit dir!«

Wären wir in Paris oder auf Groix, irgendwo anders als in der argentinischen Nacht, würde ich sie sofort anhalten lassen und aussteigen. Sie spricht weiter, seltsam ruhig:

»Wir schenken den Gästen, die aus allen Teilen der Welt zu uns kommen, Träume. Sie wollen Postkartenmotive mit süßen Pinguinen und hübschen Eisbergen sehen, wir zeigen ihnen reine Schönheit. Bleib ein bisschen, zumindest bis du dich erholt hast. Selbst wenn wir nie Freundinnen werden, können wir uns respektieren und zusammenarbeiten. Du magst diesen Ort doch, oder?«

»Nein.«

»Nein, du magst ihn nicht, oder nein, mich zu respektieren übersteigt deine Kräfte?«

»Hierzubleiben, bei dir, ist völlig undenkbar. Deinetwegen habe ich meinen Mann verloren. Mein Leben ist in Frankreich, in Paris und auf Groix, ich bin Übersetzerin. Und Dom braucht mich.«

»Bist du dir da sicher?«

»Ich habe Yrieix versprochen, auf seinen Sohn aufzupassen. Komm wieder auf den Boden der Tatsachen und such dir jemanden aus der Gegend.«

Diese Frau ist übergeschnappt.

»Außerdem könnte ich so was gar nicht.«

»Hast du keine Freunde?«

»Was hat das denn damit zu tun? Doch, natürlich.«

»Lädst du die manchmal zu dir ein? Kochst du ihnen was, umsorgst sie? Genau das machen wir auch. Die *estancia* lässt die Augen aller leuchten, die dort den Tag oder die Nacht verbringen. Weißt du, wie man ein Bett bezieht, einen Tisch deckt? Mittags sind viele Ausflügler da, abends nur die Übernachtungsgäste. Alle fühlen sich willkommen. Kannst du lächeln?«

Freunde sind der Wind in unseren Segeln, hat Yannig immer gesagt. Ich kümmere mich gern um Gäste, die ich mag. Aber nicht um Fremde. Und ganz bestimmt nicht zusammen mit der Geliebten meines Mannes.

»Ich fliege übermorgen nach Paris zurück«, sage ich entschlossen.

Nachdem sie mir mein Leben gestohlen hat, glaubt sie, ich würde mit ihr in diesem gottverlassenen Tal bleiben und ihre Tochter ersetzen? Die hat komplett den Verstand verloren!

Endlich biegt der Wagen auf den Weg zum Hotel ein. Trotz der späten Stunde brennt noch Licht. Oriana und Dom sind nebeneinander auf einem der großen Sofas in der Lobby eingeschlafen. Vor ihnen liegt ein Bildband über Architektur, die aufgeschlagene Seite zeigt Paris.

Dom

Tifenn weckt mich auf. Bevor wir eingeschlafen sind, haben
Oriana und ich uns vor der dunklen Pampa über Gott und die
Welt unterhalten. Ich habe ihr erzählt, was ich über Yannig
weiß, dass er gestorben ist, um ein paar Sonntagssegler zu retten, die sich patschiger als Pinguine angestellt haben. Ich habe
ihr Papa beschrieben, Claire, die *glaz*-Nacht und meine Suche
nach der geheimnisvollen Blondine, die die ganze Zeit direkt
vor meiner Nase war. Oriana und Mathilde haben ihren Vater
nie kennengelernt. Ich hatte meinen fünfzehn Jahre lang. Aber
jetzt bin ich allein. Irgendwann mal in der Baie des Curés hat
Mathilde einen griechischen Philosophen zitiert, Platon oder
Aristoteles oder so. »Es gibt drei Arten von Menschen: die
Lebenden, die Toten und die, die zur See fahren.« Welche Art
werde ich sein?

»Ihr habt ja lang gebraucht. Seid ihr weit gefahren?«

»Neunzehn Jahre in die Vergangenheit.«

Es ist zu spät für Soledad und ihre Tochter, um noch den
See zu überqueren. Valentin, der Hotelmanager, kennt die bei-
den und gibt ihnen ein Zimmer. Wir trennen uns. Ich vertraue
Tifenn an, dass Oriana davon träumt, Architektin zu werden.

»Ich weiß. Ihrer Mutter wäre es lieber, wenn sie in Paris studiert statt in Buenos Aires.«

»Das wäre genial, dann könnte sie bei mir wohnen!«, rufe ich begeistert. »Sie gehört schließlich zur Familie, und Tante Désir würde platzen vor Wut.«

Wir grinsen beide, als wir uns ihr Gesicht vorstellen.

»Und du, Domino, wovon träumst du?«, fragt Tifenn. »Wenn du einen Wunsch frei hättest, wie würde der lauten?«

Da muss ich nicht nachdenken.

»Dass meine Eltern wieder da sind.«

»Einen erfüllbaren Wunsch.«

Meine Antwort kommt wie aus der Pistole geschossen.

»Bei Mathilde auf Groix zu wohnen.«

»Wirklich? Du würdest Gaston, Kerstin, Noalig, Gwenou und mich verlassen? Brauchst du uns nicht? Würden wir dir nicht fehlen?«

»Quatsch, wir würden uns doch ganz oft sehen. Immer in den Ferien.«

»Du würdest alle deine Freunde und dein Leben in Paris aufgeben?«

Ich nicke heftig. Na klar! Ich liebe meine Familie, unsere Freunde im Haus, meine Schule, aber Tifenn hat mich nach meinem Traum gefragt. Und davon träume ich nun mal, auch wenn es ein Traum bleiben wird.

»Es geht mir viel besser, seit ich weiß, dass meine Eltern mir Oriana nicht verheimlicht haben. Und dank dir habe ich jetzt den infernalisch schönen Brief von Papa, das ändert alles.«

TAG 32
Tifenn

Soledad muss verrückt sein zu glauben, dass ich mit ihr in diesem gottverlassenen Tal bleibe. Und ich muss verrückt gewesen sein zu glauben, dass ich auch nur ein Stück weit Yrieix und Claire in Doms Herzen ersetzen könnte. Ich bin seine Tante, aber das wird niemals reichen. Also habe ich mich lange mit Gaston per WhatsApp unterhalten.

»Dom wünscht sich nichts sehnlicher, als bei Mathilde auf der Insel zu leben.«

»Yrieix hat Paris als Zuhause für seinen Sohn und sich gewählt. Warum sollte ich gegen den Willen meines Bruders handeln?«

»Das war keine richtige Wahl, sein Job war in Paris. Du weißt, wie sehr er an Groix hing. Wenn er gekonnt hätte, hätte er sofort die Koffer gepackt.«

Anfangs hat Gaston sich noch gesträubt. Er ist ledig, ich zweifach verwitwet, wir haben uns kopfüber in unsere Mission gestürzt. In Wirklichkeit brauchen wir Dom mehr als er uns. Aber sein Glück geht vor. Gleich im Anschluss hat Gaston Mathildes Mutter angerufen, um das Finanzielle zu klären. Sie nimmt Domino für den Rest des Schuljahrs auf. Der Schulwechsel sollte kein Problem sein. Nächstes Jahr kommt er dann aufs Lycée und wohnt unter der Woche mit Mathilde und den anderen Jugendlichen von der Insel im Internat in Lorient, ihn übers Wochenende zu beherbergen ist kein großer Akt. Sein Traum ist nicht unerfüllbar.

Er wird mir fehlen. Aber das verrate ich ihm nicht.

Als Nächstes spreche ich allein mit Oriana.

»Deine Mutter möchte, dass du in Paris studierst. Was hältst du davon?«

»Das wäre phantastisch!«, ruft sie mit verklärtem Gesicht.

Ich spiele die Advocata Diaboli.

»Hast du denn keine Angst? Ihr seid noch nie voneinander getrennt gewesen, und du lebst seit zehn Jahren an diesem wunderschönen, aber einsamen Ort. Paris ist eine trubelige, stressige, manchmal sogar gefährliche Stadt, wenn man unvorbereitet ist. Du wärst weit weg von Soledad, weit weg von allem, was du kennst, das wäre bestimmt nicht leicht, du würdest Heimweh bekommen. Bist du dir sicher, dass du das schaffst?«

Sie nickt mit glänzenden Augen. Sie sieht Yrieix und Yannig so ähnlich, dass es mich jedes Mal aus der Bahn wirft.

»Willst du noch darüber nachdenken, bevor du dich entscheidest?«

Sie ist entschlossen. Für Dom und sie beginnt bald ein neues Leben. Die jungen Leute sind eindeutig standfester als wir.

Ich habe eine Wohnung in der schönsten Stadt der Welt, ein Haus auf der tollsten Insel der Bretagne. Warum zum Teufel sollte ich mich am Ende der Welt vergraben? Mit einer Frau, die ich kaum kenne und die mein Leben zerstört hat? Warum?

Die Antwort ist einfach: weil auch ich verrückt bin. Genau wie Soledad. Den ganzen Tag habe ich darüber nachgegrübelt. Gestern Nacht war es noch undenkbar. Heute Morgen unbegreiflich. Mittags unvorstellbar. Nachmittags, als ein kleiner Imbiss auf der Teakholzterrasse mit Seeblick serviert wurde, ungeheuerlich. Am frühen Abend immer noch unmöglich. Aber seltsamerweise hat die Idee sich beharrlich eingebrannt. Und ist denkbar geworden. Möglich, zumindest für eine Weile. Und schließlich sogar erstrebenswert. Warum? Weil ich nicht nur verrückt bin, sondern auch nichts zu verlieren habe.

Die Karten werden neu gemischt, mal sehen, was die nächste Hand bereithält. Dom wird in der Bretagne leben, Oriana in Frankreich. Ich ziehe vorübergehend nach Argentinien. Wie Janet bleibe ich wegen der märchenhaften Natur, wegen des Lago Guillermo und des Upsala-Gletschers und auch ein wenig, um euch beide zu plätten, Yrieix und Yannig. Ihr seid der Wind geworden, der mein Schiff antreibt. Der Sturm ist nach achtzehn Jahren endlich vorbei. Dom braucht mich nicht länger. Ich brauche das Gefühl, zu etwas nütze zu sein. Soledad braucht irgendjemanden. Ich bin verfügbar. Ich habe keinen Grund mehr, sie zu hassen. Meinen Respekt muss sie sich erst verdienen, aber das kommt vielleicht noch.

Die Zauberkünstlerin Noalig hat uns wieder einmal den Hintern gerettet. Sie hat es geschafft, meine beiden Flugtickets, El Calafate–Buenos Aires und Buenos Aires–Paris, auf Oriana umzubuchen. Ich teile Yannigs Tochter mit, dass sie morgen nach Frankreich fliegt, verschweige aber, dass ich nicht mit von der Partie bin. Sie strahlt.

Ich denke an den viel beschworenen Brief zurück, den ich Dom gegeben habe. Ich habe deinem Sohn nicht die Wahrheit gesagt, Yrieix. Du nimmst es mir doch hoffentlich nicht übel? Wo auch immer du gerade bist, meine dreiste Lüge hat dich sicher auf die Palme gebracht. Dom glaubt, der Brief wäre dein Vermächtnis an ihn, dabei wurde er gar nicht für ihn geschrieben. Sondern für mich. Ich habe seinen Sprung im Treppenhaus für einen Selbstmordversuch gehalten, ob bewusst oder unbewusst. Deshalb habe ich ihm vorsichtshalber meine beste Waffe gegen die Verzweiflung geschenkt. Und sie hat großartig funktioniert!

»Du freust dich bestimmt schon auf zu Hause«, meint Dom, als ich meinen Koffer packe.

»Du fliegst morgen mit Oriana. Wir haben das mit Soledad besprochen, sie wird in Paris studieren und bei dir wohnen, wenn du immer noch einverstanden bist?«

»Aber klar! Also fliegen wir alle drei? Das ist ja genial, das muss ich gleich Mathilde erzählen.«

»Warte noch kurz.«

Er ist erst fünfzehn, ein Racker mit den Füßen eines Riesen. Wenn du als Erwachsener deine Eltern verlierst, weißt du, dass du der Nächste auf der Liste bist, in der ersten Reihe stehst für den Ankou und seine Barke der Nacht. Ein Jugendlicher hat das Leben noch vor sich. Dom ist älter geworden, tiefgründiger, reifer, ein bisschen verbeult, er hat Hunger wie ein Bär und ein Loch im Herzen.

»Wir fliegen nicht alle drei. Ich bleibe hier.«

Er erstarrt überrascht.

»Im Hotel?«

»Auf der Estancia Cristina. Ich ersetze Oriana und helfe ihrer Mutter.«

Ein trauriger Schatten schleicht sich in seine Augen.

»Also gehst du auch dorthin, wo der Pfeffer wächst, und lässt mich im Stich?«

»Ich bin nicht die Einzige, die geht. Du ziehst selbst um.«

»Ihr schickt mich ins Internat?«

Ich lächele beruhigend.

»Dieses Internat wird dir gefallen. Es liegt ›mitten im Meer, drei Meilen vom Strand. Im Lande Armor.‹«

Me zo ganet é kreiz er mor, tèr lèeu ér méz. E bro Arvor. Er erkennt das Gedicht von Yann-Ber Kalloc'h. Seine Miene hellt sich auf.

»Ich darf auf Groix wohnen?«

»Bei Mathilde. Schließlich ist das dein sehnlichster Wunsch.«

Ich nehme ihm seine Freudensprünge ein bisschen übel, auch wenn es egoistisch ist. Ich werde ihn vermissen. Vielleicht wäre ich doch keine so schlechte Mutter geworden. Er wächst zusehends heran, in drei Jahren ist er volljährig. Er verdient es, die Wahrheit zu erfahren, ich will ihn nicht länger anlügen. Ich werde ihm beichten, dass der Brief, den ich ihm gegeben habe, nicht für ihn bestimmt war. Was zählt, ist die Botschaft, nicht ihr Verfasser.

»Ich muss dir was sagen, Dom.«

»Ich dir auch. Erinnerst du dich noch an Monsieur Jules' komplizierte Wörter? Dass ich ›anspruchsberechtigt‹ und ›erbbefähigt‹ bin? Ich habe jetzt verstanden, was Papa mir mit seinem Brief mitteilen wollte. Ich habe Anspruch auf Freude, auch ohne Maman. Ich bin befähigt, auf Groix glücklich zu werden, auch ohne ihn.«

Er schaut mich an, vertrauensvoll, loyal, zerbrechlich, hoffnungsfroh. In der Ferne galoppiert ein Reiter vorbei und wirbelt eine Staubwolke auf. Ich sehe darin den befreiten jungen Mann, der vor mir steht.

»Was wolltest du mir sagen?«

Ich hole tief Luft, schinde Zeit, um zu entscheiden, welche Wahrheit wohl besser für ihn ist.

»Dein Vater hatte recht. Alles, was du erlebst, wird wunderbar sein.«

Er nickt.

»Danke.«

»Wofür?«

»Dass du mit mir hergekommen bist. Und dass du Papa ein bisschen glücklicher gemacht hast.«

Dom

Soledad und Tifenn begleiten uns zum Flughafen. Soledad drückt ihre Tochter fest, sie waren noch nie voneinander getrennt. Das Verhältnis zwischen meiner Tante und mir ist angespannt, seit ich erfahren habe, dass sie Papas Blondine war. Trotzdem umarme ich sie im letzten Moment. Dann nehme ich die Tidenuhr ab und reiche sie ihr. Auf dem Lago Argentino gibt es keine Gezeiten, nur die Flutwelle am Tag des Bruchs. Sie sollte wissen, wann zu Hause Ebbe und wann Flut herrscht.

Soledad starrt uns verblüfft an. Wir stehen rum wie die Kiefern im Bois de Grao auf Groix, mit dem Gepäck zu unseren Füßen.

»Warum umarmst du deine Tante?«

»Ich fliege nicht mit«, verkündet Tifenn.

Soledad runzelt verwirrt die Stirn. Tifenn schaut ihr direkt in die Augen.

»Ich nehme dein wahnwitziges Angebot an.«

»Soll das heißen ... du bleibst? Du reist nicht ab?«

»Sie sind alt genug, um allein zu fliegen. Noalig hat alles organisiert. Ein Fahrer erwartet sie in Buenos Aires, um sie zum internationalen Flughafen zu bringen und ihnen beim Einchecken zu helfen. Dom ist auf Zack, Oriana auch, und außerdem volljährig. Steht dein Angebot noch?«

»Ich war mir hundertprozentig sicher, dass du ablehnen würdest. Ich bin ... geschockt.«

»Nicht so sehr wie ich«, meint meine Tante.

Soledad wirkt hin- und hergerissen zwischen Traurigkeit,
Sorge und unerwarteter Freude – dass sie sich von ihrer Toch-
ter trennen muss, dass Oriana gleich allein mit mir ist und dass
Tifenn ihr unter die Arme greifen will. Ich beruhige sie:

»Ich passe gut auf meine Cousine auf.«

Ich überlasse Oriana den Fensterplatz, sie ist zwar drei Jahre
älter als ich, fliegt aber zum allerersten Mal. Ich zeige ihr, wie
man den Sicherheitsgurt schließt und die Rückenlehne ver-
stellt, ich bin Herr der Lage. In drei Stunden landen wir in
Buenos Aires und wechseln den Flughafen. Und dann brechen
wir auf ins Land unserer Väter.

TAG 34
Dom

Gaston holt uns mit Tifenns Fiat 500 vom Flughafen ab. Das gesamte Haus wartet schon auf uns. Oriana lernt Noalig, Kerstin und den armen Georges kennen. Tante Désir bleibt sich selbst treu und reicht ihr nur die Fingerspitzen. Sie schäumt vor Wut. Tifenns Wohnung ist abgeschlossen, es fühlt sich komisch an, dass sie so weit weg ist. Asterix, der Schäkel, die Glaskugel und der Kuli halten Wache, bis sie zurückkommt. Oriana kriegt Papas Schlafzimmer. Keine Ahnung, ob sie abergläubisch ist, aber vorsichtshalber verrate ich ihr nicht, dass er hier die Segel gesetzt hat.

Gaston begleitet Oriana zu einem befreundeten Professor der Architektur. Mathilde ist begeistert, dass ich bald bei ihr wohne – was anderes habe ich auch nicht erwartet, aber ich habe sie trotzdem angerufen, um ganz sicherzugehen. Ich fange nach den Osterferien an der Schule auf Groix an, so bleibt mir noch genug Zeit, meinen Umzug vorzubereiten. Die Verwaltung des Collège befindet sich in Brest, die Schüler sind auf Groix, Batz, Ouessant, Molène, Sein und Houat-Hoëdic verteilt. Ich werde mir jede Menge Träume erfüllen können, als Allererstes werde ich wie Mathilde und Pomme Mitglied bei den Chats-Thons. Für die Trompete, das ist erst mal bestimmt schwierig mit dem Gips, aber später die beste Krankengymnastik. Und obwohl ich vor fünf Jahren noch gelaufen bin wie ein Pinguin, melde ich mich für die zwei Kilometer bei La Groisillonne im Juni an, und mit siebzehn nehme ich am Trail des Marathoniers im September teil. Ich besuche die Konzerte von Les Renavis. Und ich bestelle mir einen Kilt: Der Tartan von Groix in Lila, Blau und Grün ist offiziell im schottischen Register eingetragen, wir sind nach Ouessant erst die zweite bretonische Insel, die einen hat.

Mein Leben ist innerhalb eines Monats komplett auf den Kopf gestellt worden. Auf Zehenspitzen schleiche ich die Treppe runter, um Gwenou einen Besuch abzustatten. Dumm gelaufen! Désirs Tür geht auf. Als sie mich entdeckt, wird ihr Gesicht noch länger. »Du ziehst also nach Groix?«

»Ja.«

»Du glaubst, ich mag die Insel nicht, oder? Da irrst du dich. Komm rein.«

»Ich hab's eilig, Tante Désir.«

»Deine Cousins sind in der Schule, der arme Georges ist im Büro. Es gibt kein Raclette. Also beweg dich, Dom.«

Ich gehorche, weil sie mich nicht Domnin genannt hat. Ich setze mich auf die Kante ihres Sofas, das genauso hart ist wie ihr Blick.

»Du bist der Sohn meines Lieblingsbruders, er hat mich immer verteidigt, wenn Gaston und Yannig mich geärgert haben. Mit deinem Vater habe ich mich nur ein einziges Mal gestritten, aber das hat das Ende unserer Kameradschaft besiegelt.«

Ich frage mich, wann sie mich wohl wieder gehen lässt. Verstohlen luge ich auf mein Handgelenk, aber meine Uhr ist nicht mehr da, sie verrät jetzt Tifenn in Patagonien die Zeit. Die Vorstellung tut gut.

»Ich war in Yrieix' besten Freund verliebt«, sagt Désir und schaut mir direkt in die Augen.

Verliebt? Désir? Unmöglich.

»Alle Männer in seiner Familie waren Hochseefischer. Devan wollte in ihre Fußstapfen treten. Wir steckten ständig zusammen, er, dein Vater und ich. Dann hatte dein Großvater die geniale Idee mit seiner Erfindung. Sein Partner und Jugendfreund, ein *louston*, ein Dreckskerl, hat sie ihm geklaut, als seine eigene patentieren lassen und für ein Vermögen verkauft. Dein Großvater hat Anzeige erstattet. Es gab einen Prozess, die kleine Firma ging pleite. Er fing an zu trinken, er konnte den Verrat nicht ertragen, das Geld, das ihm durch die Lappen gegangen war, brachte ihn um den Verstand. Unablässig wiederholte er: ›Ohne diesen Beutelschneider wären wir jetzt reich. Meine Eltern hatten kaum genug zu beißen, ich wollte euch ein besseres Leben ermöglichen. Geld macht nicht glücklich, aber kein Geld macht auf jeden Fall unglücklich.‹ Er wurde immer dünner, zitterte, hatte Halluzinationen, er war ein völlig anderer Mann. Gaston wollte Schriftsteller werden, Yannig allein die Transatlantikregatta bestreiten, dein Vater Architektur studieren. Sie haben ihre Träume aufgegeben, um Geld zu verdienen.«

Ich reiße die Augen auf. Echt wahr? Papa wollte Architekt werden? Genau wie Oriana? Das höre ich zum ersten Mal!

»Das hat er mir nie verraten.«

»Weil ein geplatzter Traum weiter an einem klebt, wenn man ihn jemandem anvertraut. Gaston hat die Bücher anderer gesammelt und verkauft. Yannig hat den Globus bereist, um Wein zu vertreiben. Yrieix hat Comicwelten erbaut.«

Davon hat Papa mir kein Wort erzählt. Opapas Geschichte habe ich dafür umso öfter gehört, der verräterische Freund, die jahrelangen Gerichtsverhandlungen vor dem Sieg. Opapa hat sich sein Geld samt Zinsen und einer saftigen Entschädigung zurückgeholt und davon das alte Haus in Montparnasse und die renovierungsbedürftigen Häuschen auf Groix gekauft. Aber Wut und Sorge hatten ihn so sehr zerfressen, dass sie sich schließlich in Krebs verwandelten. Er starb ein Jahr nach seinem Triumph. Und dann fing Omama an, den Spülschwamm mit Salzbutter zu bestreichen.

»Und du? Was wolltest du werden, Tante Désir?«

»Niemals arm, um nicht so zu enden wie mein Vater. Zum Schluss war er wie ein altes Kind, vor lauter Metastasen im Gehirn wusste er nicht einmal mehr, dass das Gericht ihm recht gegeben hatte. Er hat uns nicht geglaubt, wenn wir ihn aufgeklärt haben. Ich war immer sein Liebling gewesen, aber irgendwann hat er selbst mich nicht mehr erkannt.«

Die Augen meiner Tante sind so rot wie die eines Russenkaninchens. Vielleicht ist sie ja doch ein Mensch.

»Devan und ich waren verlobt, wir wollten heiraten und zusammen auf Groix leben.«

Ich starre sie atemlos an.

»Die schwere Last der Armut hat meinen Vater zerquetscht wie eine Schnecke. Ich wollte nicht das gleiche Schicksal erleiden. Die Lebensbedingungen für Fischer wurden immer schwieriger.«

Sie presst fest die Lippen zusammen. Dann fährt sie fort:

»Der Sohn eines Pariser Hotelbesitzers, der auf der Insel ein Ferienhaus besaß, hatte einen Narren an mir gefressen, er war unscheinbar, aber nett. Wir haben ihn aus Mitleid manchmal mitgenommen, zum Strand oder in die Heide, er hat uns nicht gestört, wir haben ihn kaum bemerkt.«

»Onkel Georges?«, frage ich, als ich ihn in der Beschreibung wiedererkenne.

Sie nickt. Ihre Lippen zittern. Ein Alien hat von meiner Tante Besitz ergriffen.

»Es hat mich zu sehr geschmerzt, den Verfall meines Vaters

mit anzusehen. Ich hatte schreckliche Angst vor der Mittellosigkeit. Also habe ich mich an der Pointe des Chats von Devan getrennt.«

»Hast du ihn nicht mehr geliebt?«, frage ich begriffsstutzig.

Sie fährt auf.

»Leidenschaft ist vergänglich. Ich bereue meine Entscheidung nicht!«

»Und seitdem fährst du nicht mehr nach Groix, weil du ihm nicht über den Weg laufen willst?«

Ihr Lachen klingt eingerostet.

»Nach der Trennung ist er in die Heide verschwunden. Yrieix und ich haben die ganze Nacht nach ihm gesucht, wir hatten Angst, dass er etwas Dummes anstellt. Er hat die Insel mit dem ersten Schiff verlassen und ist nie zurückgekommen.«

»Weißt du, was aus ihm geworden ist?«

Ihr gezwungenes Lächeln gleicht einer Grimasse, es ist gruselig.

»Er ist nach England gegangen. Er hat seinen Eltern geschrieben, dass er es nicht ertragen würde, mich am Arm eines anderen zu sehen. Yrieix hat mir nie verziehen. Dabei ist Devan dank mir ausgesprochen erfolgreich geworden, er ist mittlerweile noch reicher als Georges.«

»Du hast Geld statt Liebe gewählt? Das ist ultramies!«

»Du bist noch ein Kind, du hast keine Ahnung vom wahren Leben, Domnin. Wir sind nicht unglücklich. Wir führen eine friedliche Ehe, er ist mir treu, wir haben keine Angst vor der Zukunft, unsere Söhne bekommen eine hervorragende Ausbildung. Liebe schadet nur. Erinnerst du dich noch, wie es deinem Vater ging, als deine Mutter euch hat sitzenlassen?«

Ich brause auf.

»Sie hat niemanden sitzenlassen! Im wahren Leben geht's nicht bloß darum, stinkendes Raclette zu fressen und seine Taler zu zählen wie Dagobert Duck. Woher weißt du überhaupt, dass Devan so erfolgreich ist?«

Die schlaffen Wangen meiner Tante werden knallrot. Ihr Blick weicht meinem aus.

»Aus dem Internet. Er arbeitet als Banker in London. Seine Frau ist Anwältin, sie haben zwei Söhne auf dem Eton College und eine Tochter. Ihnen gehört ein Haus im besten Viertel der Stadt, und sie verbringen die Ferien auf der Isle of White. Er hat uns weder zu Yannigs Tod noch zu Yrieix' geschrieben. Ich hatte gehofft ...«

»Liebst du ihn immer noch?«

»Wäre ich noch einmal in dieser Position, würde ich die gleiche Entscheidung treffen. Ohne unsere Trennung wäre er Fischer geworden. Mein Rückzieher war der Katalysator seines Glücks. Er hat seinen Erfolg mir zu verdanken!«

»Glaubst du, er hat dich vergessen?«

Ihr Gesicht verzerrt sich. Ich stelle mir vor, wie sie vor dem Computer sitzt und ihrer ersten und einzigen Liebe hinterherspioniert, so wie uns im Treppenhaus.

»Seine Tochter heißt Désir.«

Und die der Riecs heißt Marie-Claire. Und ich heiße Domnin. Unsere Vornamen sind voller Tränen. Ich bohre nach:

»Aber nichts beweist, dass er glücklich ist, oder? Vielleicht ist er innerlich genauso tot wie Onkel Georges und du. Also ist Devan die Leiche in deinem Keller?«

Sie fährt zusammen, wie von der Tarantel gestochen.

»Ich wollte dir einen guten Rat geben, aus Achtung vor Yrieix. Du hast überhaupt keinen Ehrgeiz. Nur zu, zieh zu deiner Mathilde. Ich habe dich gewarnt.«

»Und wie! Es gibt drei Arten von Menschen: die Lebenden, die Toten und die, die auf einer Insel leben«, sage ich.

Sie zuckt mit den Schultern.

»Mein armer Junge, bei dir kommt jede Hilfe zu spät.«

»Ich bin nicht arm. Du schon.«

Ich überquere die Straße. Tifenns Lieblingstisch bei Gwenou ist frei. Als ich mich setze, bemerke ich, dass sie von hier aus direkt in unsere Wohnung schauen kann.

»Was sehen meine alten Augen? *Degemer mad*, willkommen!«

Kerstin trinkt an der Theke einen Tee. Gwenou spendiert mir eine Breizh-Cola.

»Na, wie hat dir dieses Patagonien geschmeckt, *Co*?«

»Ich war am Kap Hoorn, wo Claire ins Wasser gestürzt ist.«

»Die war schon eine, deine Mutter. Wenn sie sich draußen hingesetzt hat, ist es hier drin mit einem Schlag leer geworden, an der Bar war keine Menschenseele mehr.«

»Sie hat einen Jungen gerettet, der hatte Epilepsie, und seine dämlichen Eltern haben ihn trotzdem mitgeschleift«, schimpfe ich. »Es ist ihre Schuld, dass sie tot ist.«

Kerstin wird blass. Ich habe ihre Landsleute beleidigt, das hat sie wohl verletzt. Ich versuche, die Scharte auszuwetzen.

»Nichts gegen dich, ihre Nationalität ist mir egal, sie hätten auch Chinesen oder Japaner sein können.«

»Waren sie denn Deutsche?«, fragt Gwenou. »Das hast du gar nicht erwähnt.«

Kerstin erwidert meinen Blick.

»Echt? Habe ich nicht?«

»Er heißt Thomas Hage«, sagt sie.

»Woher weißt …«

»Er ist mein kleiner Bruder.«

Die Zeit steht still. Mein Glas fällt in Slow-Mo zu Boden und zerspringt.

»Deine Maman hat meinen Bruder gerettet«, erklärt sie mit abgehackter Stimme. »Damals habe ich noch an der Musikhochschule in München studiert, Klavier. Meine Eltern haben sich die Reise zum Hochzeitstag geschenkt, ich sollte auch mitkommen, habe aber kurzfristig abgesagt wegen eines Konzerts. Sie haben mir später alles erzählt. Thomas erinnert sich an nichts. Er hatte schon so lange keinen Anfall mehr gehabt, dass wir dachten, dieses Damoklesschwert würde nicht mehr über uns schweben.«

Ich starre sie fassungslos an.

»Die Tragödie hat uns alle traumatisiert. Ich habe das Klavier und die Musikhochschule aufgegeben, um Krankenpflegerin zu werden, unsere Schuld zu begleichen, niemals hilflos zusehen zu müssen. Ich habe den Namen und die Adresse deiner Mutter rausgefunden, ich bin nach Paris gekommen, um euch unsere Dankbarkeit und unser Beileid auszusprechen. Und war völlig geschockt, dass du noch immer auf ihre Rückkehr gewartet hast.«

Stumm höre ich ihr zu. Gwenou schiebt sich hinter der Theke hervor, um die Scherben meines Glases aufzufegen. Kerstin zieht mich nach draußen, weg von den neugierigen Ohren.

»Eure Concierge wollte gerade in Rente gehen. Ich habe beschlossen, ihren Job zu übernehmen und meine Ausbildung in Frankreich zu machen.«

»Eine Zeit lang habe ich gedacht, du wärst Papas Blondine! Vor allem, als ich das Stethoskop gesehen habe. Jetzt weiß ich, dass es Tifenn war.«

»Ich wusste es von Anfang an. Die Loge ist ein guter Beobachtungsposten. Dein Vater saß in der Klemme, weil du nicht erfahren solltest, dass deine Mutter nicht zurückkommt. Einmal hätte Désir Tifenn beinahe erwischt. Ich bin ihr beigesprungen und habe behauptet, ich wäre das im Treppenhaus gewesen, ich hätte Gaston besucht. Désir hat mich böse angeguckt. Sie hat Angst, dass Gaston doch noch heiratet und ihr das Erbe durch die Lappen geht. Dabei sollte sie sich lieber um ihren Georges kümmern, der steigt jedes Mal zu Noalig hoch, wenn sie schwimmen ist.«

Der unsichtbare Georges bläst Noaligs Bombarde. Devan denkt immer an meine Tante, wenn er seine Tochter ruft. Erwachsene sind große Kinder.

»Alles, was dein Bruder erlebt, hat er Maman zu verdanken«, sage ich.

»Es tut mir schrecklich leid, Liebelein. Als dein Vater mir das Stethoskop geliehen hat, hätte ich ihm beinahe die Wahrheit gestanden.«

»Behalt es«, sage ich.

Sie nickt.

»Jetzt weißt du Bescheid. Und ich kann endlich nach Hause zurück.«

»Gefällt es dir hier nicht?«

»Meine Heimat und meine Familie fehlen mir.«

Seit Papa in den *suet* gegangen ist, bricht alles auseinander, alle verschwinden, Claire, Tifenn, Kerstin. Und bald auch ich.

»Ich will Abbitte leisten, Liebelein. Für Thomas. Und danke sagen.«

»Dein Bruder ist ja nicht absichtlich krank.«

Hätte ihr kleiner Bruder keinen Anfall gehabt, wäre Claire jetzt hier bei mir, sie wollte zurückkommen. Davon weiß Kerstin nichts. Ihre Familie trifft keine Schuld. Claire hat sich freiwillig in Gefahr gebracht. Wegen Tom. Wegen der Bahngleise und der zerfetzten Beine. Weil es darum geht im Leben – um Unglück, das dich zerreißt, und so gigantisches Glück, dass du zitterst. Um Brüche, um Haustiere, die nicht so lange haben

wie wir, und um Lachen, das besser wärmt als jede Thermo-
unterwäsche.

Ich kehre in meine Wohnung zurück. Die letzte CD, die Papa
gehört hat, liegt seit einem Monat im Spieler. Auf der Hülle
sind zwei Typen abgebildet, der eine heißt Simon, der andere
Garfunkel – der Vorname ist fast so seltsam wie Yrieix oder
Domnin. Ich drücke auf Play, drehe die Lautstärke voll auf.
»Hello darkness, my old friend / I've come to talk with you
again«. Die Stimmen der Sänger wiegen mich, übertönen die
dröhnenden Worte in meinem Kopf. Das Lied heißt *The Sound
of Silence*. Ich tauche nicht in eine Farbe ein, ich versenke
mich mit Hilfe von Dr. Clapots Technik im Klang der Stille.
Ich treibe auf den Wellen der Töne. Ich atme tief ein und aus,
fühle mich ganz ruhig, ich lächele mit den Lippen und aus dem
Bauch heraus. Statt in der Baie des Curés, wo ich bald jeden Tag
sein kann, bin ich plötzlich auf der Estancia Cristina. Nicht
am wunderschönen Aussichtspunkt vor dem Lago Guillermo
und dem Upsala-Gletscher, nein, weiter unten, in der Nähe des
großen Schuppens voll Fotos und Staub. Rings um mich herum
erheben sich die Berge. Blaue Eisskulpturen schwimmen auf
dem See. Und durch eine eigentümliche Zeitverzerrung kümmern sich Percival, Herbert und Papa gemeinsam mit Tifenn
und Soledad um die Gäste. Ich beobachte sie von der Terrasse
eines Gästehauses aus, zusammen mit Mathilde, ihren Katzen,
Schoko und Claire …

»Wach auf, Schlafmütze! Du schnarchst und siehst aus wie ein
Guanako.«
   Ich bin eingeschlafen. Simon und Garfunkel sind verstummt.
Oriana ist gerade nach Hause gekommen.
   »Wie ein was?«

»Ein Guanako, ein wildes Lama aus Patagonien.«

»›Wenn Lama ärgern, Señor, es immer so machen‹«, witzele ich, um sie zum Lachen zu bringen.

Aber sie ist nicht von einem Comicfan erzogen worden, sie kennt *Tim und Struppi* nicht.

»Das ist wie: ›Man sollte einem Schwarzen nie mit Gewalt etwas weismachen.‹ Oder: ›Meine Lorbeeren sind ganz zerdrückt, ich muss mich wohl darauf ausgeruht haben.‹«

Sie hat auch nicht *Asterix* mit der Milch aufgesogen. Ich werde ihr alles beibringen müssen. Onkel Gastons Freund hat sie beraten. Sie kann sich bei ihm für Architektur einschreiben, sobald sie ihr Studierendenvisum bekommt. Sie wird ihren – und Papas – Traum verwirklichen.

TAG 35
Dom

*I*ch habe heute Nacht schlecht geschlafen, mir ist zu viel durch den Kopf gegangen. Ich verlasse Paris. Meine Cousine wird in meiner Wohnung wohnen. Ich habe nicht vor, jung zu sterben, aber ich bin verantwortlich für das, was Papa mir hinterlassen hat. Erben bedeutet Verpflichtung, das habe ich auf die harte Tour gelernt. Monsieur Jules empfängt mich in Anzug und Krawatte in seiner Kanzlei. Sein Büro ist groß und hell, er hat die gleiche Kaffeemaschine wie wir. An der Wand hängt ein Foto, auf dem er in schwarzem Sportdress und Kniestrümpfen zu sehen ist, erschöpft und glücklich. Er hat den New-York-Marathon in vier Stunden sechsundfünfzig Minuten und fünfundvierzig Sekunden geschafft. Seine Beine funktionieren gut, das hätte Claire gefallen.

»Was kann ich für Sie tun, Dom?«

»Ich möchte mein Testament machen.«

Ich habe kapiert, wie es läuft. Ich habe keine Nachkommen. Wenn ich nichts festlege, sind die Anspruchsberechtigten meine nächsten Verwandten, Gaston und Désir und damit indirekt auch die perfekten Cousins. Aber ich will die Wohnung in Paris lieber Oriana und das Haus auf Groix Mathilde hinterlassen.

Monsieur Jules schüttelt den Kopf und erklärt mir, dass man in Frankreich laut Gesetz sechzehn Jahre alt sein muss, um ein Testament aufzusetzen. Zwischen sechzehn und achtzehn kann ich dann die Hälfte meines Besitzes vererben. Erst wenn ich volljährig bin, darf ich machen, was ich will.

»Also sehen wir uns nächstes Jahr und in drei Jahren wieder?« Ich werde ein valides Testament zu Mathildes und Orianas Gunsten aufsetzen. Die Urschrift dieser letztwilligen Verfügung wird bei Monsieur Jules verwahrt werden, all diese komplizierten Wörter sind inzwischen meine Komplizen. Er schüttelt mir die Hand. Tante Désir hat unrecht, ich bin kein Kind mehr.

Ich lächele die hübsche Empfangsdame der Kanzlei an und das schüchterne Mädchen mir gegenüber in der Métro. Ich schaue noch bei Gwenou vorbei, um mich zu verabschieden. Es ist Mittag. Ich habe meine englischen Schuhe poliert, damit man die Schrammen weniger sieht. Claire ist, gebrochen durch Toms Tod, nach Patagonien gegangen, weil ihr früherer Kommilitone dort wohnt, das hatte nichts mit Oriana zu tun. Manchmal ist die Welt wirklich klein.

Zurück zu Hause, höre ich ganz deutlich, wie das Groixer Schiff dreimal sein Horn ertönen lässt. Papa ist endlich in See gestochen. Papa, Maman, ich liebe euch. Ich weiß nicht, wo die letzte Reise hinführt, aber ich hoffe, es geht euch dort gut. Ich habe euch nicht verloren, weil ich euch nie gewinnen musste. Dank euch bin ich Bretone durch und durch, mit jeder Zelle meines Körpers, jedem Klümpchen Erde, jeder Artischocke, jeder Andouille-Galette, ich habe riesiges Glück. Hat der Ankou euch geholt, oder ist das nur eine Legende? Zu sterben, während man Liebe macht oder das Kap Hoorn umrundet, ist besser als allein in einem Krankenhausbett, und Maman hat jetzt sogar das Recht, einen Goldring im Ohr zu tragen. Ein paar ihrer kleinen Patienten leben mit einem Arm oder einem

Bein weniger, ich werde ohne euch leben, vielleicht stolpere ich manchmal, aber das hindert mich nicht daran, an stürmischen Tagen auf Schiffsdecks zu tanzen und mich zusammen mit der, die ich liebe, in einen fliegenden Fisch zu verwandeln.

Jeden Abend vor dem Einschlafen werde ich an den besten Moment meines Tages denken. Im einen Augenblick ist man noch da, im nächsten schon nicht mehr. Irgendwann gehen wir alle in den *suet*, deswegen ist das Leben so wertvoll, wie ein Zauberkuchen, den man in dem Wissen genießt, dass es einen letzten Bissen gibt, und danach ist Sense. Wenn der Ankou mich holen kommt, werde ich mich zu meiner Spur im Sand umdrehen und lächeln, weil das Leben infernalisch köstlich ist, *ja, Herr Lord*. Man muss es sich schmecken lassen. Weil es sonst sauer wird.

TAG 40
Tifenn

*E*ine kalte, strahlende Sonne geht über der Estancia Cristina auf, wo unsere Gäste frühstücken, bevor ihre Ausflüge beginnen. Am anderen Ende des Sees in Punta Bandera legt gerade das Boot ab, mit seiner täglichen Ladung Touristen für uns. Ich werde mich nie an ihren staunenden Gesichtern sattsehen, wenn wir sie hochfahren. Greifbares Glück. Genau wie Groix macht dieser Ort die Menschen besser, die ihn betreten. Soledad ist keine Freundin, trotzdem verbindet uns ein untrennbares Band. Wir haben voneinander geerbt, und unsere Leidensgeschichten sind verschränkt.

»Guten Morgen, *bonjour, buenos días, good morning, buongiorno, bom dia, kaliméra, goedemorgen, dobry den, konnichiwa, jo san, degemer mad!* Tee oder Kaffee?«

Unsere Gäste kommen von überall auf der Welt, aufgeregt, neugierig, sehnsüchtig, ohne zu wissen, was sie erwartet. Sie reisen mit einem Leuchten in den Augen und blauem Eis im Herzen wieder ab. Ich entdecke die Dichte und den Reiz der verstreichenden Zeit neu. Mein innerer Friede ist zerbrechlich, bedroht durch den Verlust der Ar-Gov-Brüder, aber irgendetwas in mir hat sich gelöst, das ändert alles. Mein Schutzwall ist eingestürzt. Und das liegt weniger an der Freude am Leben als an der Freude zu leben. Yannig, du hast mich geliebt. Yrieix, ich war nicht deine große Liebe, aber deine letzte. Mit euch beiden bin ich weniger allein, zweifache Witwe zu sein hält mich im Gleichgewicht. Zweimal geliebt worden zu sein halbiert meine Traurigkeit, das ist das Geschenk der solitären Soledad. Ich fange kein neues, aber ein nützliches Leben an. Ich bin siebenundvierzig. Wer weiß, was das Morgen bringt?

Der mit Y. unterzeichnete Brief hat Dom geholfen und wärmt mich jetzt noch mehr. Ich habe deinen Sohn gleich doppelt belogen, Yrieix, wenn auch aus gutem Grund. Erstens war der Brief an mich gerichtet, nicht an ihn. Zweitens, und vor allem, stammt er nicht von dir, ganz und gar nicht. Sondern von Yannig, lange vor Soledad, als er bei der Seenotrettung angeheuert hat. Als hätte er eine Vorahnung gehabt, irgendwie gespürt, dass er jung sterben würde.

Ich muss nicht mehr zum Zahnarzt. Yannig hat als Kind unter dem Bohrer derselben sadistischen Urlaubsvertretung in Lorient gelitten wie du. *Ich sehe nicht mehr mit an, wie der Tierarzt unseren Hund einschläfert.* Er hat bis zum Schluss Gwastels Pfote gehalten, unser Labrador hieß wie der bretonische Kuchen, weil er goldgelbes Fell hatte und gut roch. *Mein Herz ist nicht länger zerrissen.* Der Tod eures Vaters hat ihn fast zerschellen lassen. *Nimm die Pinne in die Hand.* Auch er hatte eine unverhohlene Abneigung gegen Steuerräder, selbst auf großen Schiffen.

Ihr seid wieder vereint da oben, die beiden Brüder, die sich so nahestanden. Die leidenschaftlichen Seefahrer haben endgültig die Segel gesetzt. Ich wohne jetzt auf dem Festland, umgeben von Kühen und Schafen. Soledad wollte mir helfen, ihre Schuld begleichen, aber ihr Geschenk war vergiftet. Zum Glück hatte ich dank Yannigs Brief ein Gegenmittel. Auch wenn nicht alles, was ich erlebe, rosig ist, ich bin see- und wetterfest.

Wir fahren hoch zum Aussichtspunkt. Und wieder trifft mich die Schönheit wie ein Schlag, man gewöhnt sich nie daran. Miguel, einer der Guides, hört lächelnd Musik.

»Was läuft?«

Er reicht mir den Kopfhörer. *Gracias a la vida* erfüllt meine Ohren. Die tiefe, überwältigende Stimme der argentinischen Sängerin Mercedes Sosa hat die übernatürliche Farbe des Sees. Mit einem solchen Timbre liebt man auf Gedeih und Verderb. Zurück in meinem Zimmer, öffne ich, noch immer ergriffen, deine Playlist. Ich wähle aufs Geratewohl Joan Baez und setze mich im Schneidersitz vor die Berge. Sie nimmt ihre Gitarre. Ich glaube zu träumen, als sie singt: »Gracias a la vida, que me ha dado tanto«. Es ist das gleiche Lied in einer anderen Version, dynamischer, weniger melancholisch. Egal wie rational ich sonst denke, das kann kein Zufall sein!

Ich suche Soledad, um ihr davon zu erzählen. Sie holt schmunzelnd ihr Handy aus der Tasche.

»Willst du hören, welchen Klingelton ich für Oriana eingestellt habe?«

Eine dritte Stimme, warm und samtig. »Gracias a la vida, que me ha dado tanto, me ha dado la risa, y me ha dado el llanto«.

»Die chilenische Sängerin Violeta Parra hat es geschrieben, ein Jahr bevor sie sich das Leben genommen hat.«

Wenn man Leben nimmt, bekommt man es nicht zurück. Ich will mich ans Steuer meines Lebens setzen und es nicht mehr in den Graben lenken. Man fährt nicht ungestraft nach Groix, genauso wenig wie zu den Gletschern, sie prägen einen für immer, sie füllen die Leere, die unsere Lieben hinterlassen, wenn sie fortgehen, diese Leere, die uns unter die Haut dringt, unseren Körper aushöhlt, Risse und Spalten in unser Herz spült, bis zum endgültigen Bruch. Die Menschen sind wie der Perito

Moreno, ständig in Bewegung, sie wachsen jeden Tag, sie knurren, heulen, brüllen, sie stauen Kummer und Unglück auf, und irgendwann stürzen sie ein. Doch bis zu diesem Tag, was für eine unglaubliche Kraft, was für ein wunderbares Abenteuer. Mal sind wir glücklich, mal traurig, aber immer lebendig. *Gracias a la vida.*

Île de Groix, Rom, Chatou, Kap Hoorn, El Calafate, 2019.
Kenavo d'an distro, *Tschüs, bis bald.*

Für meinen Vater, Christian Fouchet,
der in den suet *gegangen ist,*
als er so alt war wie ich heute.

DANKSAGUNG

*E*inmal mehr danke ich Héloïse d'Ormesson und Gilles Cohen-Solal für ihr Vertrauen und ihre Freundschaft, Roxane Defer, Juliette Cohen-Solal, Valentine Barbini, Charlotte Nocitau und der unglaublich talentierten Anne-Marie Bourgeois, es ist ein großes Glück, mit euch arbeiten zu dürfen.

Danke auch an Véronique Cardi, Audrey Petit, Sylvie Navellou, Anne Bouissy, Bénédicte Beaujouan und das gesamte Taschenbuchteam für dieses vergnügliche Abenteuer.

Unendlichen Dank an Renata Parisi, Didier und Catherine de Haut de Sigy, Yveline Kuhlmey, Marie-Amélie und Mathilde Pouliot, Guy und Bini Lebeau Dauchez, Catherine Ritchie, Sylvie Copeau, Didier Piquot, Nausicaa Meyer, Julien Trokiner und Camille Guillaume.

Danke an Anne Goscinny, Grégoire Delacourt, Baptiste Beaulieu, Virginie Grimaldi und Tatiana de Rosnay, eure Bücher machen die Welt schöner.

Danke an meine Groixer Freunde, an Jo Le Port, Martine Pilon für den Zauberkuchen, Jean-Pierre und Monique Poupée, Lucette und Véronique Corvec und die gesamte Bande des Siebten.

Danke an Christine Soler für die Skulpturen und die Aufstellung, an Vincent Rouberol, Anne de Jenlis und Catherine de Jenlis für Neuilly, an Marina d'Halluin und Isabelle Monzini für das Sterbebildchen, an Florence Sylvestre-Fouchet für das *Panis Angelicus*, an Catherine Ferracci für das Flugzeug, an Christine Lemonnier für Le Garçon, an Dominique Tabone für das, was wichtig ist, und ganz besonders an Isabelle und Nadia Preuvot für La Perette.

Danke
— an die Buchhändlerinnen und Buchhändler, an Lydie und Marie Zannini, Nathalie Couderc, Gilles Tranchant, Sandrine Dantard, Frédéric Leplat und Marie-Cécile, Alexandre Cavallin und Florence, Dominique Durand und Édith, Myriam Sacaze und all euch andere, die ihr meine Worte in See stechen lasst;
— an die Vertreterinnen und Vertreter, die sie bis in die Buchhandlungen schippern;
— an die Bloggerinnen, Blogger und Lesezirkel, die der Wind in ihren Segeln sind;
— an euch, liebe Leserinnen und Leser, die ihr meinen Traum verwirklicht habt.

Danke an Arnaud Péricard, Maurice Solignac und François Boulet für die Place Christian-Fouchet in Saint-Germain-en-Laye, in lieber Erinnerung an Emmanuel Lamy.

Danke an meinen Cockerspaniel Uriel, der immer denkt, es wäre Fress- oder Spiel-, aber nie Schreibzeit.

Danke an den Unbekannten, der mir am Flughafen in Buenos Aires seinen Reisestecker für mein Handy geschenkt hat, als ich wegen Maman ganz schnell zurückmusste.

Ich habe mich von der wahren Geschichte der Estancia Cristina in El Calafate inspirieren lassen.

Zur Erinnerung an Jacques Dupeux, Anne-Marie Hubert-Esterlin, Yannick Vince, Frank Bertrand und Jeanne Tonnerre-Gueran.

Im Gedenken an Ghost, den stolzen Knappen des Buchhändlerritters.

Hughes Ternon, Alberte Bartoli, ihr fehlt mir infernalisch.

SOUNDTRACK

Le Cinéma, Claude Nougaro
La Chanson des vieux amants, Jacques Brel
Le Pénitencier, Johnny Hallyday
Douar Nevez, Dan Ar Braz
Sag warum, Camillo Felgen
Sunrise Mass, Ola Gjeilo
La Première Peine, Serge Reggiani
Bruder Jakob (Frère Jacques), Kinderlied
Trois marins de Groix, Seemannslied
Bewitched, Bothered and Bewildered, Ella Fitzgerald
Com que voz, Amália Rodrigues
Ave Maria, aus *Otello* von Verdi, Montserrat Caballé
Ebben? Ne andrò lontana, aus *La Wally* von Alfredo Catalani, Anna Netrebko
Stewball, Hugues Aufray
Gymnopédies, Erik Satie
Je dors en Bretagne ce soir, Gilles Servat
Alfonsina y el mar, Maurane
For me … formidable, Charles Aznavour
Tri martolod, Alan Stivell
Pa-Pa-Pa-Papageno, aus *Die Zauberflöte* von Mozart
Amsterdam, Jacques Brel
That's Life, Frank Sinatra
Unikuva, Annikki Tähti

À Santiago, Jean Ferrat
Emmenez-moi, Charles Aznavour
Todo se transforma, Jorge Drexler
The Sound of Silence, Simon and Garfunkel
Gracias a la vida in drei Versionen: von Mercedes Sosa,
Joan Baez und Violeta Parra

MARTINES ZAUBERKUCHEN
(glutenfrei)

150 g Blockschokolade, zartbitter
50–80 g Nougatschokolade
180 g gesalzene Butter
2 große oder 3 kleine Eier
60–80 g Zucker

Butter und Schokolade bei geringer Hitze schmelzen, vom
Herd nehmen. Zucker und Eier hinzugeben, kräftig rühren.
Kuchenform fetten, dünn mit Mehl ausstreuen und fünf
Minuten ins Gefrierfach stellen. Anschließend den Teig
einfüllen.
Bei 200 °C fünf Minuten backen. Danach sofort aus der
Form nehmen.
Nach dem Abkühlen mit Kakao bestäuben.
In einen Korb stellen und mit einem hübschen Geschirr-
tuch bedecken. Nur mit lieben Menschen teilen!

LITERATUR

Die Zitate stammen aus folgenden Quellen:

Antoine de Saint-Exupéry, *Der Kleine Prinz – Die Erde der Menschen*. Aus dem Französischen neu übersetzt von Corinna Popp. Wiesbaden: Marix Verlag 2015.

Françoise Dolto, *Die ersten fünf Jahre. Alltagsprobleme mit Kindern*. Aus dem Französischen von Sylvia Koch. Weinheim: Beltz 1989.

Francisco Coloane, *Der letzte Schiffsjunge der Baquedano*. Aus dem Spanischen von Willi Zurbrüggen. Zürich: Unionsverlag 2000.

Charles Baudelaire, *Die Blumen des Bösen*. Aus dem Französischen von Monika Fahrenbach-Wachendorff. Stuttgart: Reclam 2008.

Hergé, *Tim und Struppi. Der Sonnentempel*. Aus dem Französischen von Ilse Strasmann. Hamburg: Carlsen 1998.

René Goscinny / Albert Uderzo, *Asterix. Die Trabantenstadt*. Aus dem Französischen von Gudrun Penndorf. Stuttgart: Delta 1974; *Asterix in Spanien*. Aus dem Französischen von Adolf Kabatek. Stuttgart: Delta 1973.

Lorraine Fouchet
Die 48 Briefkästen meines Vaters
Aus dem Französischen von Katrin Segerer
304 Seiten
ISBN 978-3-455-00898-2
Atlantik Verlag

Auf der Suche nach ihrem unbekannten Vater reist Chiara aus Rom in die stürmische Bretagne. Sie ist bei ihrer Mutter in dem Glauben aufgewachsen, ihr Vater sei vor ihrer Geburt gestorben, bis sie eines Tages erfährt, dass sie womöglich die Tochter eines bretonischen Matrosen ist. Doch wie soll sie ihn auf der Insel Groix fnden, wenn sie nicht einmal seinen Namen kennt? Als ihr eine Stelle als Inselbriefträgerin angeboten wird, hat sie einen perfekten Vorwand für ihre Nachforschungen. Auf Groix kommen die Überraschungen nämlich mit dem Postschiff, und die Briefkästen haben ihre eigenen Geheimnisse. Hier findet Chiara eine zweite Familie. Und sie lernt den undurchschaubaren Schriftsteller Gabin kennen. Aber wird Chiara auch erfahren, wer ihr Vater ist?

Lorraine Fouchet
Die Farben des Lebens
Aus dem Französischen von Katrin Segerer
320 Seiten
ISBN 978-3-455-00308-6
Atlantik Verlag

Nichts ist so viel wert wie das Leben: Ein Roman über das Altern, den Verlust eines geliebten Menschen, den Kreislauf des Lebens – voller Lebenslust und mit einem positiven Blick auf die Welt. Nach dem Tod ihrer Großmutter flieht Kim von der bretonischen Insel Groix und reist gen Süden, um in Antibes eine dickköpfige alte Dame zu betreuen. Gilonne wird schnell zu ihrer Ersatzgroßmutter. Außer Kim kümmert sich auch Gilonnes Sohn rührend um sie. Umso überraschter ist Kim, als sie herausfindet, dass Gilonnes Sohn angeblich vor Jahrzehnten verschwunden ist. Ist die alte Dame einem Hochstapler aufgesessen? Kim will Gilonne beschützen und macht sich daran, lang gehütete Familiengeheimnisse zu lüften ...

»Ein richtiges Wohlfühlbuch für den Frankreichurlaub!«
Brigitte

Lorraine Fouchet
Ein geschenkter Anfang
Aus dem Französischen von Sina de Malafosse
368 Seiten
ISBN 978-3-455-60056-8
Atlantik Verlag

»Wer auf meiner Beerdigung weint, mit dem rede ich kein Wort mehr«, hat Lou oft gewitzelt. Lou, die auf der kleinen bretonischen Insel ein echter Paradiesvogel war und von allen geliebt wurde. Lou mit ihren Spleens – Champagner, bitte, aber nur von Mercier! – und Macken – sie kochte miserabel, aber mit Liebe–, einem Lachen, das lauter war als das Kreischen der Möwen, und einem Herzen so weit wie das Meer. Nun ist Lou tot – und die Familie droht auseinanderzubrechen. Im Testament bittet sie ihren Mann Jo, ihr einen letzten Wunsch zu erfüllen: Er soll das zerrüttete Verhältnis zu ihren erwachsenen Kindern Cyrian und Sarah wieder kitten und beide glücklich machen. Erst dann darf er Lous letzten Brief lesen – der versiegelt, natürlich in einer Champagnerflasche, auf ihn wartet. Eine Flaschenpost, die das Leben einer ganzen Familie verändert.

»Eine wunderbare Familiengeschichte mit allen Höhen und Tiefen: lebensklug, schwarzhumorig, unterhaltsam-nachdenklich.«
Zeit Online

»Allein das Setting dieses Romans und Fouchets Schreibstil, bei dem man die Salzluft und den bretonischen Butterkuchen schmecken kann, machen sofort Lust auf Ferien am stürmischen Atlantik.«
Brigitte